用文字照亮每个人的精神夜空

微信 | 微博 | 豆瓣   领读文化

漫说文化丛书·续编

边地寻踪

陈平原　凌云岚 编

湖南人民出版社·长沙·

한글맞춤법

声音演绎文字之美·声音构筑文学世界·声音记录文化传承

● 如何收听《边地寻踪》全本有声书？

① 微信扫描左边的二维码关注"领读文化"公众号。
② 后台回复【边地寻踪】，即可获取兑换券。
③ 扫描兑换券二维码，免费兑换全本有声书。

● 去哪里查看已购买的有声书？

方法 ①
兑换成功后，收藏已购有声书专栏，
即可在微信收藏列表中找到已购有声书。

方法 ②
在"领读文化"公众号菜单栏点击"我的课程"，
即可找到已购有声书。

用 文 字 照 亮 每 个 人 的 精 神 夜 空

总序

陈平原

三十年前钱理群、黄子平和我合编的"漫说文化"丛书前五种由人民文学出版社推出；两年后，后五种刊行时，我撰写了《漫说"漫说文化"》，提及作为分专题编散文集的先行者，我们最初只是希望有一套文章好读、装帧好看的小书，可以送朋友，也可搁在书架上。没想到书出版后反应很好，真可谓"无心插柳柳成荫"。十三年后，复旦大学出版社（2005）予以重印。又过了十三年，北京时代华文书局（2018）重新制作发行。

一套小书，能一而再再而三地刊行，可见其生命力的旺盛。多年后回想，这生命力固然主要得益于那四百多篇精彩选文，也与吹响集结号的八十年代文化热、寻根文学思潮以及"二十世纪中国文学"的视野密切相关。时过境迁，这种小里有大、软中带硬、兼及思考与休闲的阅读趣味，依旧有某种特殊魅力。有感于此，出版社希望我续编"漫说文化"丛书。考虑到钱、黄二位的实际情况，我改变工作方式，带领十二位在京工作的老学生组成读书会，用两年半的时间，编选并导读改革开放以来四十多年的散文随笔。

当初发给合作者的编选原则很简单：第一，文化底蕴（不收纯抒情文字）；第二，阅读感受（文章好读最重要）；第三，篇幅短小（原则上不收六千字以上的长文）；第四，作者声誉（在文坛或学界）。依旧不是梁山泊英雄排座次的文学史，而是以文学为经、以文化为纬的专题散文集。也就是《漫说"漫说文化"》说的："选择一批有文化意味而又妙趣横生的散文分专题汇编成册，一方面是让读者体会到'文化'不仅凝聚在高文典册上，而且渗透在日常生活中，落实为你所熟悉的一种情感，一种心态，一种习俗，一种生活方式；另一方面则是希望借此改变世人对散文的偏见。让读者自己品味这些很少'写景'也不怎么'抒情'的'闲话'，远比给出一个我们自认为准确的'散文'定义更有价值。"

考虑到初编从1900年选起，一直选到20世纪80年代中期，续编从改革开放起，一直选到2020年，中间几年重叠略为规避即可。两个甲子的风起云涌，鸟语花香，借助千篇左右的短文得以呈现，说起来也是颇有气势与韵味的。参与其事的都是专业研究者，圈定范围后，选哪些作者，用什么本子，如何排列组合等，此类技术问题好解决，难处在入口处——哪些是你想要凸显的"文化"？根据以往的阅读经验，先大致确定话题、视野及方向,再根据选出来的文章,不断调整与琢磨,最终成了现在这个样子。

初编十册分别题为《男男女女》《父父子子》《读书读书》《闲情乐事》《世故人情》《乡风市声》《说东道西》《生生死死》《佛佛道道》《神神鬼鬼》,而续编十二册则是《城乡变奏》《国学浮沉》《域外杂记》《边地寻踪》《家庭内外》《学堂往事》《世间滋味》《俗世俗民》《爱书者说》《君子博物》《旧戏新文》《闻乐观风》,略为比勘不难发现二者的联系与差异。

既然是续编,自然必须与初编对话。明显看得出承继关系的,有《城乡变奏》之于《乡风市声》,《爱书者说》之于《读书读书》,不过前者第二辑"城市之美"从不同层面呈现了当代中国城市的多彩风姿,以及后者第三辑"书叶之美"谈封面、装帧、插图、毛边书、藏书票等,与初编的文风与趣味还是拉开了距离。《家庭内外》的第一、第三辑类似《父父子子》,而第二、第四辑则接近《男男女女》。《域外杂记》与《国学浮沉》隐约可见《说东道西》的影子,但又都属于说开去了。至于《世间滋味》仅从饮食入手,不再像《闲情乐事》那样衣食住行并举,也算别有幽怀。所有这些调整,不管是拓展还是收缩,都源于我们对四十年来中国文化思潮及文章趣味的体验与品味。不再延续《世故人情》《生生死死》《佛佛道道》《神神鬼鬼》的思路,并非缺乏此类好文章,而是觉得难以于法度之中出新意。

另起炉灶的六册包括《边地寻踪》《学堂往事》《俗世俗民》

《君子博物》《旧戏新文》《闻乐观风》，其实更能体现续编的立场与趣味。没有依傍初编，不必考虑增减，自我作古的好处是，操作起来更为自由，也更为酣畅。《边地寻踪》和《俗世俗民》两册，有些话题不太好把握与论述，最后腾挪趋避，处理得不错。最为别出心裁的，当数《旧戏新文》与《君子博物》——实际上，这两册的确定方向与编选过程最为曲折，编者下的功夫也最多。最终审稿时我居然有惊艳的感觉。

比较前后两编，最大的感叹是：前编多小品，后编多长文；前编多随意挥洒，后编多刻意经营；前编多单纯议论，后编多夹叙夹议；前编多社会人生，后编多学术文化；前编多悲愤忧伤，后编多平和恬淡——当然，所有这一切，与社会生活及文坛风气的变迁有直接关系。至于不选动辄万言的"大散文"，以及遗落异彩纷呈的台港澳文章，既是为了跟前编体例统一，也有版权等不得已的因素。

十二册小书，范围有宽有窄，题目有难有易，好在各位编者精诚合作，选文时互通有无，最后皆大欢喜——做不到出奇制胜的，也都能不负众望。作为一个集体项目，能走到这一步，已经很不容易了。

身为主编，除了丛书的整体设计，也参与了各册题目及选文的讨论。至于每册前面的"导读"文字，则全靠十二位合作者。选家大都喜欢标榜公平与公正，可只要认真阅读各册的"导读"，你就会明白，所有选本其实都带个人性情与偏见。十二篇随笔性质的"导读",或醇厚,或幽深,或俏皮,或淡定,风格迥异,并非学位论文,不妨信马由缰,能引起阅读兴趣,就算完成任务——毕竟,珠玉在后。

2021年2月19日于京西圆明园花园

导读:走进"边地"

凌云岚

使用"边地"这个词来界定这本散文集中作家们书写的对象,大概会引起他们中很多人的不满。刘亮程在采访中,就明确表示过不喜欢"西部"这个词。与"西部"相比,"边地"这个词更不讨喜,因为有"边地",就意味着有"中心",站在中心,我们才能指认出边地、边疆或边缘。

- 流动的边地

当我试图说明哪里是"边地"时,会发现这是一个几乎不可能完成的任务。如果将边地理解为地理意义上的边疆的话,那么在历史的长河中,随着中国疆域范畴的改变,"边地"的所指也在不断发生变化。举个简单的例子,长城曾经是中国历史上的"边城",但现在,从中国的政治中心北京驱车,不过几十公里,你就可以看见它绵延起伏的城墙。如果将边地理解为由于地理位置上偏远,在政治经济文化上发展相对落后的地区,那么这种边缘性随时有可能发生变化。比如突如其来的战争,可以在短时间彻底改变一个区域在政治经济乃至文化版图上的位置。抗日战争期间,中国西南的云南、贵州、四川等地,不都经历了由"边陲"而"中心"的突变吗?因此在使用"边地"这个词时,我们先得承认边地是一个流动的概念。对于哪里是边地,不同的人会基于各自的生活经验、历史认知或者理论储备给出不同的答案。同时,对于边地的概念,使用者要保持警惕,时刻提醒自己不要陷入某种中心主义的误区。

虽然"边地"一词不够严谨,但在没有找到更好的替代品之前,我还是只能使用它来概括这本集子中的散文所书写的对象。边地不可界"定",但至少可以被描述,对于这部散文集而言,"边地"这一概念的使用,有着以下几个方面的含义。

首先,"边地"指向地理空间上的"边缘",包括边境地区或靠近边境的地区。历史学家们认为中国的边疆是在秦统一中原、其重心部分形成之后确立的。在随后的历史沿革中,它不断发生变化。但总体而言,边地指国家毗邻边界线,与内地"内陆、内海"相对而言的区域。(马玉华《云南边地问题研究·序言》)这里的边地隐含着国家地理的内涵,它本身当然也是被建构和想象的一个产物。王明珂在《华夏边缘:历史记忆与族群认同》一书中指出,中国人并不完全依赖内部的文化一致性凝聚在一起，凝聚他们的最主要的力量来自对华夏边缘的维持。例如在汉代华夏边缘形成之后，汉朝的中央政权便通过各种手段，包括通婚、通商、征伐、封赏等来羁縻边疆部族和政权，以此来维系"边缘"。"边缘"存在的意义由此产生，它提醒我们何为华，何为夷，"他们"和"我们"的区别何在。换言之，有了边缘，才能确立中心。在不同的历史语境中，我们对于边地的"认知"在不断被改变或加强。阿来在《消费社会的边疆与边疆文学》中提到，唐代的《凉州词》所写的甘肃河西走廊一带现在已经是中国的内地了，离甘肃省会兰州只有一两百公里，但在大多数人心目中，它还是有"关外""异域"的属性。这一印象的形成，显然是历史长期作用的结果。在梳理何为边地散文的时候，那些写现实和历史上的边疆区域如西藏、新疆、内蒙古、甘肃等地的散文，无疑是首批入选的对象。

其次，"边地"也指向文化空间上的边地。沈从文的名作《边城》所写的便是一个文化意义而非地理空间上的边城。《边城》中的小城位于湘西，湖南的西部，从地理位置上看，处于中国的腹部。它之所以被称为"边城"，是由于地处群山峻岭之中，与外界交通不便，加上是苗汉杂居之地，因此地方风俗文化迥异华风，自古被称为"蛮夷之地"。正是由于地方历史和文化的特殊性，沈从文说这里的人民"对历史毫无担负"，也就是被遗忘、排斥于主流历史和主流文化之外。正因为这种地理和文化意义上的双层隔离，湘西反而为原始、健康、未受城市文明污染的自然人性，保留了一块空间。在沈从文的文化改造思路中，边城文化也因此成为对已显病态的主流文化进行重造时的重要资源之一。文化边地的形成原因各不一样，历史、政治、经济的因素都有可能对其产生影响。2000年，凤凰的苗疆边墙被前去考察的专家组认定为南方的长城，这是明清两代为了镇抚此地的苗民而修筑起来的城墙。它的存在，更进一步地证实了文化"边城"产生过程中的复杂性。在一个看似强大统一的区域中心地带，"边地"仍然可能产生。基于此，本集中选入了一些写湖南、四川等地的散文。它们的共同点在于均不属于传统意义上的边疆之地，但在文化意义上处于中心、主流之外；它们的被发现和被书写，点亮了文化空间中原本晦暗的区域。

最后，这里的"边地"概念中也天然包含着族群、民族层面的话题。由于历史的原因，中国的"边地"和"少数民族聚居地"有着某种程度上的重叠。中国是以汉族为主体的多民族国家，但从历史上看，主体民族汉族的认同与凝聚，实有赖于对边缘与异族的认知。近代以降，在外来侵略者的刺激和"国族主义"概念的兴起的背景下，民族之间的融合成为关注焦点。从民国时期的"五族共和"到新中国成立后的民族自治、民族大团结，都显示出"边地"和在边地生活的"异族"，在新的统一的多民族国家建构过程中的重要性。在现代民族国家话语下的边地书写中，族群关系、族群形象的重塑、族群文化的现代化进程都成为文学表现的对象。边地和民族问题的重合，也就使得边地书写具有了另一层意义。由于边地往往处于不同国家、不同族群、不同文化传统的交界之处,边地的生活景观和文化景观与内地相比,具有了某种异质性,这也使得边地书写不论对于写作者还是读者,都产生了更大的魅力。本集所收录的散文中,有相当篇幅聚焦于"民族",不论是对民族风情习俗的呈现,还是对民族文化与民族历史深层次的寻根,均在不同程度上呈现出我们在建构民族国家过程中,对这一问题的不同想象和思考。

· **发现边地**

就文学而言,发现边地,意味着边地被书写与阅读。

书写边地,首先得进入边地。中国历史上的不同时期,边地受关注的程度和方式不一。在唐朝那样的开明盛世,国家强大自信,建功立业的刺激使得大批文人投笔从戎,边塞诗也就自然而然地兴起,形成文学史上边地书写的一个高潮。古代中国交通不便,能够进入边地的写作者多有公事在身,除了戍边之外,常见的还有出使,最出名的当数"凿空西域"的张骞;官员的上任或贬谪,如"发往新疆伊犁,效力赎罪"的林则徐。此外出于经商、宗教、私人游历等原因,进入并书写边地的也大有人在。诗歌、游记、日记、笔记等成为边地书写中较为常见的形式。

强国盛世,边塞安定,边地被发现和书写会形成高潮,反之亦然。事实上,近代以来边疆之学的两次兴起,均与异族的入侵有关。大规模的战争同样会使边地成为被关注的焦点,甚至将边地变为"中心"。1937年,全民族抗日战争开始后,整个中国的西南地区都因战争,从地图上的偏远边地,一变而为全国政治文化之中心。这种对国家地理空间的认知改变,早在1932年的西北开发潮中便已显现。抗日战争期间,单以滇黔而论,"公路和铁路的兴修,公私工厂的迁移,国际贸易出口的集中,更见出这两个远处西南边僻省份,地位已一改旧观而成为非常重要的省份"(沈从文《黔滇道上》)。沈从文笔下的边城湘西,亦已成为"军事上后勤物资供应和兵役补充上"都占"特别重要地位"的区域。战争也为西南地区带来大量"移民",他们被迫进入这些"边陲之地",大规模的边地书写也就随之产生。不论是联大师生步行团在由湖南至云南旅途中的采风、日记,还是作家们在大后方四川、云南等地对西南中国的集中发现和书写,共同构成了民国文学中边地书写的最高峰。当然,这样的书写热潮,往往只是"一时之盛",随着战争的结束,边地很快会由"中心"退回边缘。抗战结束后,李震一在《湖南的西北角》中描述胜利后的湘西是"国家在复员,湘西在复原"的场景。边地,再一次被暂时遗忘。

新中国成立之后,边地书写也进入新的历史时期。统一的多民族国家的建构,成为这一时期的重要工作内容之一。因此,边疆的统一安定、少数民族的新生活新风貌都成为文学重点表现的对象。单就散文而言,"十七年文学"中的边地书写显得相当丰富,从书写者的角度看,大量的"外来者"进入边地,他们的身份包括记者、文学工作者、军队中的文职干部、去往边疆工作的开发者等,游记、报告文学、各类采风文字等均成为常见的写作形式。从题材看,新的书写包括以"开发""勘探"和"垦荒"为主题的创作,如李若冰的《在勘探的道路上》、杜鹏程的《塞上行》等;也有以军队"进藏""进疆"为背景书写的,如宝音达来的《翻身后的两位老人》、若松的《草原七日》等。军旅文学中的边地写作传统在后来的周涛、毕淑敏等作家那里得到了延续。边地景观和少数民族的新生活成为重点描写对象,碧野的《天山景物记》对边地自然风光的描写,储安平的《新疆新面貌》、黄钢的《拉萨早上八点钟》对边地人民新生活面貌的纪实性报道等,都引起相当的关注。值得注意的是,少数民族文学此时也开始受到空前重视,成为文学类别中独立的一门。这一时期的边地散文书写,从风格来说具有某种趋同性,即宏大、刚健、清新、乐观,洋溢着时代新风。文学中这种边地图景的出现,是对全新的民族政策的呼应,承担着重要的意识形态功能,但也不可避免地对边地的复杂、多元产生了一定的遮蔽。

新时期以来,边地书写随着边地的重新"开放"而再次形成热潮。二十世纪八十年代"知青文学"中被回忆的边疆,"寻根文学热"中被发现的荒僻乡土,"先锋文学"中马原、扎西达娃笔下的魔幻西藏，都在再次建构我们的边地想象。散文领域，老一辈写作者们重新归来，汪曾祺、王蒙、宗璞等人，均在重新书写他们的边地记忆和印象；而周涛、韩少功等写作者从个体经验出发的边地书写，无疑引发了更多关注。进入九十年代以后，随着散文热的兴起，不论是传统的抒情散文领域，或新兴的文化散文领域，边地题材的创作都颇有成绩。特别是所谓"西部文学""西部散文"等概念的兴起，正能说明边地书写的热度。包括刘亮程、鲍尔吉·原野、李娟等新生代作家在内的写作者，为这一时期的边地散文注入了更为新鲜的气息。

新时期边地书写的大背景中，有一些因素值得关注，也决定了新时期的边地书写和传统写作的不同。其一是消费主义的兴起对边地书写的影响。八十年代以来，随着社会的开放和消费水平的提高，边地游成为最受欢迎的旅游消费品之一。大量消费者涌入边地，作为商品的边地不断被奇观化、异质化，无可挽回地成为被消费的对象，"香格里拉热"的制造和传播便是经典的案例之一。新时期的边地书写也不可避免地被裹挟于这股消费浪潮之中，有人随波逐流，也有人在愤怒中反思并反抗。其二是边地书写中，越来越多的作家，在试图摆脱文化中心主义的迷思，重新审视边地文化和边地历史，并通过自己的写作，尝试建立新的主体意识。他们以写作为"边地"正名，也在对边地文化和历史的独特体验中，寻找更有活力、更为丰富多元的精神传统，并以此打破文化中心的单调、禁锢和僵化。

- 边地的时间

　　边地书写，一般而言因写作者的身份不同，而呈现出两种不同的写作视角。一类写作者以"外来者"的身份进入边地写作，一类则是生长于此或长时间生活于此的"在地"书写者。这两类书写者对于边地的感知方式和观察角度当然各不相同，这种差异性体现在各个不同的方面，比如能否进入"边地的时间"。

　　刘亮程的散文中，出现了一个颇有意思的概念："新疆时间"。对于大多数人来说，生活中只有"北京时间"。我们当然知道"时差"，可这个概念往往和"国家"相关联。在《新疆时间》中，刘亮程写道："人们一直在忽视新疆的时间。一些内地朋友，天不亮打来电话。他们那边，大半个中国的天都亮了，他不知道新疆的天还黑着，我们还有两小时的梦和睡眠。当我们在北京时间10点上班，他们已经快下班了。而他们下午上班时，我们正在午休。我们和内地的接触和联系，一直存在着时间障碍。"时间的障碍，意味着认知、交流的障碍，它的产生与空间的距离有关，但当然远远不止于此。

　　许多外来的写作者，进入边地只是暂时的，他们的观察和书写也只能是旁观的、片断的。他们在边地的经历，是日常生活之外的体验，当然，他们无法进入和感知边地特有的时间。这方面，在地的写作者们显然敏锐得多，因此央珍有她的"拉萨时间"，刘亮程有他的"新疆时间"，在阿来等人对边地民族历史的叙述中，实际上也包含了对于边地时间的重新建构。发现并承认、尊重边地时间的独特性，也正是重新认识边地的开始。

"边地时间"的出现，一是源于空间的距离，当历史学家注意到地理空间分布导致的发展差异时，其实已部分地揭示出了时间在不同空间中产生差异的秘密。边地由于地理上的相对边缘、自成一体等空间特性，和内地空间自然产生了"时间差"。这种时间差一方面体现在现实中的"时差"的产生，一方面则体现在以"现代化"为统一标准时，边地和中心的发展差异上。其二，边地时间的出现，除了地理空间的特殊性，更重要的还源自其历史传统和文化心理的自成一脉，使得这里的居住者对于边地的时空，均有自己的认知方式和书写方式。例如马丽华在散文中，写藏历新年的各种习俗，可以想象，当藏民们在帐篷和玛尼堆上更换经幡，祈求风调雨顺时，身在内地的汉族人民可以对此一无所知。其实，又何止藏族如此，很多民族都有自己的节俗，也有他们自己对时间的感知方式。对很多人而言，边地时间和内地时间的差异，往往被"简单化"地处理为"先进"和"落后"之间的差别。央珍敏锐地感觉到这种处理方式的简单粗暴，她说"六十年代内地处在生活困难时期，但西藏毕竟离内地很远，跟印度的通商也没有断绝，我们在八廓街还可以看到很多物资，比如说英国的巧克力，德国的饼干、口香糖，等等"（《西藏往事——作家祝勇访谈央珍》）。也就是说，在历史时间的某些段落中，西藏并不一定比内地落后或封闭，我们关于它偏远、落后甚至野蛮的印象，无疑是一种对边地历史的无视与误读。尊重边地的时间，是我们以平等的姿态面对边地的开始。

在边地长期生活过的写作者，和那些自始至终的在地写作者，不约而同地在他们的边地书写中，表现出对这种"平等"的追求。他们的写作，成为对边地被奇观化、边缘化、刻板化的自觉反抗。这一倾向自八十年代中后期，在边地散文的书写中表现得越来越清晰。这种努力，一方面体现在对于边缘——中心关系的警惕，周涛在散文《边陲》中感慨"边陲"这个概念对于很多人来说，意味着被藐视和怜悯，其根源在于"在一个有着漫长中央集权传统的社会群体心目中，它意味着远离权力中心"。因此自觉的边缘意识，就意味着远离文化中心的自觉，意味着一种抗争。不少写作者的文字中，将被排斥于主流之外转化为自觉的"流放"，并在这种放逐中确立新的精神和文化皈依，他们的写作正呈现出这种努力的艰难和悲壮。相比之下，李娟、央珍、刘亮程等人的写作则代表了另一种反抗方式：在对边地日常生活的审美和实录中，尝试将被奇观化的边地还原。李娟的散文呈现了一个外来者融入边地生活的艰辛和乐趣，她清醒地认识到自己既在边地之中，也在边地之外，因此对边地的文化与生活始终保持了相当的尊敬。在这本选集中，"旧游"和"在地"两辑，前者收录曾经在边地长时间居住，以回忆的方式描写边地的作家的作品；后者收录现在长期居住于边地，或生长于边地的作家的作品。对其中的很多写作者而言,边地已经不再是边地,而是他们曾经和现在的"家园",是他们的"中心"所在。

在边地的外来者中,行色匆匆的过客占了绝大多数,但这并不意味着他们的文字的分量就比较轻。在建构我们的边地想象的过程中,外来者和在地者的书写,两者缺一不可。外来者的边地书写中,最常见的是记游之文,本集中的"行色"一辑,所选的大都是此类文章。与"行走"搭配得最好的文体,非散文莫属。对边地风光、边地民俗、边地文化和独特生命形态的记录,是这些行走类散文的共同主题。至于"行思"一辑,则收录了一类比较特殊的外来书写者。他们的共同身份是"学者",这也决定了他们的边地书写具有较为浓厚的"学院"风。他们的长处或者不在文字本身,而在于借助自身的学识学养,对边地历史和现状进行独特的考察和沉思。

关于这本散文集,还有几点需要补充说明的地方。其一是出于编辑体例统一的需要,散文集中所收篇目,篇幅均需控制在五千字以内,这就导致一些有分量的作品无法入选。比如周涛曾直言自己最满意的散文作品是《伊犁秋天的札记》和《哈拉沙尔随笔》,但都因为篇幅远远超标而无法入选。祝勇在谈及当代散文发展的趋势时,认为散文发展的趋势之一便是越写越长。散文这种文体,宜短还是宜长,这里且不展开讨论。但本集中的不少作者,如阿来、熊育群等,都有大量长篇散文作品。

这也使得我在选择时，不得不对一些作品"割爱"。实在无法放弃的长篇散文，只能采取节选的方式，这又势必影响到作品的完整性。其二是由于散文中的边地书写，对书写对象而言有明显的不均衡性，西藏、新疆、内蒙古、云南相对而言作品较多，而其他区域，包括其他民族相关的优秀作品就显得单薄很多。在编选时虽然有所注意，但仍不能避免这种题材上的集中。其三是很多少数民族作家的写作，特别是使用民族语言的写作，无法进入编选者的阅读视野，必然会造成遗漏。这些都是编选过程中无法回避的遗憾。

目 录

总序 | 陈平原 ·I
导读：走进"边地" | 凌云岚 ·I

辑一　旧游

藏歌 | 宁　肯　·002
四月的泥泞 | 王　蒙　·010
昆仑之眠 | 毕淑敏　·014
三千里地九霄云 | 宗　璞　·022
拉萨的流云 | 龙　冬　·028
人在江湖 | 韩少功　·033
西出阳关 | 邓友梅　·045

辑二　在地

过河 | 周　涛　　　　　　　　　　· 054

聆听西藏 | 扎西达娃　　　　　　　· 057

醉生梦死甜茶馆 | 扎西达娃　　　　· 065

伊胡塔的候车室 | 鲍尔吉·原野　　· 070

静默草原 | 鲍尔吉·原野　　　　　· 072

秋天我在泸沽湖 | 于　坚　　　　　· 075

拉萨有条八廓街 | 央　珍　　　　　· 080

五千个买买提 | 刘亮程　　　　　　· 088

逛巴扎 | 刘亮程　　　　　　　　　· 093

盛装的行程 | 李　娟　　　　　　　· 105

河边洗衣服的时光 | 李　娟　　　　· 112

穿越在伤心地带 | 阿　来　　　　　· 120

辑三　行色

天山行色（节选）| 汪曾祺　　　　· 130

戈壁听沙 | 韩少功 ·138

布珠寨一日 | 韩少功 ·144

大漠古城 | 赵丽宏 ·154

敦煌沙山记 | 贾平凹 ·158

美丽的嘉荫 | 苇 岸 ·162

"热海"游记 | 宗 璞 ·165

法号 | 庞 培 ·169

南方的长城 | 祝 勇 ·171

怒江的方式（节选）| 熊育群 ·177

山脚趾上的布依 | 熊育群 ·182

无目的，亦无目的地的行走 | 何立伟 ·191

扎尔肯特：进步前哨站（节选）| 刘子超 ·196

辑四 行思

彩谷——彝族火把节散记 | 吴冠中 ·204

阳关雪 | 余秋雨 ·212

沿着岷江走——蜀游三记一 | 钟叔河 ·218

长城内外是故乡 | 唐晓峰　　　　　　　　　·225

千年古刹托林寺 | 葛剑雄　　　　　　　　　·233

秋天，拉萨天空的风筝奇观 | 廖东凡　　　·243

雪中的游思 | 罗　新　　　　　　　　　　·248

温润云南 | 赵　园　　　　　　　　　　　·258

辑五　附

"大美"与"大爱"——四川阿坝纪行 | 陈平原　·264

昆明的雨——昆明忆旧之三 | 汪曾祺　　　·272

巩乃斯的马 | 周　涛　　　　　　　　　　·277

滇游新记（节选）| 汪曾祺　　　　　　　·285

吐鲁番的葡萄，哈密的瓜 | 邓友梅　　　　·295

火焰山下 | 季羡林　　　　　　　　　　　·300

编辑凡例　　　　　　　　　　　　　　　·306

辑一　旧游

藏歌

宁　肯

　　寂静的原野是可以聆听的,唯其寂静才可聆听。一条弯曲的河流,同样是一支优美的歌,倘河上有成群的野鸭子,河水就会变成竖琴。牧场和村庄也一样,并不需风的传送,空气中便会波动着某种遥远的、类似伴唱的和声。因为遥远,你听到的可能已是回声,你很可能弄错方向,特别当你一个人在旷野上。

　　即便荒野的石头,只要你愿意感觉,石头也会发出某种细致的铿锵声响,甚至如某个久远时代的歌唱。石器时代我们粗糙的手掌自然过于遥远,但歌声不从来就是遥远的吗?尤其在某些时刻,譬如黄昏,夜深人静。

　　某些时刻……你凝神谛听。

　　你走着,在陌生的旷野上。那些个白天和黑夜,那些个野湖和草坡,灌木丛像你一样荒凉,冰山反射出无数个太阳。你走着，或者在某个只生长石头的村子住下，两天，两年，这都有可能。有些人就是这样，他尽可以非常荒凉，但却永远不会感到孤独，因为他在聆听大自然的同时，他的生命已经无限扩展开去，从原野到原野，从河流到村庄。他看到许多石头，以及石头砌成的小窗——地堡一样的小窗。他住下来，他的心总是一半醒着，另一半睡着，每个夜晚都如此。这并非出于恐惧，仅仅出于习惯。当有一天歌声不是从山坡上，而是从一孔突然打开的、并且近在咫尺的小窗里飘出，刹那间石破天惊，上苍也为之动容：

  说说我吧
  我的爱情是一重石头山
  石头不动也不摇

  说说你吧
  你的爱情是山上雪
  太阳一出就化了

  说说我吧
  我的爱情是河底石
  磐石永远冲不走

说说你吧

你的爱情是河里鱼

河水一冲就溜走

说说我吧……

哀怨，也轻松，但是怎样的轻松……藏歌从苦难极深处升华而起，竟从不过分沉重；然而聆听者却一任发呆，魂系天外。爱情，欢乐，死亡，生命的诞生，往复升腾，万古不落的主题，平静如同草木的诉说。这里从不因为死亡或遗弃，新的婴儿就不呱呱坠地，就不啼破异常寒冷的早晨。只有藏歌才能将苦难和苦难的记忆化为抒情，少女一旦成为母亲，歌声就不再是呜咽着，不再酿成出神的泪水；歌声就会化为饱满的乳汁，化为石头底下涌动而出的叮咚的泉水；歌声就是圣母、月光、摇篮曲。如果天上真有音乐，那一定是藏歌。只要隐秘的山村拥有那么一小片天空，天空就会在某些非常宁静的时刻突然颤动起来，因为夜色升起，只好秘而不宣，有时候还会划过一两颗雪亮的流星。

即便山上的寺院，也常常使天空失去平静。那音乐似乎本属于昏暗的阳光难以窥入的神祇殿堂，而殿堂自然就是非人世的空间。但那些红袍加身的孩子是关不住的，特别是他们的心灵关不住，一有机会或不由自主，歌声就会脱出喉咙。因而他站在倾斜扶摇的顶台上。他的下面是浩瀚而白色的寺院群，寺院群顺着山势铺陈开去，白森森错落纷繁，犹如自山体开凿出的巨型浮雕，又像白垩纪留下的冰川残片，有着无数的小而深邃的窗洞，像蜂房一样。他只要伸一下手就可裁一片云，摘一颗星。当他超离一切之上的童声划破沉寂的夜空，不似天籁，胜似天籁。

于是，有一天忽然就到了燃灯节，一个属于那个圣者的节日。山村的每一孔石头小窗都燃起了长明灯。天与地在这一天密不可分，融为一体。点点的灯光，点点的星。那个圣者许多年前死去了，他留下了不可动摇的信仰和传说。他又如期而至了。长明灯就是他的眸子，他的星。家家都期待着什么，都静得出奇，而你也似乎感到某种东西就要降临。

那么，走出谜一样的村子，再穿过一大片无人问津的黑暗，那时你看到了什么？山上，寺院灯火辉煌。后面夜色由浅入深，深的是山体，是比夜色还浓重的巨幅黑影。正是在这高深莫测的黑影里，寺院燃起了数千盏长明灯。灯火流畅而宁静，分明呈现出一幅玄奥的几何图形，极空灵，极神秘，莫非是那位先圣的心灵已经显现？这岂止让人震撼而已！图案上空，但见桑烟——一种为敬神而燃起的桑烟，缕缕轻扬，像一条条飘带，又像一只只手臂，并且在不停地摆动，冉冉上升，以致整个寺院群也要超拔而去了。那么，你是个无神论者吗？在这庄严的图案前你会望而却步吗？

你站在积雪很厚的山顶上，夜风瞬间使你汗湿的脊背变得冰凉。你骄傲，为了终于超越于寺院之上。静观默立良久，你顶着一钩弯月从山顶下来，一个人，你从来就是一个人，当你渐渐步入迷宫似的寺院，那些寄养在寺里的狗从无数个角落奔出，朝你狂吠，你没有丝毫畏惧。你见得多了，在八廓街，在扎什伦布，在雍布拉康和昌珠你都遇到过这情景。在帕里也是这样。可今天这日子？怎么了？听不见一声狗叫。你反而毛骨悚然，你来探寻什么？你像异教徒一样，或者压根你就不知道什么是信仰，你闯入这神秘的禁地干什么？你怀着鬼神也难以理解的原始冲动吗？你睁着一双困兽般的眼睛，既蛮横又惶恐——这就是你，一个在圣殿之下想入非非的人吗？你试探着深一脚浅一脚地向前摸索着，灯光闪烁，已经闻到桑烟潮湿的发苦的香味。

高墙。深巷。你摸索前行。像液体一样的黑暗从你脚下汹涌上来，刚好把你严严实实地淹没。没顶之灾！你哐的一声跌倒在柔软的石阶上，你的手触到一个毛茸茸的家伙，那家伙好像早有准备，只是轻轻蠕动了一下，居然一声不响地轻轻靠在你身上，就像兄弟那样。你觉得简直太荒谬了，可你分明感到了一丝温暖，并且甚至差不多想要流点眼泪什么的。你们一同向上仰望。上面，天光熹微，寺顶人影憧憧，似乎不时还可以看见从天上伸下一条条手臂，动作很慢，像玩一种叠手操，时散时聚，好像还可以看到一张张俯视的面影，映着微光，轮廓十分清晰。可是看不出表情,连五官也没有。或者整个看去是在微笑?是的,不错,这是一掬没有五官的微笑,甚至想象中的笑。如果上面是人间,那么你是什么?你和一个毛茸茸的家伙靠在一起。如果上面是天堂,你是什么?人间?不,仅仅是生命,或者根本从来就没有人间?或者正因为天堂的存在你才长期被视为非人?在神的史册里没有中间状态。你进不了天堂,又不可教化,这才糟透了。所以你只能和你的兄弟——尽管你不承认它是你的兄弟——蹲在潮湿的深渊里,那么,或许你只能形同困兽才多少有一点力量?你的兄弟从不指望进天堂,因此也就没有地狱可言,甚至也没有反抗。

潮湿,像大雾一样的潮湿,但你差不多已是石头,绝不会发霉,这一点倒是你最不必担心的,那就来支烟抽抽。然而就在我划火点烟的当口,我的兄弟倏然消失了,它一声不吱悄悄离开了我。我们不是兄弟,我们是兄弟,谁知道呢?这世上真的有所谓兄弟?

这当然……或许只是个……梦魇。

不过,无论如何,你该感谢那个孩子。你最终能走出这场"梦魇"或"黑森森",多半有赖于那个孩子好像呼喊似的歌声。你吸着烟,一支接一支,那时桑烟已落,代之而起的是你抽的烟。你的兄弟不喜欢你抽烟,但是谁要它喜欢!一支烟让你感觉回到人类,你不再有恐惧,一切都如幻觉般地正在消失。当那些手臂、面影、微笑纷纷退去,寺上寺下都只剩一个人,一个抽烟的人和一个孩子。

孩子是守夜人,我觉得我也是。

孩子走走停停,影子晃来晃去,哪一盏长明灯给风吹灭了,他就把它重新点燃。跳荡的火苗的光亮舔着他的红袍子,也舔着他光光的脑袋和像小姑娘一样的面庞。他不过十四五岁,在刚才众多的面影中显现不出来,但是现在不一样了。现在天已有点发亮了,你再没有了恐惧,你甚至觉得男孩像某个童话,像《卖火柴的小女孩》,他没有表情,平静而安详。他有着多大的舞台呀,怎么可能那么平静?事实上很快我就看到他调皮起来,他蹦蹦跳跳,竟忽然哼唱起来了,一点儿不错,他还是童声!真的,就连他的歌声也像小姑娘的歌声,甚至冬天的歌声!开始是低声的,后来禁不住放开了喉咙。他望着灯火,手里扬着火把跳着,点燃着并不需要点燃的灯,几乎像一种舞蹈。那歌就那么两三句,头两句像山谷的号子,扬起,然后是休止,一声轻叹:

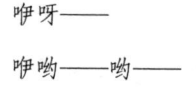

咿呀——
咿哟——哟——

岂止悠扬!那轻叹的拖腔以黎明为背景,拖得你浑身释然,仿佛飘飘离地,冉冉升起,身飞九重,更难说灵魂寄往何方。不过别担心,灵魂马上还你,当绵长拖腔的尾音行将消失,一个短暂的休止,一个片刻的静默之后,第一句重复性的主题早已喷薄欲出,划破黎明的天空,霎时间你觉得天开地裂,以致整个风烛残年的寺院都像是在松动、崩裂、坍塌,发出"咔嚓咔嚓"的响声,只怕要落你一身灰尘了,快走……

天已完全放亮,孩子像天幕上的剪影,灯还亮着。

你转身离去,像解脱之后得到某种启示。"某种启示",你这样想着,站在村边上。早晨格外宁静,村子升起缕缕炊烟,你想你要走了,你要到冈底斯去,而你的目的地是喜马拉雅。你要再次拜谒那条世界上最年轻的山脉,最年轻的牧场,你要找到那支歌的源头。走吧,你说,不要怕渺茫和寂寞,即使没有驼铃你也是骆驼。

(原载1987年第4期《散文世界》)

四月的泥泞

王 蒙

初到新疆生活的人,面对化雪季节的新疆的泥泞,实感惊心动魄。

在乌鲁木齐和一些北疆城市,冬天的冰雪就够惊人的了。一层又一层的积雪,使公路变成了夹层冰道。汽车与自行车的车轮在冰道上刻印下了千道万道冰的辙沟,辙沟重叠、并排平行或者纵横交错。它似乎有一种象征的意味,人生的道路就是这样错综繁复而又难离旧道。歧路不仅亡羊,歧路亦常翻车。骑自行车最要紧的是不要使前轮陷入车辙沟,那种"重蹈旧辙"的结果一定是车把的"僵化"与自行车的翻倒。也有时候天可怜见,硬邦邦,歪歪斜斜的车打着滑冲出了小沟,像表演"醉车"——即醉汉骑车的特技一般,我们又可以骑车冰上行了。比起辙沟来,冰面的光滑反倒成了第二位的威胁了。滑就滑,倒就倒吧,车照骑不误,虽然时而有某某人摔成了粉碎性骨折的消息。等到真粉碎了,也就不怕冰路了。

终于三月到了。三月下旬便开始化冻。天!大街小巷都变成了泥塘。穿上套鞋似还不够,在伊犁,必须穿上高勒胶靴。到了四月,泥泞更加透彻,虽然穿上了高勒胶靴,裤子上仍然会沾上泥巴。特别是一旦汽车驶过,泥点会溅到脸上、头发上、身上。你咒骂司机,司机又咒骂谁去呢?走在泥泞里,胶靴发出的不是噗噗的泥声,而是从泥里抽出靴子时造成瞬间的真空、空气与泥形成的气泡破裂,然后稀泥又填补了真空所发出的呱呱呱的声音,像是江南夏日的蛤蟆叫。

泥泞中,土路上被马车和汽车轧出的辙印则更深重巨大,它不再是冰雪上的小沟小路,而是,简直是一条又一条的河道、河床!谁能想象,在这样的路上还能开汽车、赶马车、走行人乃至骑自行车呢!有时在将干未干的这样的河道里骑自行车,脚蹬子蹬到了已干的"河岸"上,蹚起了尘土,磨坏了鞋底子……

在乌鲁木齐的一些巷子里,也有这样的泥泞河道奇观。所以当七十年代初期,乌鲁木齐提出"出大力流大汗,定叫马路见青天"的口号,清除淤泥,露出巷子里的柏油路面。那时,我简直不相信自己的眼睛。我从来没有想到这厚实的泥泞下面,竟沉睡着沥青路面!我从没想过,这些巷子竟修过柏油路。"这是怎么回事?"我迷惑了。"有拆修房屋的,把老房土老墙土倾倒在路上,这样,就把路面盖上了。""老新疆"如是回答。是吗？我仍然觉得难以置信。有了好路却又莫名其妙地把它掩盖起来，那怎么可能呢？

见到那些北京上海的大城市的养尊处优的青年的时候，我禁不住想：让他们去新疆见识见识吧，哪怕只见识一下四月泥泞，他们就会懂得建设的不易，走路的不易，管理的不易，春天的不易，一切不易的不易了。艰难，这不正是我们每个人的必修课吗？泥泞，这不正是通向日暖风和的盛春与初夏的必由之路吗？这些大城市的孩子们未免活得太轻松太舒服了，他们上哪里了解"国情"去？上哪里结合实际去？如此这般，不知道这样想是否也有点"红眼病"的前兆。

据说现在已经没有这么多泥泞了。乌鲁木齐各单位承包门前的道路，不令雪积，不令冰就，到了化雪天气无雪可化，也就无泥可泞了。至于伊犁，像阿合买提江路之类的大土路，早已铺上了沥青路面，即使翻浆也成不了条条大河的河道了。乡下的土路呢？该是依旧吧？高轮牛车（二轱辘）可能正是为了适应泥泞的与多渠道的路面而制造出来的，如果车轱辘小一点，陷入没入泥中渠中，不就更麻烦了吗？农村，世界上正因为有农村，怀旧的温馨才有所寄寓，岁月的无情的冲刷之中才保留了几个安全的小平台。真没了泥泞，还能算新疆的春天吗？

而不论大的泥泞也罢，愈益减少的泥泞也罢，经过了化雪季节，新疆的盛春初夏是极为美妙的。待到百花盛开树叶纷披的时候，待到过五一国际劳动节的时候，不论有过多么吓人的泥泞，一点影子也不会留下了。一切都会变得清清爽爽，利利落落。到那时候你向一个外地人介绍乌鲁木齐或者伊犁的四月泥泞，说不定他以为你是在危言耸听或者"踩乎"边疆呢。

1991年6月

（原载1991年第6期《中国西部文学》）

昆仑之眠

毕淑敏

上昆仑山的时候,我们坐的是大卡车。齐着车厢板垛满麻袋,每袋两百斤大米。坐在上面,透过棉裤,感觉到蚂蚁般的米粒随着颠簸的山路蠕动,好像一摊活物。

一路上,老兵不断地问:有了吗?

我们说:没有没有呢。

老兵说:到晚上睡着就有了。每个兵站后面都有一大片烈士陵园,有好些就是先在床上睡着了,后来就睡到那儿去了。

昆仑山上的睡眠是头妖怪。

我们这些初次上高原的小女兵,就坐在大米麻袋上,恐惧地等待昆仑山上的第一个夜晚。

老兵们说"有"的那种东西,叫做"高原反应"。会让你的口鼻像螃蟹似的冒出粉红色的泡沫,皮肤泛出紫蓝色的网纹。最后,你丢掉所有的体温,成为冰山的一部分。

我们那时只有十六七岁,虽说也感到轻微的不适,却都像否认有偷窃行为一样否认高原反应。那还是一个以为否认就能挽救一切的年纪。

到了兵站睡觉的时候,老兵说,高原反应是一定会来的,别看你们年轻。夜里头疼得实在受不了,可以用背包带子在额头上勒两圈,越紧越好。偏方治大病。

我躺在坚硬如铁的兵站枕头上,焦急地等待头疼。当它真的像春雨一般润物无声地降临时,我欣喜地发现它并没有想象中神奇。高原反应是一种像铅色绸缎般柔软而黏稠的东西,裹住你的大脑,使它晦涩地滚动。勒住太阳穴的确管用,好像在脑汁里滴了明矾,清凉多了。

当我的昆仑第一眠醒来后,发现兵站久未洗过的枕巾依旧在我的头颅下发着男人的汗味,高兴极了。我原本以为自己再也看不到枕巾上花里胡哨的图案了。

以后我在昆仑山度过了无数个夜晚。这话有些不准确,其实是可以算得清的,区区十年有什么算不清!但我不愿去算。睡眠和死亡曾经在我脑海中不断淤积,直到达到了感觉上的极限。

我们的营区海拔近五千米。这还是在正常的日子。碰巧赶上拉练,就要再高许多。高寒高寒,它俩是双胞胎,高了就必然寒。高处不胜寒。

分配给我们睡的是铁床,类似城市居民几代同堂时买的那种折叠床,是用铁片做的。一代又一代士兵的碾压,很多铁片断裂了。我们没有铁丝,就用麻绳把破损处连缀起来。躺着的时候,可感到一处又一处的凹陷,好像趴在打断了肋骨的母亲身上。

床上只铺一条薄薄的褥子。褥子是旧的移交品,发给我的时候很脏。我用清澈的雪水洗了一遍又一遍,晾晒在太阳底下,还是疤疤点点。我大声说,这褥子以前的主人一定是个汽车兵,洒了这么多的汽油。一个大点的女兵慌忙掩住了我的口,说,别嚷。那是男人尿下的。我这才茫然住口。

褥子菲薄,透过床单可以看到铁条嶙峋的形状。上级动了恻隐之心,给每人发了一条草垫子。稻草的,黄黄的,软软的,叫人想起一个好收成。大家乐得吸了不少冰雪浸透的凉气。只是草垫子比我们的铁床要长,需铡去一段。那些日子,军营里像是饮牲口的料场,到处飘散着针尖似的草芒。

拉练露营的时候,当然不能带上草垫子。我们先把雨布铺在雪地上,再打开被子睡觉。我第一次这么睡的时候,心想第二天爬起来还不得满身泥浆?没想到干干爽爽地起床,掀开雨布一看,雪絮洁白松软,仿佛刚刚自九天坠下。微薄的体温就像一杯水倒进太平洋,早已溶进酷寒。

听说,地方政府派来的慰问团,看了战士们的艰窘,调拨来了一批狼皮褥子。但数量有限,平均十个人才能分一条。

我急切地盼望着狼皮褥子的到来。不是巴望着能分我一条,而是想看看真正的狼皮是个什么样子。

终于来了。分到我们班里的那条狼皮褥子是黑色的，裁制得方方正正，同单人床一般大。皮毛上可以看出很明显的接缝，但颜色非常接近。远远看去，完全可以认为它来自一匹孤独的巨狼。毛缕很长很硬，纷披而下，发出苍蓝的闪光。我伸手摸摸它们，光滑而润泽。我突然忆起小时候父亲高高举起，抚摸父亲头发时的感觉。

大伙一致决定把狼皮褥子分给一个瘦弱的农村来的女孩。因为她的铁片床塌得最不成样子，她又靠门。她恰好不在，我们七手八脚地给她铺好了，每个人都躺到她的床上试了试。大家都说，狼皮真暖和。

她回来后一眼看到床边垂的狼毛，就哭了。

大伙忙说，别在意。我们都已经享受过了。

她说，你们这不是咒我死吗！我是属猪的，我妈自小就叮嘱我，一定得避狼！

我们重新决定狼皮褥子的归属，决定轮流铺，一人若干天。

昆仑山上的夜极其黑，但是很不安宁。三百六十五夜，大概三百五十天有风。风像排着队的疯婆子，用干枯的手，把旷野上的一切孤立之物，都变成弹拨的乐器。它让石屋发出呜咽的共鸣，它让电线空竹般鸣叫。它把士兵偶尔丢弃的空罐头盒，从地面噱上屋顶。在飞翔的过程中，随意拨弄着它们，罐头盒就像硕大的口哨，吹出空袭警报的锐音。甚至石头也会发出怪兽般的抽泣。那一定是石头内的缝隙被风挤压了，痛苦地呻吟。

我们因此练就在喧嚣中酣睡的本领。当我离开高原回到城市，突然发现城市的夜晚是那样寂静。和昆仑山真正的钢鼓乐队相比，城市只是一支短笛。

昆仑之眠是充满陷阱的黑洞，许多人在梦中永不复返。盖因睡眠时人的抵抗力减弱，犹如不设防的城市，死亡的偷袭格外容易成功。时时听到某人睡着睡着就过去了的传闻。我们每天早上起来见大家都还活着，心中充满重新诞生的快乐。

有一次，女兵在半夜里突然接到电话，要为一个突然死亡的战士扎个花圈（顺便说一句，昆仑山上所有的花圈都由我们来扎，因为女孩与花有缘）。我们说，什么时候死的？电话说，刚刚。我们说，打仗死的？电话说，不是。我们说，睡死的？电话说，也不是。我们说，那还有什么死法呢？是真的死了么？电话说，死得叮叮铛，再没有救的。睡着睡着紧急集合，哨子一响，这小伙子一个箭步蹿起，但立即就仆倒在地，死了。

我们为他扎了一个大大的花圈。从此，高原上有了一条不成文的规定：只要没有战争，夜里不搞突袭式的训练。

想在昆仑山上安眠，有一个高枕头是十分必要的。当时战士的囊中羞涩，只有几件换洗衣服裹在白包袱皮里当枕头，垫不到无忧的程度。特别是洗澡之后，干净的穿在身上了，脏的泡在盆里了。空包袱像个抠净了五脏六腑的咸鱼干，晒在床单上，很寥寂的样子。

一天我对卫生科长说,我想借您那本《实用内科学》看。

科长说,你有这个志气很好。只是你现在最该看的是《卫生员手册》。巴甫洛夫教导我们说,科学应该循序渐进。

我说,敢想敢干。试试吧。

在很长的一段时间里,我枕着《实用内科学》酣眠。我后来成为一名相当不错的内科医生,肯定同这有关。

战士的被子在露天看电影的时候,是要用背包带捆起来,当小凳子坐的,特别易脏。当我决定要洗被子的时候,同屋的战友都佩服我的悲壮。因为我没有大盆,也没有搓板。在小小的脸盆里凭手搓那么大一堆没头没脑的布,时至今日,连我也赞叹那时的英勇。

星期天起了个绝早,先看看太阳,是不是好天。因必得当天洗,当天缝起来,要不夜里就没东西盖了。

我把被套拆了下来之后,发现一个大秘密——草绿色的被罩要比白花花的棉絮长出半尺有余,窝着掖在里面。

属猪的女友说,多好的一块布。这不是浪费吗?

我点头,觉她说的极是。

你把它铰下来,补个衣领后屁股蛋什么的,岂不是上好的补丁?她说。

我想想有理,操起家伙就剪。

她说,你不等洗完了晾干再剪?

我说,那么大一坨,怎么洗!剪开了分两段,不是好洗吗?

她一边说着那也不差这一点,一边帮着我把被头连里带面裁下一圈。待到晚上,我把干了的被罩拿回来缝时,才发现大事不好。原来那富余出来的一截布并非无用,是预备被套缩水的。现在被套像件童年的衣服,遮不住棉絮丰满发育的身躯,恰短半尺。

怎么办?我和属猪的女孩面面相觑。

把裁下的那块布再缝上去。有人说。

那还行?我连连摇头。那工程简直能绕地球一圈,对于拙于针线的我,真是可怕的命题。

还有一个办法。属猪的女孩说。

什么办法?我迫不及待地问。

把棉絮也铰下来一块。她说。

多么好的主意!我快活地大叫,她总是那样的与众不同!我搂着她跳了起来,但只跳了两下就停顿。缺氧不允许我们激烈地表达兴奋。

说干就干。

在以后漫长的岁月里,我一直盖着比别人短一截的被子。它使我在严寒的冬天(昆仑山其实也没有别的季节)吃尽苦头。但是我从来不说,我怕那个属猪的女孩以为我在埋怨她。

因为被子格外地不御寒,我就特别爱晒被子。公平地说,高原的太阳虽然不暖和,但含有丰富的紫外线,有春天的气味。晚上蜷在里面,像扎在麦秸垛里一般惬意。

不过班长不让我老晒被子。她说，你的被子本来就比别人的短，叠起来就不好看。刚晒完的被子，囊得像个面包，哪儿还拍得出横平竖直的线，影响军容风纪。

于是晒被子的日子就成为我奢侈的节日。我会早早地钻进被子，让那个夜晚抻得很长。我会看到阳光毛茸茸地刷着我，白色的蒲公英沾在睫毛上，一只金色的蜜蜂在我耳边飞……

（原载1994年第2期《中华散文》）

三千里地九霄云

宗　璞

我在记忆之井里挖掘着,想找出半个多世纪以前昆明的图像。在那里,我从小女孩长成大姑娘,经历了我们民族在二十世纪中的头一场灾难。在亡国的边缘上挣扎,奋起,原以为一切都不可磨灭。可是竟有些情景想不起来。提笔要写下昆明的重要景色——白云时,心中只有一个抽象的概念:昆明的云很美。

只有概念,没有形象,这让我觉得可怕,仿佛眼前是个无底的黑洞,把所有的图像都吸进去了。

我记得那蓝天,蓝得透明,蓝得无比。我在《东藏记》开头写着:"昆明的天,非常非常的蓝。只要有一小块这样的颜色,就会令人惊叹不已了。而天空是无边际的,好像九天之外,也是这样蓝着。蓝得丰富,蓝得慷慨,蓝得澄澈而光亮,蓝得让人每抬头看一眼,都要惊一下,'哦!有这样蓝的天!'"

蓝天上有白云，我记得的。可是云在哪里？我必须回昆明去，去寻找那离奇变幻的白云，免得我心中的蓝天空着，免得我整个的记忆留下缺陷。

于是我去了，乘汽车，乘飞机，倒也简单。一路上想，古人为鲈鱼辞官不做，若是现在，可以回乡享受了鱼宴再出来宦游，岂不两全？然而也就没有那弃官爵如敝屣的佳话了。

飞机沿西线飞，经太原、西安、重庆，到昆明坝。它穿过云层，沿着山盘旋，停在四周青山之间。

飞过了两千多里。若是走路，岂止三千里。为了那虚幻的云。

我站在昆明街角上了。头上蓝天似不如记忆中那样澄澈，似调了一点银灰或乳白。这是工业发展的效果。

天公为迎接我，在这一片不算宽阔的蓝天上缀满了白云。

昆明的云，我久违的朋友！我毫不费力地发现我的朋友与众不同处，他们也发现了我。立刻邀我进入云的世界。这一朵如山峰，层峦叠嶂，厚薄相接处似有溪流落下。那一朵如树丛，老干傍着新枝。这一朵如花苞，花瓣似张未张。那一朵如小船，正待扬帆起航。只一会儿工夫，这些图景穿插变幻。汇成一片，近处如积雪，远处如轻纱，伸展着，为远天拦上一层帷幔。

忽然落下雨点儿，紧接着就是一阵急雨。人们站在街旁店铺的廊檐下。一个水果担子在我身旁。

"你家可买梨？宝珠梨。尝尝看。"挑担人标准的昆明话使我有余音绕梁之感。那是乡音！宝珠梨在记忆中甜而多汁，是名产。据说现在已经退化了。人们在培养新品种。我摇摇手，用乡音对答："梨么不要。你家说的话好听呢好听。"挑担人不解地望着我。那是典型的云南人的脸，这张脸在我的记忆之井中激起了许多玲珑的水泡。闪着虹的光亮。

雨停了，挑担人拢好箩筐上的绳索，对我笑笑。"要赶二十里路回家咯。"他向街的一头，十字路口走去，那里从前是城门。

雨后的天空，又是云的世界。我走几步便抬头，不免东歪西倒，受到"不好好走路"的责备。于是便专心走路，回想着白云下的宝珠梨担子。那陌生又熟悉的脸庞和天上的白云。

几天后，朋友们安排我去石林附近的长湖。五十年前，我曾到过那里。当时的长湖藏匿在茂密树林中，踏过曲折的石径，站到湖边时，会觉得如同打了一针镇静剂，一切烦恼不安都骤然离去，只有眼前的绿和绿意中水波的明亮，把人浸透了。我曾把这小小的湖列于西湖太湖之上，因为它不是一般的风景，而是直接诉诸人的精神世界。

不料这一次我们驱车往路南尾泽乡，所遇震撼全在长湖之外。再没有坎坷不平的泥路，再没有背上放着木架的小马，有的是上上下下都十分平坦的公路，车子驶过，没有一点颠簸。行到高处，忽见前面豁然开朗，大片蓝天之上，有白云的图案，如一幅抽象派的画，不写真，不状物，只是一团团，一块块，一层层，卷着滚着，又在邀人进入云的世界。"昆明的云！"我叫起来，真想跳离了车子，扑到天边去！车行急速，转眼掀过了这一幅图画，眼前是无比真实的土地，鲜红色的土地，红土地！

红土地连着绿林，红土地连着蓝天，红土地连着白云！我亲爱的云南的土地！多少年来，我怎么忽略了这神秘的鲜艳的红色呢！在这红土上生长着宝珠梨，滋养着本地和外来的人，回荡着好听的昆明话；在这红土上伸展着蓝天，变幻着白云——

我们走过一个小村庄。村中房舍想必是用红土烧坯建成的，屋顶墙壁一派暗红。村前池水也是红的，两三个系蓝布围腰的妇女在池边洗衣服。洗出来的衣服想必也是红的了。

颜色很绚丽，心里却酸苦。红土是酸性土壤，它的孕育是艰难的。

可是我相信，人人都会有一池清水，这是迟早的事。

尾泽小学已是正式的楼房了。院中植着花木。我住过的土坯房不见了。只是那片操场还在。五十年，该有多少农家孩子从这里得到启蒙的知识，打开了灵魂的窗户。而在操场和我一起学过阿细跳月的人们，还有几个能再来？

车直开到长湖边上，我还一再地问："是这里么？这是长湖么？"可见长湖大变样了。似是从一个纯真的少女变成了饱经风霜的老妇人。湖水不再掩藏在树木间，而是坦然地抚摸着开朗的湖岸。岸上有草地，有野炊用的泥灶，俨然一个公园。

我们坐在一个小岗上，良久不语。作为公园，这里还是不同一般的。水面澄清，天空开阔，而且是这样的蓝！

记得《西游记》中有推云童子、布雾郎君这样的角色常被孙大圣传唤。布雾郎君且不说。这推云童子无疑是个艺术家。蓝天上的云朵洒得疏密有致。渐渐地，小朵汇成大朵，如堆棉，如积雪，一会儿，棉和雪变化成一群白羊，一只大狗。狗是在牧羊么？远山上出现一个大玩偶，有很长很弯的鼻子，似要到湖里吸水。那狗蹄子正踩在玩偶头上。玩偶不必发愁，狗蹄子很快移开了，愈来愈淡，狗消失了，只剩下群羊。想不到在无意间，得观白衣苍狗，更领悟子美"天上浮云如白衣，斯须改变如苍狗"之叹。

云还在变幻。一座七宝楼台搭起来了，又坍塌了。围湖的山和天相接处，一朵朵云如同很大的氢气球，正在欲升未升。不久化作大片纱幔，似是从山顶生出来的，把天和地连接在一起。而天是蓝的，地是红的，白云前还点缀着绿树。

归途中，一轮丽日当空。快到昆明了，忽然，年轻的朋友叫道："快看！彩云！"

哦！彩云！就在太阳的右下方，一朵椭圆形的彩云！刚看见时是玫瑰红，一会儿变作金色，一会儿又变作很浅的藕荷色。太亮了，我们不得不闭上眼睛。再看时，可能我的不正常的视力做了加工，只见彩云后面透出彩色的光，许多亮点儿成串地从云朵上流下，更让人不能逼视。

"不能看得太久，"我们说，"会折损了福气。"

太阳随着车子向前而后退，那朵彩云却面对面地向我们头顶飘来，随即消失了。

云南这个名称，据说始于汉代，因彩云出现而得此名。有谁真正看到过彩云？如今有我。

昆明的云！美丽的云！在我的记忆之井中注满了活水。

"三千里地九霄云。"我拟下了一个作文题目。

1994年10月25日
距目击彩云已两阅月矣

（原载1995年第1期《中国作家》）

拉萨的流云

龙　冬

在拉萨宁静的午后时间里，一个人的感受是最亲切真实的。

这样的时候，我一个人坐在房间里欣赏着西班牙人罗德里戈的吉他协奏曲《阿兰胡埃斯》。这是他十九岁那年完成于德国的一部代表作。录音带的封套上写着：

> 阿兰胡埃斯系指从马德里南下约四十七公里的地方，是昔日西班牙王室官殿的所在地，其建筑宏伟，风景秀丽。曲中展示了十九世纪末阿兰胡埃斯的宫廷生活情趣。写作此曲时，正值西班牙内战时期，作曲家客居德国，生活窘迫，作品中带有对往事的回顾和怀乡思绪。

这部吉他协奏曲我早在北京就已熟悉了，最初的欣赏，心是被牵着走的，带到了很遥远的地方，似乎是那个叫西班牙的地方。后来，我就把这些宁静闪亮的音响随身带到了拉萨，因为它会给我悠远的想法，我离不开它。

在拉萨生活有一年了，自己的年龄在二十五岁的基础上又长了一岁，可内心生活的丰富还是不如那个小伙子罗德里戈。他表现的仅仅是优美的宁静吗？现在我不这么看了。

假如在阿兰胡埃斯，中午的阳光照耀着眼前的人文景象，许多人静卧在草地上流水边，这里面当然有我，我们默默地尽情享受着周围的一切。而罗德里戈呢，他却是心里生着重病坐在那里，他神志不清，精神恍惚，他头脑中装着许多事情。

窗外，是真实的世界，是拉萨夏日中午的蓝天。明媚耀眼的白云在天空缓缓流动。世界上人类里有多少事情已不复存在，只有可称之为生命的东西永不凝固永不止息，就像这天上的流云一样。

拉萨的云在天空浮动，显出各种人与动物的形状。我所见到的就有鸡、马、狗、牛、车轮和人形。一个中午，我居然在天上找见了托尔斯泰老人和美国的戏剧家奥尼尔，他俩全在俯视着这块明亮的高原大地。各样的流云中也有厚重得显出灰色或黑色的，但凡是白云，都透明刺眼；乌灰的云随微风不久便转化为白云，而白云呢，向更高的空中飞舞散去，即刻消逝得一丝不见，只剩下一片蔚蓝的深不可测的天空了。

我也有走出门去，身心被白云牵引的时候。白云引着我走向拉萨河边，那里的天地与流水广大了些，像这样更广大的景象我去日喀则的路上在大竹卡见到过。广大广大，一切都那么可爱可以亲近，心里于是生出很多柔软的东西，想法是杂乱的，毫无章法。白云也引着我一次又一次地走进甜茶馆。其实，拉萨人总爱在上午去坐甜茶馆，那时的茶馆里最热闹，最舒服。可我却爱中午的时候独自去甜茶馆坐坐。进了小巷子，天空依然是广大的，几只懒狗或卧或伏在墙根儿有阳光的地方睡觉，一户人家门口坐着一位老太太，她手摇转经筒，口中哼哼着六字真言，远近高矮房屋顶上的经幡偶尔动荡几下，这都使我感觉到时间的回转及某种幸福又紧张的静谧。我就是怀着这样的静谧感受坐到甜茶馆里的，心里总有音乐在轻轻奏响，又是那个罗德里戈。

刚才遇见的那位老太太我能不能写出个小故事呢？我真有这种想法，我打算借此表现表现拉萨特有的——阳光。不成，还是不成，这样的阳光我几乎是似曾相识，可上一次在哪里呢？在都市？在内蒙古？在青藏草原的某个小寺院？还是二十年前在靠海的一个小村庄里？我也想到几年前从扎西达娃小说中读出且记住的东西，也就是这样的阳光。我们能拥有的太阳只这么一个，它却以不同的光芒照耀着世界每个角落，所以完全相同的阳光不可能找到的，而拉萨的阳光已经有不少人写了。

想着想着，我照旧是坐在房间里，耳边照旧是罗德里戈的曲子；窗外的片片白云却越显纷乱。纷乱的云是复杂的云，这样的"复杂"是可以学习的，至少它们有轻浮有厚重。好吧，我想，我就写写游记散文吧。可我手头工作忙，又缺乏行路的基本条件，即便有一些条件，我单单去写画面一样的人与景吗？

雨后的中午，天空已经放晴，在头顶太阳的周边有一圈多彩的光晕。我那天忽视了云的存在，其实云是存在的，并且还很厚实。这景象使得我又一回觉着美丽神秘无比，同样的感觉在我所去的各大小寺院也有。是啊，我不妨写某种"神秘"，再加入些高山、大江、草原的神奇。我正思考着，身边走过一位着藏装的美妙的女孩子。我遇见的她，不亚于戴望舒先生当年在雨巷里碰到的那位丁香般的姑娘。这么一来，我那些神秘、神奇全跑到这位姑娘身上了，而显露出来的只有妩媚。我要写妩媚，一定要写，仅仅神秘、神奇还不够，它们不都是被妩媚包含着吗？

我于是怀着这样的心情重又坐在书桌前，仔细欣赏那个十九岁小男孩作的曲子，私心想寻找一种理想的寄托。但是，过几日我就得离开这个地方了，告别拉萨，告别西藏，心里存着告别亲人般的忧伤，同时也存着愧意，我辜负了多少人对我的厚爱与希望，我没能在这一年里写下多少东西。可是，我没有辜负自己的内心，更没有辜负这块土地与人们。拉萨的流云将会给我往后长远的日子留下许多回忆。

罗德里戈的音乐与拉萨天上的白云是我忠实的伙伴，它们会为我送行的。有一天，你会在某个路口邂逅那个亲爱的人，你们聊了许多话便又分手了，以后你又一次来到这个路口，她还会不会出现在那里？她也许在，也许不在。你想着念叨着，这就是怀想，一种完全可以表现的怀想，其内容永远立在你内心真实的舞台上。

拉萨的流云同我在西藏的日月，正是这样的怀想。

（录自《聆听西藏——以散文的方式》，云南人民出版社，1998年版）

人在江湖

韩少功

轻轻地一震,是船头触岸了。钻出篷舱,黑暗中仍是什么也看不见,只有身边同行者的三两声惊呼,报告着暗中的茅草、泥潭或者石头,以便身后人小心举步。终于有一盏马灯亮起来,摇出一团光,引疲乏不堪的客人上了坡,钻过一片树林,直到一幅黑影在前面升了起来,越升越高,把心惊肉跳的我们全部笼罩在暗影之下。

提马灯的人说:到了。

这是一面需要屏息仰视的古祠高墙。墙前有一土坪,当月光偶尔从云缝中泄出,土坪里就有老樟树下一波又一波的光斑,满地闪烁,聚散不定。吱呀一声推开沉重的大门,才知道祠内很深,却破败和混乱,据说这里已是一个公社的机关所在地,早已不是什么古祠。我们没见到什么人(那年头公社干部都得经常下村子蹲点),唯见一位留下守家的广播员来安排我们的住宿,后来才知道他也是知青,笛子吹得很好。他举着油灯领着我们上楼去的时候,杂乱脚步踏在木梯上,踏在环形楼廊高低不平的木板上,踏出一路或脆或闷的巨响。声音在空荡荡的大殿里胡乱碰撞,惊得梁下的燕子和蝙蝠惊飞四起。

这是1975年的一个深秋之夜,是我们知青文艺宣传队奉命去围湖工地演出的一次途中借宿。

这也是我第一次靠近屈原——当我躺在木楼板上呼吸着谷草的气味,看着木窗栏外的一轮寒月,我已知道这里就是屈子祠旧址。当年的屈原可能也躺在谷草里,从我这同一角度远眺过天宫吧?

我很快就入睡了。

若干年以后,我再来这里的时候,这里一片阳光灿烂灯红酒绿。作为已经开发出来的一个旅游景区,屈子祠已被修缮一新,建筑面积也扩大数倍,增添了很多色彩光鲜的塑像、牌匾以及壁画,被摆出各样身姿的男女游客当作造型背景,亦当作开心消费的记录,一一摄入海鸥牌或者尼康牌的镜头。公社——现在应叫做乡政府,当然已迁走。年轻的导游人员和管理人员在那里打闹自乐,或者一个劲地向游客推荐其他收费项目:新建的碑林园区,还有用水泥钢筋筑建的独醒亭、骚坛、濯缨桥、招屈亭等等。当然,全世界都面目雷同的餐馆与卡拉OK也在那里等待游客。

水泥钢筋虚构出来的历史,虚构出来的陌生屈原,让我不免有些吃惊。至少在若干年前,这里明明只是一片荒坡和残林,只有几无人迹的暗夜和寒月,为何眼下突然冒出来这么多亭台楼阁?这么多红尘万丈的吃喝玩乐?旅游机构凭借什么样的权力和何等的营销想象,竟成功地把历史唤醒,再把历史打扮成大殿里面色红润而且俗目呆滞的一位营业性诗人?可以推想,在更早更远的岁月,循着类似的方式,历史又是怎样被竹简、丝帛、纸页、石碑、民谣以及祠庙虚构!

被众多非目击者事后十年、百年、千年所描述的屈原,就是在这汨罗江投水自沉的。他是中国广为人知的诗人,战国时代的楚国大臣,一直是爱国忠君、济世救民的人格典范。他所创造的楚辞奇诡莫测,古奥难解,曾难倒了一代又一代争相注疏的儒生。但这也许恰恰证明了,楚辞从来不属于儒生。侗族学者林河先生默默坚持着他对中原儒学的挑战,在八十年代使《九歌》脱胎于侗族民歌《歌(嘎)九》的惊人证据得见天日,也使楚辞诸篇与土家、苗、瑶、侗等南方民族歌谣的明显血缘关系昭示天下。在他的描述之下,屈原笔下神人交融的景观,还有《天问》和《招魂》的题旨,以及餐菊饮露、披兰佩芷、折琼枝而驷飞龙一类自我形象,无不一一透出湘沅一带民间神祀活动的烟火气息,差不多就是一篇篇礼野杂陈而且亦醒亦狂的巫辞。而这些诗篇的作者,那位法号为"灵君"的大巫,终于在两千年以后,抖落了正统儒学加之于身的各种误解和矫饰,在南国的遍地巫风中重新获得了亲切真相。

我更愿意相信他笔下的屈原。据屈原诗中的记载，他的流放路线经过荆楚西部的山地，然后涉沅湘而抵洞庭湖东岸。蛮巫之血渗入他的作品，当在情理之中。当年这一带是"三苗"蛮地。"三苗"就是多个土著部落的意思。"巴陵"（今岳阳）的地名明显留下了巴陵蛮的活动痕迹。而我曾经下放落户的"汨罗"则是罗家蛮的领土。至于"湘江"两岸的广大区域，据江以人名的一般规律，当为"相"姓的部族所属。他们的面貌今天已不可知，探测的线索，当然只能在以"向（相）"为大姓的西南山地苗族那里去寻找。他们都是一些弱小的部落，失败的部落，当年在北方强敌的进逼和杀戮之下，从中原的边缘循着河岸而节节南窜。我曾经从汨罗江走到它与湘江汇合的辽阔河口，再踏着湘江堤岸北访茫茫洞庭。我已很难知道，那些迎面而来的男女老少，有多少还是当年"三苗"的后裔——几千年的人口流动和混杂，毕竟一再改写了这里的血缘谱系。

但是我们还是可以看见那些身材偏瘦偏矮的人种，与北方人的高大体形，构成了较为鲜明的差别。他们"十里不同音"，在中国方言版图上形成了最为复杂和最为密集的区位分割，仍隐隐显现着当年诸多古代部落的领土版图和语言疆界。当他们吟唱民歌或表演傩戏时不时插入"兮""些""耶""依呀依吱"等语助词时，你可能会感到屈原那"兮""兮"相续的悲慨和高远正扑面而来。

楚辞的另一面就是楚歌。作为"兮"字很可能的原型之一，

"依呀依吱"在荆楚一带民歌中出现得太多。郭沫若等学者讨论"兮"应该读a还是应该读xi的时候,似乎不知道a正是"依呀"之尾音,而xi不过是"依吱"的近似合音。作为一种拟音符号,"兮"的音异两读,也许本可以在文人以外的民间楚歌里各有其凭。

　　这些唱歌人,即便在二十世纪中叶现代革命意识形态一统天下的时候,也仍然惺忪于蛮巫文化的残梦。我落户的那个村子,有一个老太婆,据说身怀绝技,马脚或牛脚被砍断了的时候,只要送到她那里,她把断腿接上,往接口处吐一口水,伸手顺毛一抹,马或牛随即便可以疾跑如初。人们对此说法大多深信不疑。村子里的人如果死在远方,需要在酷热夏天运回故土,据说也有简便巫法可令尸体在旅途中免于腐烂。他们捉一只雄鸡立于棺头,这样无论日夜兼程走上多少天,棺头有雄鸡挺立四顾,待到了目的地之后,尸体清新如旧,雄鸡则必定喷出一腔黑血,然后倒地立毙,想必是把一路上的腐毒尽纳其中。人们对这样的说法同样深信不疑。他们甚至把许多当代重要的历史事件,同样进行巫化或半巫化的处理。一个陌生的铜匠进村了,他们可能会把他当作已故国家领袖的化身,崇敬有加。某地的火灾发生了,他们也可能会将其视为自己开荒时挖得一只硕鼠鲜血四溅的结果,追悔莫及。他们总是在一些科学人士觉得毫无相干的两件事之间,寻找出他们言之凿凿的因果联系,以编织他们的想象世界,并在这个世界里合规矩地行动下去。

他们生活在一块块很小的方言孤岛，因语言障碍而很少远行。他们大多得益于所谓"鱼米之乡"的地利，因物产丰足也不需要太多远行。于是，家门前的石壁、老树、河湾以及断桥便常驻他们的视野，更多地启发着他们对外部世界的遐想。他们生生不息，劳作不止，主要从稻米和芋头这些适合水泽地带生长的植物中吸取热能；如果水中出产的鱼鳖鳝鳅一类不够吃的话，他们偶尔也向"肉"（猪肉的专名）索取脂肪和蛋白质——那也是一种适合潮湿环境的速生动物。这样，相对于中国北部游牧民族来说，这些巫蛮很早以来就有了户户养猪的习惯，因此更切合象形文字"家"（屋盖下面有猪）的意涵，有一种家居的安定祥和景象，更能充当中国"家文化"的代表。

他们当然也喜好"番（汨罗人读之为 ban）椒"，即辣椒，用这种域外引入的食物抵抗南方多见的阴湿瘴疠；正如他们早就普遍采用了"胡床"，即椅子，用这种域外传来的高位家具，使自己与南方多水的地表尽可能有了距离。"番"也好，"胡"也好，记录着暧昧不明的全球文化交流史，也体现出巫蛮族群对外的文化吸纳能力。当欧洲一些学者用家具的高低差别（高椅/低凳，高床/低榻，等等）来划定文明级别时，这些巫蛮人家倒是以家具的普遍高位化，显示出在所谓文明进程中的某种前卫位置，至少在印度人的蒲团（坐具）和日本人的榻榻米（卧具）面前，不必有低人一等的惭愧。

我们可以猜测，是多水常湿的自然环境，是农业社会的定居属性，促成了他们这种家具的高位化。当然，我们还可以猜测，正是这相同的原因，造成了他们的分散、保守以及因顺自然的文化性格，无法获得北方部族那种统一和扩张的宽阔眼界，更无法获得游牧部族那种机动性能和征战技术，于是一再被北方集团各个击破，沦落为寇。

我曾经发现，这里的成年男人最喜欢负手而行，甚至双手在身后扭结着高抬，高到可以互相摸肘的程度。这种不无僵硬别扭的姿态，曾让我十分奇怪。一个乡间老人告诉过我：这是他们被捆绑惯了的缘故。这就是说，即便他们已经不再是战俘和奴隶，即便他们的先民身为战俘和奴隶的日子早已远去，无形的绳索还紧勒他们的双手，一种苦役犯的身份感甚至进入了生理遗传，使他们即便在最快乐最轻松的日子里，也总是不由自主地反手待缚。这种遗传是始于黄巢、杨幺、朱元璋、张献忠、郝摇旗、吴三桂给他们带来的一次次战乱，还是始于更早时代北方集团的铁军南伐？这种男人的姿态是战败者必须接受的规范，还是战败者自发表现出来的恐慌和卑顺？

已故湘籍作家康濯先生也注意过这种姿态。作为一种相关的推测，他说荆楚之民称如厕为"解手"（在某些文本里记录为"解溲"），其实这是一种产生于战俘营的说法。人们都被捆绑着，只有解其双手，才可能如厕。"解手"一词得到普遍运用，大概是基于人们被捆绑的普遍经验。

他们远离中原，远离朝廷，生活在一个多江（比如湘江）

多湖（比如洞庭湖）的地方，使"江湖"这一个水汪汪的词不仅有了地理学意义，同时也有了相对于"庙堂"的社会和政治的意义。当年屈原的罢官南行，正是一次双重意义上的江湖之旅。传统的说法，称屈原之死引起了民众自发性的江上招魂，端午节竞舟的习俗也由此而生。其实，"舟楫文化"在多水的荆楚乃至整个南方，甚至远及东南亚一带，早已源远流长，不竞舟倒是一件难以想象的怪事。有越来越多的证据表明，这种娱乐与神祀相结合的民间活动，与屈原本无确切的关系。这种活动终以北来忠臣的名节获得自己合法性的名义，除了民众对历史悲剧怀有美丽诗情的一面，从另一角度来说，不过是表明江湖终与庙堂接轨，南方民俗终与中原政治合流。这正像"龙舟"在南方本来的面目多是"鸟舟"（语出《穆天子传》），船头常有鸟的塑形（见《淮南子》中有关记载），后来却屈从于北方帝王之"龙"，普遍改名为"龙舟"，不过是强势的中原文明终于向南成功扩张的自然结局——虽然这种扩张的深度效果还可存疑。

一些学者曾认为，中国的北方有"龙文化"，中国的南方有"鸟文化"。其实这种划分稍嫌粗糙。不论是文物考古还是民俗调查，都不能确证南方有过什么定于一尊的"鸟"崇拜。仅在荆楚一地，人们就有各自的狗崇拜、虎崇拜、牛崇拜、蜘蛛崇拜、葫芦崇拜、太阳崇拜等等，或者有多种图腾的并行不悖，从来没有神界的一统和集权。他们在世俗政治生活中四分五裂的格局，某种弱政府乃至无政府的状态，与人们的神界图景似乎也恰好同构。我曾经十分惊讶，汨罗原住民几乎不用"可惜"一词，而习惯用"做官"一词代替：说一张纸弄坏了，说一碗饭打泼了，说一头猪患瘟疾了，凡此等等都是它们"做官"了。这里面是否包藏着一种蔑视官威和仇怨官权的胆大包天？

北方征服者强加于他们的绳索，并不能妨碍他们的心灵还时常在体制之外游走和飞翔，无法使他们巫蛮根性灭绝。一旦灾荒或战乱降临，当生存的环境变得严酷，这一片弱政府甚至无政府的江湖上也会冒出集团和权威，出现各种非官方的自治体制。在这样的时候，"江湖"一词的第二种人文含义，即"黑社会"，便由他们来担当和出演。宁走"黑道"而不走"红道"，会成为老百姓那里相当普遍的经验。1972年我还是个知青，曾奉命参与乡村中"清理阶级队伍"的文书工作，得知我周围众多敦厚朴质的农民，包括很多作为革命依靠对象的贫下中农，大多数竟是以前的"汉流"分子。"汉流"即洪帮，以反清复明为初衷，故又名"汉（明）流"。我后来还知道，这个超体积帮会曾以汉口为重要据点，沿水路延伸势力，在船工、渔民、小商中发展同党，最后像传染病一样扩展到荆楚各地广大乡村，在很多村庄竟有五成到七成的成年男子卷入其中，留下日后由政府记录在案的"历史污点"。其实，这个组织在有些地方难免被恶棍利用，但多数人当年入帮只是为了自保图存，有点顺势赶潮的意味，少数忙时务农闲时"放票"的业余性帮匪，也多以杀富济贫为限，与其说是反社会罪恶，不如说是非法制的矛盾调整。

有意味的是，他们一直坚持"汉流不通天"的宗旨，决不与官府合作。但他们也有自己的影子官府，并没有活在体制真空。他们还有"十条""十款"的严明法纪，以致头目排行中从来都缺"老四"与"老七"——只因为那两个头目贪赃作恶违反帮规而伏法，并留下"无四无七"的人事传统以警后人。他们奉行"坐三行五睡八两"的分配制度，更是让我暗暗感叹：病者（睡八）比劳者（行五）多得，劳者（行五）比逸者（坐三）多得，可以想见，这种简洁而原始的共产主义，在社会结构还较为简单的农业社会，对于众多下层的弱者和贫者来说，会闪烁着何等强烈诱人的理想之光。

当时同在南方渐成气候的红军，其内部的战时分配制度，难道与它有多少不同吗？

二十世纪的二十年代到三十年代，江湖南国正是多事之地。一个千年的中央王朝，终于在它统治较为薄弱的地方，绽开了自己的裂痕以及呼啦啦的全盘崩溃。英豪辈出，新论纷纭，随后便是揭竿四方，这其中有最终靠马克思主义取得了全国政权的湘鄂赣红军及其众多将领，也有最终归于衰弱和瓦解了的"汉流"及其他帮会群体，在历史上消逝无痕，使江湖重返宁静。同为江湖之子，人生毕竟不会有完全相同的终局。

在我落户务农的那个地方，何美华老人就是一个洗手自新了的"汉流"。他蹲在我面前的时候,我完全想象不出他十八岁那年,就是一个在帮会里可以代行龙门大爷职权的"铁印老幺"——他操舟扬帆,走汉口,闯上海,一条金嗓子,民歌唱得江湖上名声大振,一刀劈下红旗五哥调戏弟嫂的那只右手,此类执法如山的故事也是江湖上的美谈。他现在已经老了,挂着自己不觉的鼻涕,扳弄着自己又粗又短的指头,蹲在箩筐边默默地等待。

保管员发现了他,说你的谷早就没有了。

他抬头看了对方一眼,然后起身,用扁担撬着那只箩筐走下坡去。他好几次都是这样:一到队里分粮的日子,早早就来到这里蹲着,看别人一个个领粮的喜悦神色,然后接受自己无权取粮的通知,然后默默地回去。

他太能吃了,吃的米饭也太硬了,太费粮了,以致半年就吃完了一年的口粮,但他似乎糊涂得还不大明白这个事实,没法打掉自己一次次撬着箩筐跟着别人向谷仓走来的冲动。

后来他去了磊石,那个湘江与汨罗江的汇合之地。据说在围湖修堤的工地看守草料和竹材,因为大雪纷飞的春节期间没人愿意当这种差,他可以赚一份额外的赏粮。但他再也没有从那里回来,不幸就死在那里。当地人对他的死有点含含糊糊,有人说,他是被湘江对岸一些盗竹木的贼人报复性地杀了,也有人说,他死于这一年特有的严寒。但不管怎么样,他再也不会蹲在我的面前拨弄自己粗短的指头。

汨罗江汇入湘江的磊石河口，我也到过那里的。我至今还记得那一望无际的河洲，那河湾里顺逆回环的波涛交织着一束束霞光，那深秋里远方的芦花是一片滔滔而来的洁白。那一片屈原曾经眺望过的天地，渺无人迹。

  金牛山下一把香，

  五堂兄弟美名扬，

  天下英雄齐结义，

  三山五岳定家邦……

江上没有这样的歌声，没有铁印老幺何美华独立船头的身影，只有河岸上的芦苇地里白絮飞扬。

1998年5月

（原载1999年第7期《美文》）

西出阳关

邓友梅

　　　　　火山六月应更热,赤亭道口行人绝。(岑参)

　十年浩劫结束,我妻离子散,孑然一身,赤条条来去无牵挂了。

　解除监督改造,得到自由,我不愿在人去楼空的旧宅中徒自叹息,也想躲开朋友们怜悯同情。决定到远方去旅游,到一个没有熟识面孔,少一些大气污染的地方,求索天道,参悟人生。

　越敦煌,出阳关,经乌鲁木齐河边,踏达坂城石路,到达了吐鲁番。

　无心看达坂城姑娘,不及尝吐鲁番葡萄,一到火焰山下就直奔古国高昌。

　本来要走过"轮台九月风夜吼,一川碎石大如斗"的戈壁,去伊犁河谷凭吊林则徐遭流放的遗迹。途经乌鲁木齐，参观当地博物馆，意外发现那陈列着的一具木乃伊竟是我仰慕已久的张雄将军的肉身，使我改变了计划。

被监督改造的日子里，报纸上满篇杀气，无书可读，造反派抄家时漏掉一本《考古》杂志，被丢弃在墙角。就成了我劳动之后，"夜夜翻"的读物。书中谈到的张雄，伴我度过了许多难眠之夜。见到他的遗体，我怀疑自己奔来西域，是否潜意识中正是受了他召唤！

这条丝绸之路的鼎盛时期，从长安西行出阳关、玉门，有三条路通向境外。北路经哈密、伊犁奔东罗马帝国，到达地中海；中路过楼兰、龟兹往大宛、波斯；南路则穿过塔里木盆地前去天竺、西亚。不论走哪条路，这八百里火焰山都是必经之地。高昌处在吐鲁番盆地左侧。公元460年（北魏和平元年），北部的柔然汗国灭了高昌的沮渠家族，高昌正式立国。

这里虽距中原千里万里，但息息相关。中央王朝国泰民安之时，这里就是王道乐土，魏晋南北朝时，中原战无宁日，这里也你杀我斫，走马灯似的更换几次国主。直到北魏孝文帝太和二十三年（公元499年），高昌人杀了国王马儒，拥立敦煌人（一说为凉州人）麴嘉为王，才稳定住局面。一个汉人的小王国，在几个少数民族纷争、包围下生存绝非易事。身边左右就有两大强邻：一是要自立的铁勒人，一是拥戴帝国统一的突厥人。高昌周旋于两者之间。一面和突厥可汗结为儿女亲家,一面又在铁勒人铁马强压之下,接受其派官"监国"。为改变这种屈辱地位,他们设法与中央政权取得联络。

隋大业五年,隋炀帝"巡河右"到了张掖,这时伯雅已继承王位,他赶到张掖朝见。隋炀帝对他很器重,把他带回长安,命他随军远征高丽,他表现不错,回来后炀帝就把宗室女华容公主嫁给他,正式承认了这个属国。伯雅表示回高昌后要下令全国"庶人以上,皆宜解辫削衽",恢复汉族衣冠!隋炀帝极为赞许,传旨:"可赐衣冠之具,仍班制造之式。并遣使人部领将送,被以采章,复见车服之美。弃彼毡毳,还为冠带之国。"

这下子惹恼了铁勒人。伯雅回来,还没来得及恢复天朝衣冠,铁勒就大兵压境,支持内奸发动政变,把他赶下王位。靠张雄保护才逃出条活命,一口气跑出了吐鲁番!

伯雅群臣跑到哪儿去了史书上没载,最大可能是投奔了突厥可汗叶护。叶护与铁勒有宿仇,不仅坚持统一,而且娶的是伯雅的女儿,跟张雄是表亲。他的地盘在碎叶,距高昌较远,而且实力雄厚,可以掩护伯雅君臣。碎叶是李白的出生地,玄奘取经途经此地时,曾见到"城周六七里,诸国商胡杂居",许多人能操汉语,不远处还有个三百多户汉人聚居的"小孤城",人们穿着突厥衣服,却都讲汉话,保持汉族风习。可见叶护可汗跟中原的关系十分密切。

张雄君臣在流亡期间,卧薪尝胆,总结教训,积蓄力量,重整军备。六年之后挥师东进,卷土重来,一鼓作气驱走铁勒人，恢复了高昌王国，伯雅复位。这以后高昌繁荣了一个时期，现在的高昌故城就是那时留下的遗迹。

这座城好大啊！

吐鲁番的高温干旱，制造了这城市的木乃伊。高大坚固的城墙矗立在戈壁之上，仍然威武雄壮。我不禁想起《太平寰宇记》中对它的赞美："都会未及于沙州，繁富尤出于陇右。"据记载：市场繁荣，买卖兴隆，交易品既有中原来的丝绸、漆器、颜料、药材，也有西亚和波斯产的玻璃碗、玛瑙杯、香料。本地特产织锦、碟布、葡萄干更是堆集如山。多民族杂处，物阜民丰，一片繁华景象……

我进得城去，见到的却是一片死寂！只见高高低低的断垣残壁，组成大街小巷。房顶是没有了，炊烟消失了，寺院宫殿的规制依然，民居商店的面目尚存。只是不见一个人影，没有一点声响，不闻一丝生气。头上无树，足下无草，空气凝结了，时间停滞了。目光所及只是一片黄色的断井残垣！

我孤独地走在黄土路上，听着自己脚步在空寂的城中引起回声。路边墙角扔着一只没有绊带的麻履，定睛看去，乃是敦煌壁画中见过的款式。复前行，又见四壁空墙围着一堆瓦砾。

这间屋不大，门洞窗口齐全。炕台、灶眼排列有序。有一根倒下的房檩，半埋在黄沙中，几把干透了的草束，散乱在屋角处。随手拨动地下的瓦砾，辨认出是些缸坛碎片。再看锅灶形制，土几土台，推断它该是酒家。往左前方看，是一座墙垣高大、房屋宽敞、有数进院落的大宅，显然是宫殿或官府。宫殿后方，一座尖顶圆腹浮屠，高高矗立蓝天之下，无疑是座寺庙。《大唐西域记》载，玄奘取经路过高昌，曾在浮屠之下说法，看来就是这座塔了。讲完经高昌王力挽强留，不肯放他再走。玄奘绝食明志，应该也在这堵院之内。原来我已置身于寺前的闹市中间了。只是酒肆中不见窄袖襦衫、长裙拽地、眉贴花钿、当垆卖酒的胡姬，衙门前缺少了蓄短髭、竹皮靴、携弓箭的武士，宫殿外消失了戴纱帽、着宽服、系白裙的官员。那牵着马，赶着车，头戴尖顶卷边毡帽，足蹬高勒皮靴，高鼻深目，满脸虬须的胡商，更消失得无影无踪了。

这空寂的城，死亡的城，使我感到压抑，窒息。茫茫人海，潮汐涨落，奔腾旋转，撞击起伏，忽而掀起万丈巨浪，势不可挡，忽而又破碎为泡沫，烟消云散。留下的只是一片荒滩，像一张揉皱了的黄纸！

我带着沉重的空虚退出城去，仍想找到点往日的余辉，历史的遗韵，给自己以安慰。我知道张雄的墓葬距此不远，便信步走向城北的阿斯塔那墓地。

这是一片隐藏在戈壁滩下的坟墓，地面上没有封土，没有高丘。我沿着下斜的甬道来到地下墓室。

值得庆幸，张雄先生虽然移居到博物馆去了，它的"故居"倒仍保存得完好。他和夫人的墓床都还保持着原状。陪葬品也保留不少。

张雄死于贞观七年（公元633年）。是气死的！他含辛茹苦、厉兵秣马、一举赶走侵略者，恢复了麴氏王朝。刚成功伯雅就去世了。继位的文泰，却是个不成材的东西。仅仅贪恋声色狗马，理政昏庸无能倒也罢了，他竟依仗着"阻漠凭沙"，天高皇帝远，在西域横行霸道起来。高昌是西域各国向中央政权进贡、联络的必经之地。凡经过这里的贡使，他都把贡品劫走，把人扣下。玄奘被逼绝食，也在这时期。这时大唐王朝在中原已巩固了政权，正在振兴百业，欣欣向荣。李世民对文泰很讲策略。一面对他警告，劝他不要存二心，干恶事；一面施以厚恩，赐文泰妻花钿，封其妻姓李，并给以"常乐公主"的名分。文泰却阳奉阴违，大耍两面派手段，一边进贡玄狐皮、拂林狗讨好唐皇，一边却进兵攻掠焉耆，在西域称霸。张雄多次苦谏，要他改弦更张，都遭到拒绝。眼见亲手恢复起来的高昌国要毁在他手里，张雄"殷忧起疾"，含恨而死。

张雄去世不久，不出所料，唐王命侯君集领兵讨伐高昌。文泰先生这次倒很识相，侯君集大兵一到，一箭没发，就摘下王冠请罪投降了。唐朝皇帝毫不客气把高昌的"国"字一笔抹掉，把它降为西州的一个县，划于吐鲁番西侧的交河治下。所以诗人岑参来西州做判官，只能"饮马傍交河"。在一件出土文书上还记着这位诗人的草料账。

唐朝皇帝对文泰的处理仍很宽厚，对始终维护统一的张雄家族，更为礼遇。封文泰儿子"左骁卫大将军兼安西都护府州刺史"，叫他吃闲饭；张雄的两个儿子，一个做了"前庭折冲都尉"，一个则从"西州行参军""张掖县令"步步提升，直做到"中散大夫，行茂州都督府司马"。

张雄的夫人非常长寿。直到张雄去世五十五年后才归天。这合葬的墓室里就有了强烈的对比性。张雄死时，文泰是草草收殓的。而夫人的葬仪可就隆重得多。张雄那边虽然也陪葬了些仪仗木俑，制作都潦草简陋，数目也有限。而夫人这边骑马俑、文官俑、武士俑……种类繁多，数目甚大，制作精美，彩色艳丽。陪葬品中还有木屋、棋盘、车辆……

最令人意外的是还有一组"百戏俑"，那是一个木俑组成的戏班。个个身着锦绢衫裙，载歌载舞，姿态不同，面容各异。男的"滑稽戏调"，女性"浓华窈窕"。

我仿佛听到这些栩栩如生的木偶，带着嘲弄的口吻在唱一首歌："活着的人终会死去，我们却永远活着……"

高昌，这个大历史的小舞台上，有过多少生旦净末丑，一本正经地演出了喜剧、悲剧、正剧、闹剧，鼓乐喧天，杀声震地，出将入相，离合悲欢，一时多少豪杰，而今安在哉？只留下一座死城，几具干尸，在向世人做着冷酷的提醒：天地曾不能以一瞬！时光无情，人生如梦，名利得失、个人恩怨真值得那么认真计较吗？

永生的是那些木俑，证实这里存过活着的人，他们创造了木俑，把自己的生命也转移到了木俑的形体神情之中。他们没有留下名字,他们不用留下名字。他们已融入了世界整体,成为人类文化财富的一部分。

西出阳关,终于灵魂得到了净化,悟出一点哲理:人生苦短,能量有限。只要尽一份贡献,存一片爱心,为世界栽一株草,浇一棵苗,把大地赐予我们的归还大地,就不虚此生。人海沧桑,富贵浮云。寄蜉蝣于大地,渺沧海之一粟,除去尽一份人人应尽的天职,更须何求?

(录自《无事忙杂记》,华艺出版社,2007年版)

辑二　在地

过河

周　涛

　　这时我才发现，我骑了一匹极其愚蠢的马。一路走了二十多公里，它都极轻快而平稳，眼看着在河对岸的酒厂就要到了，它却在河边突然显示出劣根性：不敢过河。

　　它是那样怕水。尽管这河水并不深，顶多淹到它的腿根；在冬日的阳光下，河水清澈平缓地流着，波光柔和闪动，而宽度顶多不过十几米。但是它却怕得要死。这匹蠢马，这个貌似矫健的懦夫！它的眼睛惊恐地张大，前腿劈直，胸颈往后仰，仿佛前面横陈的不是一条可爱的小河，而是一道死亡的界限或无底的深渊！

　　我怀疑这匹青灰色的马儿对水一定患有某种神经性恐惧症。也许在它来到世间的为期不算很长的岁月里，有过遭受洪水袭击的可怕记忆，因而这愚蠢的畜生总结出了一条不成功的经验。像一个固执于己见的被捕的间谍似的，任凭你踢磕鞭打，它就是不使自己的供词跨过头脑中那个界限。

我想了很多办法——用皮帽子蒙住马的眼睛，先在草地上奔驰，然而暗转方向直奔河水，打算使其不备而奋然驰过。结果它却在河沿上猛地顿住，我反而险些从马头上翻下去。不远处恰有一座独木桥，我便把缰绳放长，自己先过对岸，用力从对岸那边拽，它依然劈腿扬颈，一用力，我又差点儿被它拽下来。

面对如此一匹怪马，我只好长叹：吾计穷矣！但今天又必须过河，我必须去酒厂；倘要绕道，大约需再走二十公里。无奈之下，只得朝离得最近的一座毡房走去，商量先把马留在这里，我步行去办完事再来取。

一掀开毡帐我就暗暗叫苦，里面只有一位哈萨克族老太太，卧在床上，似有重病，她抬起眼皮，目光像风沙天的昏黄落日，没有神采；而那身躯枯瘦衰老，连自己站起来也很困难似的。看样子，她至少有八十岁；垂暮之年，枯坐僵卧，谁知哪一刻便灵魂离开躯壳呢？可是既然进了门，总不好扭头便走，我只好打着手势告诉她我的困难和请求，虽然我自己也觉得等于白说。

她听懂了——其实是看懂了。摆摆手，让我把她从床上挽起来，又让我扶她到外边去，到了河边上，她又示意让我把她扶上马鞍。我以为老太太的神经是不是也不对劲儿了。她连路都走不稳，瘦弱得连躺着都叫人看着累，竟然"狂妄"得要替我骑马过河,这不是拿我开玩笑吗?我这样年轻力壮的汉子尚且费尽心机气喘吁吁而不能,她?能让这匹患有"神经性恐水症"的马跨进河水?我无论怎样钦佩哈萨克族人的马上功夫,也不能相信她眼前这种可笑的打算。

可是当我刚把她扶上马背,我就全信了。她那瘦小的身躯刚刚落鞍,那马的脊背竟猛然往下一沉,仿佛骑上来一个百十公斤重的壮汉,原来的那种随随便便满不在乎的顽劣劲儿全不见了,它立得威武挺直,目光集中,它完全懂得骑在背上的是什么样的人,就如士兵遇上强有力的统帅那样。这马不蠢,倒是灵性大得过分了。它当然还是不想过河,使劲想扭回头,可是有一双强有力的手控住了它,它欲转不能。它小蹄朝后挪蹭的劲儿突然被火烧似的转化为前进的力,踏踏地跃进河中,水花劈开,在它胸前分别朝两边溅射。铁蹄踏过河底的卵石发出沉重有力的声响,它勇猛地一用力,最后一步竟跃上河岸,湿漉漉地站定。

我把老太太扶下马,又把她从独木桥上扶回对岸,然后在她的视线里牵马挥手告别(我不敢当她的面上马)。她很弱,在河对岸吃力地站着,久久目送我。

此事发生在1972年冬天的巩乃斯草原,而天山,正在老人的身后矗立,闪闪发着光。

(原载1985年第9期《解放军文艺》)

聆听西藏

扎西达娃

· 太阳

冬天的上午，西藏高原万里无云，蔚蓝色的天空阳光炽烈。一群群的人在屋外坐着晒太阳，无论你形容他们呆若木鸡也罢，昏昏沉沉也罢，憨头憨脑也罢，他们并不理会外人的评价。重要的是，你别站在他们面前挡住了阳光。

沐浴在阳光下，人们的脾气个个都很好，心平气和地交谈，闲聊，默默地朗诵着六字真言，整个上午处在一种和平宁静的状态中。这个时候似乎不太可能发生暴力凶杀交通事故婚变什么的要紧事，那一切都是黄昏和深夜留下的故事。现在只是晒太阳，个个脸上都那么的安详、平和、闲暇和宁静，仿佛昨夜的痛苦和罪恶变成了一缕神话，遥远得像悠久的历史，而面对一轮初升的太阳，整个民族在同一时刻集体进入了冥想。

西藏人，这个离太阳最近所以被阳光宠坏了的民族，在创造出众多的诸神中，却没有创造出一个辉煌的太阳神，这使他们的后代迷惑不解。

坐在太阳下静止地冥想，没有动感，没有故事情节，然而却包含着灵魂巨大的力量和在冥想中达到的境界。也许他们并没有去思索命运，但命运却思索他们的存在。梅特林克在《卑微者的财富》一文中阐述了在宁静状态下呈现出的悲剧性远比激情中的冒险和戏剧冲突要深刻得多。然而西藏人对于悲剧的意义远不是从日常生活而是从神秘莫测的大自然中感悟出来的。在严酷无情的大自然以恶魔的形式摧残着弱小的人类的同时，大自然宝贵的彩色投在海拔很高空气透明的高原上，又奇妙地烘托出一种美和欢乐之善；这种大自然的光明与黑暗、善与恶的强烈对比，是形成西藏佛教的重要因素之一。西藏人在冥想中听见了宇宙的呼吸声，他们早已接受人类并不伟大这一事实，人类的实现并不是最终目的，不过是在通往涅槃的道路上注定要成为一个不算高级的生灵。

我相信这个非人类的伟大思想是我们的祖先在晒太阳时面对神秘的宇宙聆听到的神的启示。

也许是神秘主义倾向作祟，晒太阳这种静止的状态使西藏作家对这一题材颇感兴趣。青年女作家央珍和白玛娜珍写了《晒太阳》和《阳光下的对话》，我也曾写过一个短篇叫《阳光下》（瞧瞧，连题目都那么不约而同），但这些小说更多的都是些情趣的东西，还没能够从中发掘出更深层的意义。不过这一领域显然已被作家们注意到，相信有一天他们能真正走进去并发现一个奇妙的天地。

· **在路上**

这是一个没有什么特色的题目，却有一部以此为题目的小说成了经典名著，那是美国作家克晋亚克写的一本六十年代嬉皮士们的故事。一切故事都在路上发生。

由于历史的变迁，西藏人从一个在马背上勇猛好战的游牧民族变成了整天坐着念经坐着干手工活坐着冥想并且一有机会就坐下来的好静的民族。这一动一静的气质在今天的西藏人身上奇妙地混合在一起。一个草原牧人经过数月艰辛跋涉来到拉萨后，却能一连几个星期寄宿在亲戚家一动不动。我的祖先是西藏东部人，被人称为康巴人，他们剽悍好斗，憎爱分明，只有幽默，没有含蓄，天性喜爱流浪，是西藏的"吉卜赛人"。直到今天，在西藏各地还能看见他们流浪的身影。我觉得他们是最自由也是最痛苦的一群人；也许由于千百年沿袭下来的集体无意识使得他们在流浪的路上永远不停地寻找什么，却永远也找不到。他们在路上发生的故事令我着迷，令我震撼，令我迷惘。我也写过康巴人在路上的故事，《朝佛》《去拉萨的路上》《西藏，系在皮绳结上的魂》等等，我还将继续写下去，有朝一日我会以"康巴人"这个平凡而又响亮的名字来命名我的一个小说集。

在我的血液中,也流淌着这种动与静的气质。闲来无事,除了偶尔写点东西,我会非常自觉非常惬意地作茧自缚把自己封闭在家中,有时一个月也不迈出大门,时间却飞速地流逝。我习惯于深夜写作,写得出写不出也要坐上一个通宵,轻松地迎接黎明的到来。这个臭毛病是在剧团养成的,那时从事舞台美术工作,常常深夜在剧院装台,熬夜便成了家常便饭,在十八岁以前就过早地修炼出来了。现在,坐在深夜的灯光下,面对万籁俱静的黑夜,有一种唯我独醒的超然。常年与黑夜为伴,渐渐进入了一个鲜为人知的时空,黑夜有它独特的声音和气浪,它像一具有生命的躯体在悄悄蠕动;它给我灵感和启示,我总是能聆听到一个神秘的圣歌在天际的一隅喃喃低语。当我进入写作状态时,这个声音像魔法一般笼罩我的整个身心,使我在脑海中涌现出的刻在岩石上的咒语,在静谧的微风中拂动的五色经幡旗,黄昏下金色的寺庙缓缓走过一队步态庄重的绛红色的喇嘛,一个在现代城市和古老的村庄中间迷失方位的年轻人等等,一切发生了怪诞的变形。什么是真?什么是假?时间是怎样发生的?空间是怎样呈现的?我进入了一个扑朔迷离的世界。

黑夜是我灵感的源泉。

有时也破门而出到外面的世界走上一遭,没有动机没有功利没有目的地走向村庄,走向草原,走向戈壁,走向森林和海滨,回来后不写任何游记散文,仿佛梦游一般地回来了。一路上所见所闻,感受到的激情和想象出的情节通通抛在脑后。我相信一个人眼睛和其他器官接收到的任何信息都被储在容量无限的大脑中了,忘记是不存在的,它无非是潜藏在记忆库的深处,如果需要它随时会蹦出来,如果蹦不出来就表明你其实并不真的需要它,尽管你有时自以为很需要而干着急,但这不过暗示着这种需要并不是灵魂中所真实的需要。

像深藏在地窖里的酒一样,将外部世界的感受储藏在大脑中,时间一长就会发生质的变化。有时灵感赋予出的一个个栩栩如生的细节和奇妙的人物甚至不可思议的情节,我已无法辨认出究竟是出自生活的原型还是想象虚构的产物。总之,真实和幻想被混合被浓缩而变形了。

小说源于生活,但并不高于生活,它只是另一种意义上的生活。

有时,一走就走得很远,去了德国,去了美国。在那个陌生的国度却有一种似曾相见的熟悉,一个神秘的声音在暗示我:我曾在这里存在过。我没有修习过密宗,我不知道我的灵魂是否曾经来到这个国家一游过。走在摩天大楼林立的曼哈顿街头,融会进各种肤色的人流中,心中坦然,我就是纽约人中的一员。熟悉并不意味着漠然,只有在熟悉中才会发现更多的新奇,所以我忘记了旅馆卫生间里那些奇特的装置,麦迪逊广场耸立着什么内容的广告牌,联合航空公司的班机上供应什么样的午餐和饮料……。但我却无法忘记林肯纪念堂的看门老人跟我闲聊起有关三、六、九这些数字的意义,芝加哥的艾维宾丝夫人戴着一只西藏的铜手镯开着她那辆红色的丰田汽车说起她年轻时当一位好莱坞明星的梦想,伊利诺州一个小城的麦瑞给她的两个三四岁的孩子和我在汽车快餐店里每人买了一份冰激淋后大家一齐发出莫名其妙的欢乐的吼叫……,他们并不是我在美国小说中读到的人物,也不是我有一天来到他们身边,在我心中他们很早就存在,我们在另外一个世界里早就相识,这一切不过是老朋友的再次相见。所以,我没有伤感没有惆怅和失落,而是平静地转眼间又回到了西藏。有一天,我梦见了自己来到南美洲的一个印第安人小镇,梦中提醒我这是真的,绝不是马尔克斯、鲁尔佛、卡彭铁尔、富恩特斯等人小说中的小镇。我对梦说:你别多嘴,我当然知道这是真的。我至今还能看见一个棕色皮肤的老太婆坐在一棵树下嚼着槟榔手搭凉篷似乎在等待她的儿子,我甚至还能闻到从那幢白色房子里散发出的令人窒息的腐烂的玫瑰花和来苏水的气味。

  南美洲有没有这么一座小镇并不重要。对我来说,重要的是我体验到了一种完全的真实。

- 时间

  是一个永恒的圆圈。

- 夏日辉煌

  我发现冬天是个写作的好季节。寒冷的天气使人头脑清醒、思维活跃。在过去的一年即将结束和准备迎接新的一年来临的冬季,会使人产生许多新的想法。

  冬夜里,一阵阵狂风呼啸而过。到半夜,又变得很静谧。风疲倦了,人们也进入了梦乡,我开始缅怀夏日,向往夏日,那是一个躁动的季节,一个辉煌的季节;在那个季节发生的故事最让人难忘,随着时间的流逝,这些故事渐渐凸现出来,显示出它的意义。《夏天酸溜溜的日子》《夏天的蓝色棒球帽》《谜样的黄昏》《泛音》《巴桑和她的弟妹们》……这一系列夏天的故事,都是在漫长的冬天里写成的。

  西藏的冬天,最令人振奋的是一年一度的祈愿大法会,万人空巷,场面壮观,弥漫着浓烈的宗教气氛。这个被西方人称之为"西藏的狂欢节"的盛大节日,是为了迎接未来佛的早日降临。根据西藏的经书记载:只有当一千零八尊佛(又称千佛)全部降临后,人类才能得到最后的解脱,到那时世界将是一片和平的净土,再也不会有六道轮回,不再有转生无趣(畜牲道、饿鬼、地狱)之事。释迦牟尼不过是千佛中的第四位,在他之后的五亿七千万年时,第五尊佛慈尊弥勒佛(即这个时代所呼唤的未来佛)降临人间。那么到第六尊、第七尊……第一千零八尊最后的名叫人类导师遍照佛(又称燃灯佛)的全部降临,还需要多长时间呢?这是一个无限庞大的天文数字,是一个无限漫长令人绝望的过程。然而西藏人是乐观的,他们对人类的未来充满了信心而从来没有丧失信仰,满怀虔诚地在每年的祈愿大法会上一遍遍呼唤着未来佛的早日诞生。当法会结束,人们离开圣城拉萨上路返回远远近近的家乡的时候,你可以听见人们充满自信地不断重复这样的口头禅:"拉萨的祈愿法会结束了,慈爱之王(未来佛)也请来了。"西藏人,这个居位在地球之巅的民族,是正在被人类神往还是正在被人类遗忘?

我的笔能够写出一个民族的历程和光荣的梦想么?

我感到迷惘。

(原载1992年第31期《文艺报》)

醉生梦死甜茶馆

扎西达娃

男人们的世界——两角钱一杯——造谣惑众和小道消息的发源地——甜茶喝多了也会上瘾的

拉萨年轻人的聚会还有一个场所，那就是甜茶馆。这些大大小小的甜茶馆坐落在老城区的大街小巷里，大的甜茶馆能容纳上百人，有好几间房子和院落。小的只是一间小屋，坐上三五个客人就满了。甜茶馆的设备十分简陋，几张木桌，几只长条凳子，有时甚至就是几个木头墩子。甜茶馆的设备是次要的，重要的是茶的味道。甜茶是二十世纪初从印度传来的，实际上就是英式的加奶红茶。拉萨的新鲜牛奶并不多，绝大多数甜茶馆都是用奶粉加红茶加糖调制而成。我已经有多少年再没进过甜茶馆了，那时一杯茶两毛钱，那时坐茶馆是一种时尚。

拉萨的年轻人通常是早上起来后,先去甜茶馆里喝两杯茶,不超过十分钟,匆匆赶到单位上班点个卯,然后偷偷溜出来,从上午一直坐到吃中午饭甚至坐到下午上班时间。不少年轻人除了上班,一天中的绝大部分时间都泡在茶馆里。而那些无所事事没有工作的年轻人,除了回家睡觉,差不多就在里面安家落户了。茶馆里还供应饺子、肉包子和面条之类的食物。客人们走进茶馆的院里,进门处有一个放空玻璃杯的架子,自己取了之后,找一个位置坐下,很快就会有一个倒茶的姑娘过来。客人们往往都是掏出一大堆零钞放在自己座位前的桌子上,姑娘倒完一杯茶,自己取走两角钱。直到九十年代以前,拉萨的甜茶馆有一条不成文的规矩:这里只是男人们聚集的地方,女孩几乎没有人进来。那些老茶客们,一个上午就能喝三四十杯甜茶,久而久之,喝甜茶也能喝上瘾,一天不坐甜茶馆,便心神不宁,精神恍惚。人们不仅仅是为口感而来的,在这里,更多的是朋友之间的聚会。另外,这里是拉萨各种奇闻轶事和小道消息的发源地,它跟今天国际互联网上的新闻组、留言板、论坛讨论区有某种相似之处,来坐甜茶馆的人们,每个人既是信息的接受者,也是信息的发布者,同时也是公众讨论者。坐在甜茶馆里,没有等级之分,每个人都有充分发布新闻和发表自己观点的自由,这些新闻往往在一个上午成为第一话题,从中央人民广播电台、美国之音、印度德里藏语广播里的各种新闻,自治区党委常委会议的内容，到昨天晚上拉萨街头发生的各种耸人听闻的事件，真真假假、离奇古怪、造谣惑众。中午和下午大都是一些穷极无聊的讨论和唇枪舌剑的争辩，虽然会常常吵叫得拍案而起，热血沸腾，也许大家都没有喝酒，而甜茶则是越喝脑袋越清醒，越喝越理智，所以，在甜茶馆里极少有流血事件发生。在这里，也是年轻人卖弄学问自我陶醉和自我炫耀的好地方，那些喝了半瓶子墨水、口齿伶俐，滔滔不绝的侃爷们，除了能赢得众人尊重仰慕的目光，获得"铁嘴""国务院发言人""上天入地万事通"之类智者的雅号尊称，还有一个最大的好处就是，常常能免费地喝茶，有愿意听他胡说八道的人替他付茶钱。

那时，我经常爱去现在的群众艺术馆后面的一家叫木鲁的甜茶馆，据说这家的甜茶是用新鲜牛奶做成的。在整个上午，偌大的院子里面常常人满为患，连烧茶的柴火也被客人当了凳子压在屁股底下。有时只好蹲在一个角落里，眼巴巴等着几个忙得团团转的姑娘半天才过来倒一次茶。

还有城东当时的拉萨市公安局大门旁临街的那家甜茶馆，也算是比较有名的。在这里常常能听到一些"激动人心"的小道消息，消息的发布者们是些年轻的警察们，工作时间拉泡尿的间隙也能来这里坐上一小会儿，喝上两杯热腾腾甜丝丝的茶很快就忘了保密条例，接着忘乎所以，故作神秘地透露昨晚半夜出现场，侦破了怎样错综复杂的案情，抓住两个打架的醉鬼，也把自己吹嘘成了神探福尔摩斯。

离公安局不远的回族人聚集的清真寺这一带，还有好几家甜茶馆，也是我常去的地方。据说回族人爱清洁爱干净，所以拉萨回族人出售的牛羊肉和其他食品，深得市民的欢迎。现在西藏话剧团任编剧的尼玛次仁，家就住在那一带，我们认识快有二十年了，好像也就是在那天天喝甜茶的日子里认识的吧。我们几乎天天在甜茶馆里见面，他在那一带的甜茶馆里较有知名度，因为喜欢文学和写作，家中藏有不少中外小说，其知识面和欣赏格调自然高出一等。有时在甜茶馆里找不到他的身影，便去那座小院二层楼他居住的那间小屋，推门而入，常常看见他趴在低矮的方桌上，用一支很短的铅笔伏案写作，拇指和食指夹着笔头看起来就像是捏一把镊子在纸上夹捉小虫，这是藏族人传统的握笔方式。他像用功的小学生全身趴在稿纸上，歪着脑袋，吐出一团舌尖，鼻腔里发出拉风箱般沉重粗浊的声音，鼻头上垂悬着一滴汗珠，每当汗珠正要滴落在纸上的一瞬间就被他抬起胳膊无意识地一把抹去。他因为腿有些残疾，一直没有工作，成天孜孜不倦地勤于写作，在甜茶馆里接触三教九流各种人物，为他后来的文学创作打下坚实的生活基础，后来终于考上西藏话剧团的编剧。

时过境迁，现在拉萨仍然还有一些甜茶馆，但已是今非昔比，风光不再了，现在的为数不多的甜茶馆的客人大都是郊区来的农民，和一些守旧的男人。更多的年轻人涌进了装修得一家比一家豪华的川式茶楼，还有数不清的酒吧、新兴的朗玛歌舞厅，到晚上更是一家家热闹非凡的餐馆、夜总会，这是后话。

（录自《古海蓝经幡》，云南人民出版社，2000年版）

伊胡塔的候车室

鲍尔吉·原野

科尔沁夏季的太阳照在没有边际的沙漠上的时候,那种刺眼的金黄让人不大敢四处张望。金黄的视野内有一间车站,日式拱脊建筑,顶上涂黄粉,屋檐的木板刷绿漆。当火车从远方呼啸而来时,它像穿节日服装的男孩子一样,捧着鲜花迎接,鲜花是月台上的两株丁香树,暗散使人头脑迟钝的浓香。

车站有两间房。候车室,另一间应该是站长室,但窗台挡蚊的纱布里探出一只狗的脑袋,如雕像似的一动不动,等着风来吹发亮的黑鼻子头。

候车室的两张长椅,对着放,挨得很近,身后是墙壁。我坐下以后,面对的是一位老人。两个陌生人,就这么鼻尖对着鼻尖坐着,没办法。

老汉两撇灰胡子向上翘起,能看出他常常用手捻,有尖。是一种晚年的游戏,老汉眼睛望着屋顶,目光迟滞,隔一会儿,飞瞥我一眼，接着连眨几下。显然他不习惯我像傻子一样盯着他胡子看，距离太近。

这种式样的胡子，即使到了戴高乐时代也落伍了，如今在一个乡村的蒙古族老汉的唇边出现。我不小心笑了出来。这使老汉猝不及防，也笑了，眼光灵活而明亮。他仿佛早就想笑，没敢。他是一个谦恭的乡下人，牙齿没几颗了。一笑，他的嘴像藏在柴草里的缺碴的旧碗，而红软的舌头蠕动在牙洞间。

交谈。老汉是图力古尔人，去甘旗卡的外甥家做客，膝上的布袋里装了一些杏，还有一包红茶和茶缸子。他说第一次去甘旗卡。甘旗卡是一个镇。他用粗黑裂口的指头，轻轻捻着浅粉色的车票。

话语结束，候车室又静下来，老汉向门外望闪闪发亮的铁轨。他用力抬眉毛，扛起前额一堆皱纹，这位老人与科尔沁草原的其他人一样，过着简朴的生活，心智单纯。假如你一笑，他会立刻报之一笑，胡子尖升达颧骨。他们的笑容，一生浮在脸上，没间断过。像孩子一样，他们笑起来很容易，绷着脸却困难。这样的脸如果不笑，看上去反而不得劲，仿佛带着忧愁。

（录自《一脸阳光：鲍尔吉·原野自选集》，上海文艺出版社，1998年版）

静默草原

鲍尔吉·原野

谁有过这样的经历呢?

站在草原上,你勉力前眺,或回头向后眺望,都是一样的风景:辽远而苍茫。人难免为这种辽远而惊慌。

在都市里生活,或是寻访名山以及赏玩江南园林的人,都习惯这样的观察:眼光的每一个投射处,都有新景物可观,景随步移。

然而草原没有。

蒙古族人前瞻的时候,总是眯着眼睛。他们并非欲看清楚天地间哪一样东西,而是想在眼里装填一些苍茫。

城里的人大睁着眼睛看草原,因而困惑。草原不可看,只可感受。

脚下的草儿纷纷簇立,一直延伸到远方与天际接壤。这颜色无疑是绿,但在阳关与起伏之中,又幻化出锡白、翡翠般的深碧或空气中的淡蓝。

因而草原的风景具备了看不到与看不尽这两种特点。

和海一样,草原在单一中呈现丰富。草就是海水,极单纯,在连绵不断中显示壮阔。

有一点与海不同,观海者多数站在岸边,眼前与身后迥然不同。草原没有边际。它的每一点都是草原的中心。与站在船上观海的相异处在于,你可以接触草原,抚摸、打滚儿甚至过夜,而海上则行不通。

在草原上,辽阔首先给人以自由感,第二个感觉是不自由,也可以说局促。置身于这样阔大无边的环境中,觉得所有的拐杖都被收去了,所有的人背景都隐退了,只剩下天地人,而人竟然如此渺小与微不足道。二十世纪哲学反复提示人们注意自己的处境,在草原上,人的处境感最强烈。天,果真如穹庐一样笼罩大地。土地宽厚仁慈,起伏无际。人在这里挥动双拳咆哮显得可笑,蹲下嘤嘤而泣显得可耻。

外来的旅人,在草原上找不到一件相宜的事来做。

在克什克腾,远方的小溪载着云杉的树影拥挤而来时,我愿意像母牛一样,俯首以口唇触到清浅流水。当我在草原上,不知站着坐着或趴着合适时,也想如长鬃披散的烈马那样用颊摩挲草尖。

草原上没有树,所以即使有风也听不到啸声,但衣襟已被扯得飘展生响。我扯住衣襟,凝立冥想。关于克什克腾的一些旧事，譬如霍去病在狼居胥山立碑，康熙大战噶尔丹等一俱杳然无踪。

草原与我一样，也是善忘者，只在静默中观望未来。

（录自《掌心化雪："童话骑手"的自然美文》，吉林文史出版社，2000年版）

秋天我在泸沽湖

于 坚

现在是在高山上走，尘土已在下界，空气中透着蓝的寒气。路上挡着一排排荒草，很窄的路，刚刚够四只车轮小心翼翼地爬过。向下一看，头便发晕，仿佛站在二十层摩天大楼的边边，峡谷底部是原始森林，像是一溜草地，金黄红紫的树叶，被秋日的阳光涂过，有一种印象派油画的韵味。一两只鹰紧贴着谷底森林的树梢，平稳地飞行，像是从高山放下去的黑纸风筝。有几个人，盯牢了司机，抓死车上的扶手，一生一死，须臾之间，全凭司机一双手把握了。他却坦然，和一个熟人，讲着闲话。极壮美的风景，极险恶的地势，人忘了呼吸，忘了思想，进入一阵永恒，不生不死，似死似生。

冷不防就看见泸沽湖。心头一怖，冷气直钻后心。以为在生命中永远不会看见的东西，忽然就到了眼前。幽蓝的湖，在一样幽蓝的天空下，如高原群山忽然睁开了一只眼，闪着阴郁的光。湖边的山峰阴森神秘，仿佛暗藏着一片杀机。我张开口，真想一声惨叫，喷一口鲜血。却停着，山风灌满了喉咙。这是一片生命之湖啊！世界再也没有归宿，没有天边外，一切都已冷酷地呈现。

我走下山冈，穿过叮咚乱响的树林，走到湖边。湖不大，只是一个水库的样子。湖水极蓝，看不见底，像是一个处女的梦，叫你不敢用手去碰它。靠岸的水中，长着长发一般的植物，在水下开着白花，闪出珍珠般的光。阔大的叶子，像圣女的衣襟，飘飘忽忽。有鱼，瘦长的鱼和肥短的鱼，在其间走来走去。这是安徒生童话中的世界，我看不见它的深处。

湖中有岛，极美丽的岛。岛上多蛇，据说有人在岛上睡觉，给蛇压死了。倏地，一只水鸟腾空而起，白的，又一只，也是白的。一前一后，一高一低，在山的黑影中闪闪烁烁，宛如星子。见不到摩梭人。大树刨成的独木舟，三五横斜于水边，登舟弃岸，舟却不前，在水中打转，一阵慌乱，几乎翻进湖底。终于摸着门道，朝着湖心去了。心中却越来越虚，那水深得叫人害怕，蓝得叫人害怕，静得叫人害怕。仿佛有一只手，正悄悄地从湖底伸出。不敢再看湖水，拨转船头，拼命向岸，仿佛有东西追来，到得岸边，再看那湖，极静。

湖岸的高山，狮身人面，有一二巨洞，嵌在山眉。据摩梭人说，那是干木山，女神的化身。仰头视之，觉得凶险已极，隐隐地，似乎听见虎啸，从暮霭中传来。赶紧回到住处。静夜中，那湖银白一片,仍是如一只眼,望着黑的天宇,叫人想哭。

摩梭人的村庄,全是用优良的圆木搭成,呈深黄色,颇似阿尔卑斯山中的欧式木屋。进去,一院坝的烂泥。数头大猪,卧在当中。一头猛犬,昂头劲吼。被一女子的声音喝住了,抬头一看,见那女子,握一把木叉,站在屋顶,正翻晒苞谷。低眼望我笑笑,指指里屋。屋里已摸出一位老妇人,穿着一身粗糙而干净的黑布衣裙,闪身让我进去。跨过膝盖高的门槛,眼睛陷入一片纯黑,仿佛被蒙了黑布。在洞式的屋里摸行了一阵,眼睛才适应了。只见一个火塘,正嘶嘶燃着,一只大锅,冒着热气。坐下,老妇人就递过几只烧糊的马铃薯,我胡乱啃起来。好半天,又进来几个女子,有中年妇人,有少女,有小姑娘,都坐了啃马铃薯,始终不见男子进来。都不说话,只是添火,给锅加水,有人到暗处去一会,又回来。我置身其间,好像被她们视而不见,一样东西;又好像视我为一家,没有客套,不特别地搭理我。暗光中,那老妇人坐在位首,一动也不动。我依稀看出她树皮一样粗糙的脸上,竟没有鼻梁,只露出两个惨不忍睹的鼻孔。我知道这是过多结交"阿注"的结果。("阿注":此处指摩梭人男访女家的走访式婚姻,在婚姻关系中,不受一夫一妻限制。)我想,她年轻时,一定很美丽吧。借着突然跳起来的火光,我看出她表情中没有半点痛苦,倒是有一种骄傲和自信,一种人类之母才有的骄傲和自信。我觉得不可思议,正像这屋子一样不可思议。这屋子也许有百年以上的历史了吧,它从来没有见过阳光，从来是这么黑。即使在火光中，也是黑糊糊的。坐着的人，是黑糊糊的一团，挂在梁上、墙上的物件，也是黑糊糊的一串一串。但这屋子很安全、温暖，它顽强地活着，在人祸天灾，在高原可怕的风暴中，默默地活着。

在干木山的石壁上，有一个洞。摩梭人每年都在这儿举行宗教祭祀活动。洞里的一石一木都是圣物，不许任何人带走。据说有壮实的摩梭小伙子，想探到洞底，可是爬进去三天三夜未探到。我好奇地向摩梭人探问这个洞，我发现他们都支支吾吾，语焉不详。仿佛有什么奥秘要瞒住我。有一天，我遇见永宁喇嘛寺的一位僧侣，他穿着紫红的僧袍，在山坡上看守着一群羊。我们谈得很高兴。老僧到过拉萨，是见过大世面的人。但我问起干木山的洞时，他却沉默了，眼睛里闪出两点深不可测的寒光，如泸沽湖的水。我欣然离去，那老僧坐在山坡上，像一块石头。

我知道，我永远无法洞悉那个秘密。那是他们的"乌默他"。每一个民族，都有它自己的意大利黑手党式的"乌默他"。也许这种"乌默他"，比意大利黑手党式的"乌默他"更难打破，它是一种天生的沉默，一种无法言喻的东西。我知道，我即使一辈子在摩梭人中间生活，我仍旧是一个局外人，我永远无法穿透那沉默的硬壳。今天，你可以在泸沽湖边随处遇到提着三洋录音机、听香港歌星哼小调的摩梭青年，你可以见到一夫一妻的摩梭家庭。但如果你以为摩梭人已被外来文明同化，你就错了。古老的灵魂，正借着现代文明的外壳把自己隐藏起来。摩梭人表面也建立了许多新的家庭，但暗中却仍是自由自在，谁和谁想好，就好。每到夜晚，一群一群拿手电筒的小伙子和小姑娘，双双对对散入黑暗的去处。"阿嘿嘿！阿嘿嘿……"的求偶之声，比起女子群居，男子只是过客的、牧歌式的往昔，多了一层尝禁果的滋味。月光很明，干木山真有些像一个正在泸沽湖上沐浴的女神。我们几个汉人，怅然地朝那黑暗的去处望望。回到旅馆，睡觉。

这是在秋天，这是我生命中遇见的最美的秋季。金黄高大乔木站满山冈，叶子落下，没有声音。生命安静了，欲念却燃烧起来，想有一个女人，和她说说话，或者不说话，充满爱情。但只是一人，在山之外，在湖之外，在天空之外，在山下的摩梭人之外。只是一人，只是这美丽世界的局外人。我感到它的美丽，所以我是在局外，在静观，我永远无法置身其中。我为什么远离故乡、千里跋涉，风尘仆仆来寻这世外桃源？在故乡的城里，我日日想着离开，想着天外边的湖。在这湖边，我仍是置身局外，这真是我的生命之湖吗？这是摩梭人的湖。这是干木山的湖。

(原载2001年第9期《散文》)

拉萨有条八廓街

央 珍

对于许多女性来说,逛街市和商场是件愉快而轻松的事,对男人则不然。不知为什么,身为女性,我却和男人一样,走进人挤人的街道,看到货挨货的商店,总感到又烦又累,变得毫无耐心,每次都是直奔柜台前,将需要的东西一股脑儿买齐,便逃之夭夭。然而,有一条街却让我百看不厌,百看不够,她对于我,对我们藏民族的男女老少,对所有来过雪域高原的人,都具有一种永远的诱惑和魅力,这就是拉萨的八廓街。

一千三百多年前,我们藏民族的英主松赞干布迁都拉萨,在一片称为"乳湖"的沼泽地上修建了大昭寺,从此,拉萨古城以大昭寺为中心,渐渐向四面放射性扩张。到公元十七世纪,五世达赖喇嘛建立甘丹颇章王朝后,为重新修复时代久远又遭受连年战乱的大昭寺,动用八方劳力,大兴土木,随即,围绕着大昭寺蜂拥出现了大量的民房、街道、客店、饭馆等,一个真正意义上的八廓街就是在那时候形成的。宗教文化、商品经济、东方西方、藏地外地以及那永难磨蚀的独特风格，全都汇集其间。到十三世达赖喇嘛时代，她已是一条极其繁华、热闹的街道。

其实，八廓街并不大，一个小时就可以转完，但她却让所有在这条街住过的人终生梦绕魂牵，让所有到过这里的人留下一个深刻奇特的印象。

在这里，大昭寺庄严的包铜红门与街面上店铺的棕色小木门同时打开，六字真言与讨价还价声混合在一起，松柏艾草的圣火桑烟与法国印度的香水香料味弥漫在一起，美元港币与人民币紧握在一起，古老质朴的西藏民歌与疯狂的迪斯科高放在一起。在这里，虔诚与钱财，佛国与尘世，精神与现实，喧哗与宁静，同时共存。

可见，人们所说的八廓街，潜意识中并不单指大昭寺、街道、店铺或街上走动的人流。人们早已扩展了她特有的概念，她的魅力、她的独特在于她不单纯，富有内容，和有一种特殊的气氛。她既有神圣严肃的宗教气息，又有洒脱而充满活力的现代气息。浪漫的人、现实的人、年长的人、年幼的人、追求精神生活的人和追求物质生活的人，都可以在这里得到尽情满足。

"唉，怎么没有见到八个角呢？"曾许多次，我的很多外地朋友在街道上向我问起这个话。这可不能怪我们的祖先取错了街名，这大概是某位早期进藏的四川汉族朋友，用乡音把"廓"字音译成了"角"，以致其后来西藏的许多人，叫名也罢，写成文字也罢，一直把她称为"八角街"。以为，这条街有八个角，真是蒙人不浅。其实，我们藏民族对"八廓"赋予的含义是"转中经"和"主街"。大昭寺内狮头大门前是数万僧众集会念经的长廊，长廊的东、南、北、三侧设有数以百计转经筒，教徒们沿着长廊和转经筒转一圈叫转内经；围绕着整座大昭寺转叫转中经；而沿着拉萨古城旧址转叫转外经。至于，八廓——"转中经"和"主街"，哪个是原意，哪个是后来的引申意，没有谁能说得清楚，也许是因为这个词如同八廓街本身，只可意会而不可言传吧。

来到八廓街，人们一眼便可以发觉，街上所有的人都在围绕着大昭寺以顺时针方向旋转，如同无数颗星星都围绕着月亮旋转一般。那时，即使你是初到这条街的远方游客，也会情不自禁地随着这股人流按顺时针方向逛街。假如你要逆流而行，必须花费成倍的时间和力气，尤其是在傍晚转经高潮之际，那时买卖已经停止，街上只有转经祈祷的人流，想逆流而行，不仅举步艰难多遇碰撞，甚至会遭到白眼或不满的谴责。人们会在街心为一位磕长头的虔诚百姓让开一条空地，为夹杂在人流中三五成群的放生羊侧身让道，却不会为你，哪怕你是位显赫的达官贵人，让出分毫之道。到那个时候，你只能埋怨你自己了，谁让你逆道背佛了呢。至于，人们为什么天天都早晚上街转经祈祷，为什么在某些日子里关上街道两旁所有的店铺，答案只能在藏族人民的精神世界和宗教信仰里去寻找。

八廓街像一双合拢的长手臂，环绕捧托着大昭寺。位于古城中心的大昭寺雄伟壮丽，气势宏大。殿楼上辉煌夺目的金顶、金宝幢、宝瓶双鹿，飞檐下的铜风铃，以及高深的红色寺墙给周围的民房增添了无量佛气圣境。据说，大昭寺的四层殿楼过去在拉萨城里独一无二，因为原西藏政府规定民房不得超过三层。当然现在的拉萨三四层楼房比比皆是。大昭寺内主供佛教徒心目中至尊至圣的释迦牟尼佛像，很多虔诚的信徒便千里迢迢磕着等身长头来到拉萨，在寺内的释迦牟尼佛像前为祖辈、为自己、为后代、为所有的生灵祈求今生安详长寿，祈求来世不堕地狱、摆脱无尽轮回。三百六十五天，佛灯长明不熄，圣火永远旺盛。朝拜焚香完毕，人们走到红尘十丈的街面上，边转经边转街，开始购买自己所需要的物品。

在八廓街，人们所需要的东西几乎都有。货物有自印度、尼泊尔、缅甸等国辗转运来的，也有从内地运来的，更多的自然是西藏各地的土特产。从香水到鼻烟，从电子表到古董，从化妆品到日用品，从自行车到马鞍，从艺术品到工艺品，从牛羊肉到水果蔬菜，从寺院的宗教器皿到妇女的一切用品，从以钱购物到以物易物，从以尺量物到以臂量物，从侃侃而谈到打手势看计算器，从讲藏话、汉话到讲外国话。这里的一切商品，既有历史悠久的"老",又有兼容并存的"大",同时有发达再创的"新"。对于我,这条街摊上的一排排古董最有吸引力,光是那些古拙的木雕面具和骨制项链就够玩赏半天,眼馋半天,即使不买任何东西,逛八廓街也是一种享受、一种陶醉。

走到街上,时时挡住去路的还是那些高大健壮的康区人。康巴汉子总是大模大样地站在街心做生意,他们和客人在长袖筒里摸着手指讲价钱并自信地大笑。至于他们达成了什么交易就无人可知,总之是个大买卖;康巴女人则金镶玉饰地拿着一手怪模怪样的装饰品,操着一口难听熟练的汉语、英语,大胆而固执地紧随着游客,直到买了她的一样东西,这才满意地离去。这是一群生存能力最强的人。

街上大声叫卖的是从四川、青海、浙江等地来的商贩,虽然游客和本地人对他们的摊子不屑一顾,更烦听他们的"减价处理",但远道来的农牧民却非常喜欢,因为他们的货物种类居多、色彩鲜艳、价格便宜。他们是遵纪守法而又勤劳的人。

滑稽而自豪地招摇过市的还是金发碧眼的洋人。他们穿上刚买来的藏装,满戴各种西藏民间首饰,有时甚至怀抱一只丑陋的街头狗,一边满脸微笑地和人们"哈罗"打招呼,一边眉飞色舞地到处拍照。

拉萨本地的商人却都稳坐店铺中,边听流行音乐边神情冷淡地望着街上的行人。不知是讲究"良贾深藏若虚",还是想显出某种尊严,或者已经知足了。难怪拉萨有一首古老的歌谣:

"拉萨八廓街，窗户比门多，窗户里的大姐，骨头比肉软。"

除了游客、商人，八廓街还有不少乞丐和请求布施的僧尼以及算命打卦人。我们藏民族并不羞辱乞丐，大多数的乞丐是因为家乡遭灾遇难，一时别无它法才远道进城乞讨的，还有一些是万里步行或磕着等身长头来拉萨朝圣朝佛的香客，而大多数僧尼是为了重新修复破损的寺庙来请求布施、集资筹款的。拉萨没有让他们失望，他们在这里得到了同情和帮助。尤其是藏历四月十五，即佛祖释迦牟尼圆寂和诞辰纪念日，一个乞丐往往会得到二百元左右的人民币。因为那天，人们除了吃斋朝佛，还要大量发放布施，给的钱数不在乎多少，但绝对不能漏掉一个行乞人。那是僧尼和乞丐们的良辰吉日。

八廓东街南侧的白石墙上有一处浮雕女神像，转经转街的人到那里，总要在像前抹一点酥油，撒一撮糌粑，煨上一把松柏香枝。知道吗，女神也在行乞。在拉萨民间，传说她是大昭寺内班丹拉姆女护法神的二女儿东苏拉姆，当年她在母亲身边时，有点好吃懒做，还有点游手好闲，一天到晚四处逛荡，哪里热闹就往哪里跑，结果惹怒了十分严厉的母亲，母亲把东苏拉姆赶出了寺门，从此，她只好待在八廓街边，向转经的人讨一口酥油糌粑过日。

在八廓街，人们热爱自己的宗教，也热爱物质财富；佛热爱灵，也爱热闹；神崇高伟大，也平凡渺小。各种各样的现象在这条街上，既矛盾又统一，各色各类的气氛在这条街上，既排斥又融合。

阳光下的八廓街是热闹、繁忙和多彩的，而月光下的八廓街是幽秘、宁静而奇妙的。

在拉萨，一位逝者临送天葬台前，当天凌晨就要按星相家算定的时间转八廓街，并且在大昭寺门前停驻片刻。几年前，一位朋友的九十多岁高龄的外祖母去世，她是位拉萨远近闻名的贵夫人。出殡那天，我也参加了其家族成员众多的送葬队伍。清冷的月光照在八廓街上，街道两旁店铺的门扇和楼上的窗户紧闭成一排排黑块，无数只狗静静蜷躺在墙角阴影下，远处一二座大香炉显得凝重而神圣。殡车在前面沉闷而神秘地向前移动，我们手拿着点燃的香烛，口里念诵着六字真言，随车缓缓而行。我不知道人真的有没有灵魂，但我相信，那一时刻，逝者的灵魂极其安详、宁静，在八廓街，它重新有所寄托、重新年轻……

八廓街最有气氛，最激动人心的时刻还是在黄昏。

无论哪家店铺生意再好，无论哪位主妇家务再多，黄昏的时候，这条街上所有的店铺都会紧紧关上，所有的街边摊位都会空空荡荡，所有的主妇都会叫上家中的老人和丈夫儿女一同出门。转经高潮到了。巨大的香炉里火焰通红，映出重重人影；整座广场香烟笼罩，移着声声脚步，一股转经人群的潮水在八廓街环绕着大昭寺冲刷滚流。理智与感情融合了，人类与天国融合了，心灵与肉体融合了。于是，人们在真挚热忱的目光中彼此交流，在心灵共同的感受中吟诵着行进。

一团巨大的灵魂升上了天空。

（原载1994年第1期《西藏民俗》）

五千个买买提

刘亮程

巴扎日,站在库车河大桥上喊一声买买提,至少有五千个人答应。

维吾尔族人重名多。无论走到南疆哪座城镇、哪个乡村,都有许多叫库尔班、司马义、玉素甫这些名字的人。

叫买买提的人就更多了。

库车老城短短的一条小街上,就有几十个做生意的买买提。这么多买买提怎么区分呢。我的维语翻译库尔班·买买提是县政府退休干部,他父亲就叫买买提。维吾尔族人的起名习惯是把父亲的名字缀在后面。库尔班在库车工作生活了几十年,他认识的买买提就有上千个。一天我们转累了,在老城街边的"买买提饭馆"吃烤包子,然后就听他讲起有关买买提的故事。

这家饭馆的老板就叫买买提,你看,脖子上搭块毛巾,又黑又壮的那个，人们叫他"喀拉买买提"，意思是"黑买买提"。那个倒茶的伙计，白白胖胖的，都叫他"阿克买买提"（白买买提）。

街对面那两个卖馕的买买提，一大一小，大的叫"琼买买提"（大买买提），小的叫"克齐克买买提"（小买买提）。大家都这样叫，他们也就接受了。要不然没办法，叫一个买买提，过来一群。

还有按职业来区分的。街南边，那个小巷子里打铁的买买提叫"铁匠买买提"。整天穿着制服，在街上收税的买买提叫"工商局的买买提"。斜对过的市场里，一排坐着五个鞋匠，其中有两个买买提。如果都叫"鞋匠买买提"，便又分不清了。正好一个从轮台来的，轮台的补鞋生意全叫内地来的鞋匠抢了，他只好跑到库车。库车老城的鞋匠全是维吾尔族人，他们牢牢占据着墙根街角的有利位置，靠一毛钱两毛钱的小生意维持生计。人们叫他"买买提比古勒"（轮台的买买提）。

更多的是以外号来区分，这条街上几乎每个人都有外号。

街那头，拐过去那条小巷子里，有个做驴拥子的买买提，有名的酒鬼，做一个驴拥子，能喝掉两瓶酒。他的驴拥子顶多能换回酒钱。所以，做了大半辈子皮活儿，还是个穷光蛋。

他做驴拥子时，酒瓶子酒碗放在身边，缝几针，喝一口。一拃长的大铁针，穿上鞋带一般粗的皮条线，针用得发烫了就伸进酒碗里蘸一下。买他的驴拥子根本不用看，鼻子凑上去闻一下，一股酒香气，压过皮子的膻臊味。这样的拥子驴也爱戴，人自然喜欢买。有趣的是，买买提酒喝得越多，皮活儿做得越细。两瓶酒下肚，身子不晃，手不抖，针脚走得又匀又细，驴拥子上的酒香味也更足。人们给他的外号叫"肖旁"（酿酒房）——买买提肖旁。

还有一个买买提，整天没事干，在街上闲转，看哪家饭馆哪个烤肉摊上有认识的人，就凑上去白吃白喝。人们都叫他"哈勒达"（口袋）。

另外一个爱混饭吃的买买提，混了一个"波劳"（抓饭）的外号。他的真名都没人叫了。

早几年，街上有个卖烤肉的买买提，每逢巴扎日，他的烤肉摊前便摆满卖衣服杂货的地摊。他发现有个卖"卡拉西"（套鞋）的，生意特好，他卖十串烤羊肉，人家就卖两三双套鞋，他过去一打问，人家卖一双套鞋挣的钱，比他卖十串烤肉的利润还高。买买提一下子动心了，烤肉炉子停掉，租了辆卡车，从乌鲁木齐贩了一车"卡拉西"，堆在烤肉炉子旁叫卖。

当地的维吾尔族人喜欢在鞋或靴子外套一双鞋，主要为了保护皮靴子。

套鞋多用橡胶制作，一种圆头的叫"玉德克卡拉西"，套在马靴或皮鞋外面穿。一种尖头的叫"买赛卡拉西"，套在较体面的软底皮靴上，多为老年人和阿訇穿。

伊斯兰教徒到清真寺做礼拜，要脱鞋才能进大殿。如果穿高勒皮鞋，外面套套鞋，只须脱掉套鞋便可进入，没穿套鞋的则要全部脱掉。

到维吾尔族人家做客，有穿鞋上炕的习惯，光脚上炕被认为是不礼貌。炕上铺地毯或花毡，穿鞋上去很容易弄脏。所以，有了套鞋便方便了，上炕只须脱掉套鞋就可以了。

那些土巷土路上行走的维吾尔族人，雨天蹚泥，晴天蹚土，幸亏有一双套鞋护着鞋子。维吾尔族人爱惜自己的鞋子，一双好皮靴穿半辈子，套鞋磨破一双又一双，皮靴的底还好好的，跟新的一样。

买买提的那一车套鞋却把自己套了进去，他进价太高，没人要。嗓子都叫哑了，也没卖掉几双。全库车人都知道这条街上有个卖烤肉的买买提，卸了一大车"卡拉西"在卖，却没人过来买一双，人们给他起了个外号，叫"卡拉西"（套鞋）。尽管他现在早不卖套鞋，又架起炉子卖烤肉了，人们还这样叫他，恐怕要叫一辈子。

还有一些买买提，名字后面缀上自己妻子的名字，就像买买提·阿依古丽，买买提·热依汗。都是些没名气的买买提，一没特长，二没缺陷，不好区别。妻子的名声都比他们大，只好把妻子的名字带上，不然就混到千万个买买提中找不见了。

女人的重名更多。库车四十万人，二十万女人，大概有十万个"古丽"（花朵）。要区分起来，比买买提更复杂，也更有意思。好在我们一辈子认识不了多少个古丽，那些千姿百态争芳斗妍的古丽，见一面就能记住，有多少也不会混在一起。

（录自《库车行》，河北教育出版社，2003年版）

逛巴扎

刘亮程

库车的万人巴扎（集市）许多年前便在全疆闻名。每逢周五，千万辆毛驴车从远近村镇拥向老城。田地里没人了，村子里空掉了，全库车的人和物产集中到老城街道上。街上盛不下，拥到河滩上。库车河水早被挤到河床边一条小渠沟里，人成了汹涌澎湃的潮水，每个巴扎日都把宽阔的河滩挤满。

库车四万头毛驴，有三万头在老城巴扎上，一万头奔走在赶巴扎的路上。一辆驴车就是一个家、一个货摊子。男人坐在辕上赶车，女人、孩子、货物，全在车厢上。车挨车，车挤车，驴头碰驴头，买卖都在车上做。

库车县每星期有七个大巴扎。周五老城巴扎，周六东河塘巴扎，周日牙哈乡巴扎，周一玉奇乌斯坦巴扎，周二阿拉哈格巴扎，周三齐满乡巴扎，周四哈尼哈塘木巴扎，周五又转回老城。

库车的物产,大多半就装在那些毛驴车上,不停地在全县转。从一个乡到另一个乡,从一个巴扎到另一个巴扎,把驴蹄子都跑短了。

一筐半生西红柿,转遍七个巴扎回来,就彻底红透了。价格却由原先每斤一块掉到七毛。

半麻袋黄瓜,转上三个巴扎卖不完,剩下的只能喂驴了。

熟透的杏子,一两个巴扎卖不出去,就全烂在筐里。一大早摘的无花果,卖到中午便不能看了。越鲜美的东西就越难留住。

最经卖的是那些干货:葡萄干、杏干、无花果干,还有麦子、苞米、枣、巴坦木,能从一个巴扎到另一个巴扎,无限期地卖下去。今年的新杏干已经上货,去年前年的旧杏干,还剩在谁手里,摊开、收起、再摊开。

在老城的贫穷日子里,总有一些食物富余到来年卖不出去。想吃它的人没钱,只好把一口食欲压抑到明年。有钱的人早吃够了。去年冬天,谁的嘴没嚼上一口酸甜杏干,今年夏天不知他是不是补上了。

那些各种各样的干果,在轮回的转卖中,在库车特有的烈日和尘土下,渐渐有了一种古旧的色泽,它们更耐看了。只是,它们的甜不知还在不在里面。一年年的尘土落在上面,却看不见。仿佛那些尘土被它们吸收,成了它们的一部分。在老城那些世代相传的买卖人手里,不知有没有半筐一千年前的杏干,一直卖到今天。

我有幸一次次地走进老城巴扎。我不买什么东西,也没啥要卖的。我和那些喜欢逛巴扎的维吾尔族人一样,只是逛一种闲情。看哪儿人多,热闹,就凑过去。

并不是每个人上巴扎都做生意。

每个巴扎都是一个盛大节日。

女人在巴扎上主要为了展示自己的服饰和美丽,买东西只是个小小的借口。女人买东西,一个摊位一个摊位地挑,从街这头到那头,穿过整个巴扎,再转回来,手里才拿着一点点东西。

年轻小伙上巴扎主要是看漂亮女人。

没事干的男人,希望在巴扎上碰到一个熟人,握握手,停下来聊半天。再往前走,又遇到一个熟人,再聊半天,一天就过去了。聊高兴时说不定被拉到酒馆里,吃喝一顿。

我到巴扎上什么都看,什么声音都听,遇到新鲜事情就蹲下来仔细打听。我觉得,我比那些在巴扎上收税的戴大盖帽的税务员,更了解这些做小买卖的。一次,我看见几个税务员,从一位卖奥斯曼草的妇女手里,强收了三块钱的工商税。最后,那个妇女收拾起卖剩的几小束奥斯曼草,哭着回家去了。

我不知道那个妇女的家庭情况,不知道那三块钱对她意味着什么。但我清楚,那些卖奥斯曼草的妇女,一天都挣不了三块钱。

当然，巴扎上更多的是热闹，是有意思的事情，我随便写了几件，有兴趣你就看看。就像公驴上巴扎主要不为拉车而是为了看年轻母驴，谁在巴扎上都有自己的兴趣，别人并不十分清楚。

· 最小的生意

早晨，我走过沙依巴克街时，看见一位维吾尔族妇女，面前摆着几小把奥斯曼在卖，几个年轻女人围着挑选，已经卖出去一把，收回来五毛钱。我数了数，她总共有七小把奥斯曼，全卖完能收入三块五毛钱，其中的本钱是多少我就不知道了，或许是她自己种的，或许是两三毛钱一把从别处批发的，守一天卖掉，挣一块多钱。

这还不是最小的生意。离她不远，另一位蒙面妇女，面前摆着拇指粗细的七八把香菜，一把卖两毛钱，菜叶上洒了水，绿莹莹的。看装束是城里妇女，或许从赶集的农民那里，四毛钱买来一把香菜，再分成更小的七八把，摆在街上卖。

下午我转过来时，见她面前还摆两小把香菜，叶子已经蔫了，看样子卖不掉了。街上人已经不多，她挪动着身子，像有收拾回家的意思，又抱着一点点希望，等着朝这边走来的几个人。

我大概算了算，她这笔买卖，除掉本钱，最多挣八毛钱，还赚了两小把香菜，够晚上做羊肉揪片子用了。

还有一个卖针线的小女孩，几十根不同大小的针，插在一顶小花帽上，每根针上穿一截不同颜色的线。一根针卖几分钱，一根一根地卖。

我离开巴扎时，看见那个抱了一只歪葫芦，卖一天没卖掉的老汉还坐在墙根。他看上去表情安静，目光平和地望着街上渐渐散去的人，又像望着更远处我不知道的什么地方。他的歪葫芦在夕阳下发着红色艾德莱斯绸的光泽。我知道这种老式葫芦，已经很少见了，知道它香甜味道的人也可能不多了。

明天后天，这只葫芦和这个老汉，还会出现在周边乡镇的巴扎上。下一个礼拜五，说不定他又转回来，坐在这个墙根，还抱着那只歪葫芦。

我没上前去问那只葫芦的价格。我知道不会太贵，三块两块，就买来了。

· **老式瓜菜**

在沙依巴克街的瓜菜市场上，老式的西红柿、甜瓜、土毛桃、矮小的芹菜、萝卜，一筐一筐摆在那里。几十年前我们吃过的那些未经"改良"的瓜菜，几乎都能在这里找到。我看到一位农民，筐里放着几个又小又难看的甜瓜。我觉得眼熟，问名字，"克克奇"。我小时自家的菜园里就种过这种叫克克奇的小甜瓜，秧扯得不长，瓜也小小的，一棵秧上结三四个。奇甜，还有一种很浓郁的特殊香味。

那时候，在一些人家的小菜园里，总有几样别人家没有的稀罕瓜菜。都是些古老品种，靠主人一年年地传种下来。我们家的克克奇，就是母亲每年拣最甜最饱满的瓜留下种子，在窗台上晾干，来年再种，可是后来就再见不到了。我们都不知道是哪一年忘记种了。那种特殊的浓郁香甜味，从我们的生活中消失的时候，竟都没有被察觉。

库车这块土地上是否还遗留着一座人类古老的菜园子，我们喜爱的那些在别处早已绝迹的老式瓜果蔬菜全长在那里。

但我知道，那些珍贵的种子，只保存在个别一些农人手里。他们喜爱那些土瓜果，每年在自家菜园种几棵，产量不高，果实也不大，卖不了几个钱。只是自己喜欢那种味道，就一年年地种了下来。如果有一年他们忘记种了，或者，他们仅有的几颗种子叫老鼠偷吃了，一种作物便会从这片土地上消失。

我们培育改良的又大又好看的瓜果长满大地。它们高产，生长期短，适合卖钱，却不适合人吃，它把人最喜爱那些味道弄丢掉了。"改良"的结果是，人最终会厌恶土地，它再也长不出人爱吃的东西。

事实就是这样，我们改良成功一种物种，老品种便消失了。没有谁负责为那些老品种留下样种，到最后，我们都不知道人类最初吃的是什么样的东西。

如果改良错了，路走绝了，我们从哪里重新开始。

当年政府用高大的关中驴改良库车小毛驴时，就是因为有许多驴户抵制，许多母驴自发反抗，跑到庄稼地和草湖躲藏起来，才会有古老可爱的库车毛驴保留到今天。

但作物不会躲藏，它们只有消失，永远消失。

· **坎土曼的卖法**

那些摆在街边待卖的坎土曼，每一只一个样子，整整齐齐摆着。这只被买走了，那只依旧静静待着。它们似乎早就知道自己最终在哪块地里挖卷刃子，所以一点不着急。

卖坎土曼的老人也早知道了自己的命运，他更不着急。坐在摆放整齐的坎土曼后面，双眼微眯。他不吆喝，也不还价。大坎土曼十八块，小的十五块，就这个价钱这个货，没啥好商量的。卖掉一只算一只，卖不掉的，傍晚收回家去，第二天又摆在这块地方。他从不挪窝，错过的人有的是时间再回头。钱不够的人，也有足够的时间去把钱凑够。他唯一要做的一件事就是等。等到坎土曼生锈，落满沙土。等到那些挑剔的人，转遍全库车的铁器摊铺再回来。等到库车河边的引水大渠，被泥沙淤死。又要新开一条百里长渠了，全县一半劳力投入挖渠，坎土曼又一次派上大用处，供不应求。

他的坎土曼按大、中、小三排，在地上摆成整齐的梯形，卖掉一只，他会从铁匠铺进一只补上，卖得再多，梯形也不会残缺。这是他的牌子，几十年不变。那些低头转街的人，只要路过这儿，看见坎土曼摆成的梯形，就知道是他的摊子，价格、货都不用问，想买的挑选一只，钱一付就走，不会有任何变动。

那些卖坎土曼的，没有招牌，没有铺子，就街边一小块空地，东西就地一摆，但每个人都摆卖出一种样子，绝不会有重复。

你看那个大热天戴皮帽子的老汉，他的坎土曼沿街边摆成一长溜子，从小往大排过去，他蹲在尽头，像一只最大号的坎土曼。买货的人从那头挑选过来，好一阵才能走到这头。

那个光头巴郎（男孩）的坎土曼，一只一只插在地上，好像每一只都正在挖土，远远看去有上百只坎土曼在挖那块地。

而另一位白胡子老汉的坎土曼，也是立在地上卖，却全部刃口向上，仿佛干完了活，全都白刃朝天晒太阳呢。

还有的坎土曼挂在墙上卖，像一张张维吾尔族人的铁青脸谱。

只要这条街道不变，卖坎土曼人的摊位就不变，每个摊子上坎土曼的摆法更不会变。一个一个巴扎，一年又一年地摆卖下去，就成了这条老街上的名牌摊铺，全库车人都会知道。远在塔里木河边草湖乡的农民，活儿干累了靠在埂子上，边抽莫合烟边摆弄自己的坎土曼：我这把嘛，是在老城"一长溜子"

上买的，快得很，一点点泥巴都不沾。我的坎土曼嘛，另一个说，是在"梯形"那里买的，钢硬得很，挖柴火时当镢头一样用，从来不卷刃子。

· **能变成钱的东西**

各种各样的吃食，冒着香味儿等候那些嘴和肚子。有钱人吃的抓饭、拌面、缸缸肉，没钱人吃的馕、羊杂碎。在以抓饭闻名的乌恰市场，我看见几个妇女卖煮熟的洋芋蛋，两毛钱一个，四毛钱、六毛钱就能吃饱肚子——老城的穷人给乡下来的更穷的人们备下简单实在的廉价食物。

赶一天巴扎不能空着手空着肚子回去。

有数的两筐杏子，一麻袋青菜，价格卖好了能吃一盘素抓饭、两个烤包子，卖不好就只有啃自带的干馕子。收成是可以想到的，一年里只有几样东西能变成钱：不多的几棵树上的杏子、一小畦没种好的辣子和西红柿。地里的麦子刚够自己吃，埂子上的几行苞谷，早掰掉煮青棒子吃了。屋后的白杨，长粗还得几年。几只土鸡的蛋，一个个收起来，不知够不够换茶叶和盐。儿子眼看就长大了，要盖房子娶媳妇。对于大多数人，永远不会有意外的收入。只有可以想到的一些损失：那些杏树中的一两棵，杏花被大风吹远，白长一年。不坐果的杏树，密密麻麻长满叶子，遮阳光、挡风雨，秋天落下来，喂羊喂驴。还有那几亩麦子，种不好了一半是草，种再好也不会有剩余的，总要损一些养活鸟和老鼠，这些都在意料之中。一年一年，几袋麦子一两只羊，陪伴一家人的日子。父亲老掉了，儿女莫名其妙地长大，不会有更多的快乐幸福，但也不会再少。县上的统计报表中，有这些贫困村庄的人均收入，少得不能再少。有没有一份报表，统计这些人的笑声。他们一年能笑多少回，今年和去年的笑声，是否一样多，哪一年人们的笑声减少了。有没有人去问问那些忧郁沉默的人，你怎么不笑，怎么好长时间听不见你的笑声了。有没有人去问那些快乐欢笑的人，你高兴什么呢，有什么高兴事让你一年四季笑个不停。

- **眉毛的粮食**

有一种叫奥斯曼的草，维吾尔族人称它为"眉毛的粮食"，据说有生眉养眉的功效。在库车农村，几乎每家房前屋后都种一些，女人们用奥斯曼的叶汁涂抹眉毛，久而久之，眉毛便像吸足了养分的庄稼一样，变得乌黑发亮。

这种"眉毛的粮食"学名叫菘蓝，株秆粉红，叶子深绿，种在庭院里既可当花欣赏，又随时随地可采叶描眉。一位妇女，只需种三五株就够一年用了，用不完的拿到巴扎去卖。扎成小束,一束卖五毛钱。城里妇女们的眉毛比乡下妇女更饥渴,她们有的在花盆里种几株,解燃眉之急,更多的要到巴扎去买。老城巴扎的奥斯曼生意经久不衰,每年都有许多妇女做这种无风险的小生意,靠别人的眉毛挣钱过日子。

冬天眉毛"吃"什么呢。维吾尔族妇女在春天花红叶绿之时,便采集大量的奥斯曼鲜叶,用挤压出的叶汁拌以适当羊油,制成不腐不烂的眉膏,以备冬天之用。另一种储存方式是像烟叶一样晒干存放,但涂眉效果不如前者。

在巴扎上,还能买到一种特殊的头油,是用沙枣树的树胶制成的。据说用这种头油抹出的头发又黑又亮,还有股沙枣花的浓香。

维吾尔族女子最引人注目的美是那双眼睛,而使眼睛熠熠生辉的则是那两弯令人惊异的浓黑眉毛。眉是五官最上一官,美容先美眉,维吾尔族妇女似乎天生就知道这个道理。在库车小巷,常看到三两个维吾尔族女人迎面走来,还看不清五官容颜时,便已被她们的浓黑眉毛吸引。待走到跟前,眉毛下又黑又深又大的眼睛,笔挺的鼻子,棱角分明的嘴唇,那样的容貌,让人很难移开眼睛,移开了也还会再一次追望上去。

按维吾尔族人的古老传说,女孩双眉间的距离,决定了日后婚嫁的远近。两条眉毛隔得远的女孩子,一定会嫁到很远的地方。母亲总是希望女儿留在身旁,所以女儿一出生,母亲便用奥斯曼叶汁涂抹她的眉毛,稍大一些,女孩便学会自己用奥斯曼涂抹眉毛。日复一日,年复一年,长大的女儿两弯秀眉紧紧相连,嫁去的地方喊一声就能听见。

如今,这种"眉毛的粮食"已被制成眉笔、眉膏,价格很贵。库车老城的女人们,仍旧喜欢用新鲜奥斯曼的叶汁涂抹眉毛。那些自然的东西,机器一加工便变质了。

(原载2003年第1期《西部》)

盛装的行程

李　娟

　　无论是从乌伦古河畔迁往额尔齐斯河南岸，还是从吉尔阿特迁往塔门尔图，再去往可可仙灵，每一次搬家的行程居然从没遇到过平静的晴天，不是过寒流就是下大雨。真是倒霉，真是奇怪。

　　想到往后还要继续深入更加寒冷多雨的深山夏牧场，未来一定还会有更为漫长的栉风沐雨的长途跋涉，于是在冬库尔安定下来后，我进了次城，买了几件宽大结实的斗篷式雨衣。但对于我的好心，大家轻蔑地拒绝了，说："穿这个，像什么样子！"都不愿意把漂亮衣服挡住。

　　于是，离开冬库尔再次上路时，就我一人蒙了件雨衣。果然，第一天又是风又是雨又是雪的。除我以外，大家都淋得够呛。尽管如此，还是没人羡慕我。

　　躲在雨衣底下多安全啊。不晓得更久远的年代里的那些人们，不但没有雨衣，道路更艰险，环境更恶劣，那时的跋涉又该如何艰苦无望！

在我的常识里，搬家的事情嘛，总是琐碎麻烦，又累又脏，因此搬家时应该穿结实经脏的旧衣服才对。况且在野外搬家，更是要穿得宽松随意些。想到搬家路上腾起的尘土风沙，想到一路上照料牲畜时的脏乱，于是我坚持穿着本该三天前就换下的脏衣服上路。反正都已经脏了，无非更脏而已。同时，出发那天，脸也懒得洗，头也懒得梳，还换上早就破掉的那双鞋子——之所以一直没扔，正是为让它为这次搬家服最后一次役。

正是离开冬库尔那一次，由于太怕冷了，我不但将自己塞进了全部的衣服中，蒙上雨衣，完了还在腰上拴了根绳子，把里里外外层层叠叠长长短短的衣服一紧、一勒，浑身沉重又踏实。嗯，难怪街头流浪汉都会在腰上拴绳子。

我的准备就是这样的，总之，不顾一切地裹成了一棵大白菜，又厚又圆，又邋遢又紧张。

可妈妈他们呢，却恰恰相反。

大家都打扮得漂漂亮亮，都翻出自己平时舍不得穿的做客的压箱底衣服。妈妈头一天还特意洗了头发（在那么冷的天气里），系了最贵重的那条安哥拉羊毛大头巾。斯马胡力这家伙，头天开始就一遍又一遍地打鞋油。为了能钻进那件最精神但有些偏小的新夹克里，他居然没穿毛衣！于是一路上冻得缩头缩脑、龇牙咧嘴。后来我实在看不下去了，便摘下自己的口罩给他。他也顾不上客气，接过去赶紧戴上。可薄薄小小的一个口罩，能起多大的作用呢！

卡西头上几乎戴齐了自己全部的头花和发卡，还抹了厚厚的粉底（倒是可以防风）。编辫子时，为了能让头发显得光滑明亮，足足淋了小半碗食用葵花籽油。

当然了，半夜一起身，就这么全副打扮起来，接下去还得摸黑干大半夜的活儿，打包、装骆驼……于是，等天明上路时，大家都有些脏乱了。尽管如此，一个个还是远比李娟精神、体面。

总之，大家精神体面地顶着猎猎寒风行进在荒凉的路途中。为了露出我刚送给她的一件桃红色毛衣，卡西坚决不肯扣上外套扣子。

我以长辈的口吻指责道："穿成这样，可真够漂亮的！"她不屑地保持沉默。

天气恶劣，走到中途，雨下个不停。连披着雨衣的我，里层衣物还是被渍得又潮又黏。雨水顺着脸颊、脖颈打湿了里里外外所有衣物的领口和双肩。露在雨衣外的双腿更是因湿透了最里层的毛裤和秋裤而僵硬沉重。中途下马休息时，膝盖居然一时打不过弯来。哎，其他人就更别提了。卡西额前的碎发一绺一绺紧贴在眼睛上，脸色铁青。妈妈的浅褐色大衣因为湿透了而变成深褐色，但她神情庄重，没有一点儿抱怨和忍耐的意思。大家也都默默无言，有条不紊地照管着驼队，并不因为寒冷和大雨而烦躁，或贸然加快行进速度。

但到了跋涉的第二天，突然就闯入一个大晴天！尤其到了中午，队伍走到群山高处，阳光灿烂，脸庞暖暖的，头发烫烫的，身子越来越轻松舒适。雨后松林崭新，空气明亮。卡西和斯马胡力的新衣服在好天气里显得那样欢乐、热情。妈妈也显出愉悦又傲慢的神情，默默微笑着。大家高高骑在马背上，牵着同样盛装的驼队经过沿途的毡房，像是骄傲地展示着富裕和体面，像是心怀豪情一般。

而我呢，去掉雨衣后，狼狈不堪……外套脏得发亮，脖根处拥挤堵塞着各种衣物的领子。脚上穿的不像是鞋子，倒像是两只刺猬。途中一遇到别的行人，妈妈他们拉住缰绳停下来愉快地打招呼，而我则赶紧打马一趟快跑……每逢途中驼队暂停，接受沿途的毡房主人为我们准备的酸奶时，更是局促不安，无处躲藏。一个劲儿地拢头发，扯了袖子又扯衣襟，东张西望，为自己臃肿邋遢的穿着及腰上勒的那根绳子深感害臊。

后来渐渐才知道，搬家对游牧的人们来说，不仅仅是一场离开和一场到达那么简单。在久远时间里，搬家的行为寄托了人们多少沉重的希望啊！春天，积雪从南向北渐次融化，牧人们便追逐这融化的进程，追逐着水的痕迹，从干涸的荒原赶往湿润的深山。秋天，大雪又从北往南一路铺洒，牧人们被大雪驱赶着，一路南下，从雪厚之处去往南方的戈壁、沙漠地带的雪薄之处。在那里，羊群能够用蹄子扒开积雪，啃食被掩埋的枯草残根——在这条漫长寂静的南来北往之路上，能有多少真正的水草丰美之地呢？更多的是冬天，更多的是荒漠，更多的是忍耐和坚持。但是，大家仍然要充满希望地一次次启程，仍然要恭敬地遵循自然的安排，微弱地，驯服地，穿梭在这片大地上。连长着翅膀，能够远走高飞的鸟儿不是也得顺应四季的变化，一遍又一遍地努力飞越海洋和群山吗？

是的，搬家的确辛苦。但如果只把它当成一次次苦难去捱熬，那这辛苦的生活就更加灰暗悲伤了。就好像越是贫穷的人越是需要欢乐和热情一样，因此，越是艰难的劳动，越是得热烈地庆祝啊。

于是，搬家不仅仅是一场离开和一场到达，更是一场庆典，是一场重要的传统仪式。对，它就是一个节日！既然是节日，当然得穿最漂亮的衣服喽，当然得欢欣、隆重地度过所有的路上的日子。

而盛装出现在新的驻扎地，则又是一幅充满了希望和鼓舞的画面。像是在说："我已做好准备！"隆重的到来，总是意味着生活从容富裕的展开，就更别说骏马华服地经过沿途人群时的得体与自信了。

不但人们在转场途中盛装行进，连骆驼也会被装点得格外神气。鲜红醒目的房架子和檩条整齐地收拢在大肚子两边，再缘着这两束木架攀挂各种重物。为了防止房架子和檩条两端在行程中被刮坏，还会像套钢笔帽一样为其套上绣花的绿毡套。

最值钱的几床被褥高高捆扎在驼背最显眼的位置（哪怕下雨时会最先被淋湿），绸缎的被面朝外折叠，一片金黄绯红。杂七杂八的物什外披盖着最美丽的几块花毡（哪怕会最先被沿途的石壁磨损弄坏）。露在外面的木箱穿着木箱的方衣服，大锡锅穿着大锡锅的圆衣服。连不起眼的塑料壶和烟囱，扎克拜妈妈也都给它们各自做了一身合身的衣服，包裹得严严实实。这些衣服大都用毡片缝成，还像花毡一样绣着对称的彩色图案，多么讲究啊。总之，能穿衣服的器具尽量给穿上衣服，实在不好遮盖的寒酸物什，大家也会想法子排得整齐利索，井井有条。

装骆驼，不只是力气活。不但要最大限度地使物什排列得整齐有序，还要节约空间，还得考虑骆驼是否舒服，肚子两边是否平衡，打理得是否稳当结实。最重要的是，整体效果一定要显得隆重又体面。正如毡房内各种日常物件的摆设大多有其传统的固定位置，搬家时骆驼的装载也有一套较为固定的模式。天窗作为一个家庭稳固完整的象征（哈萨克斯坦的国徽正中央就有一个天窗形象），总是被高高架置在驼队第一峰骆驼的驼峰上（同时，第一峰骆驼总是被装点得最费心思）。有着漂亮摇篮的家庭会把摇篮顶在第二峰骆驼身上最高处。接下来的骆驼身上最高处则分别醒目地顶着餐桌、家里最大的一面煮奶的敞口锡锅（倒扣着）。身披拖着长长流苏的大披肩的女主人，牵着这样的驼队缓缓穿行在寒冷阴暗的峡谷深处。一峰峰骆驼浑身披红挂绿、载金载银，像一桌桌丰美的宴席。

我家的家当一共装了四峰成年骆驼，算是比较小的规模了。和邻居一同出发时，为便于管理，几家人的骆驼都系成一长串。扎克拜妈妈牵着领头骆驼走在最前面，其他人前后跟随，照管着驼队和牛群，预防一切意外发生。

有时妈妈也会吩咐我替她牵一会儿骆驼。每到那时，风光极了！好像这几十峰骆驼全归我管似的。只可惜我蓬头垢面，邋里邋遢，实在不像样子。

（录自《春牧场》，上海文艺出版社，2012年版）

河边洗衣服的时光

李　娟

洗衣服实在是一件快乐的事情。首先，能有机会出去玩玩，不然的话就得待在店里拎着又沉又烫的烙铁没完没了地熨一堆裤子，熨完后还得花更长的时间去一条一条钉上扣子，缲好裤脚边。

其次，去洗衣服的时候，还可以趴在河边的石头上舒舒服服地呼呼大睡。不过有一次我正睡着呢，有一条珠光宝气的毛毛虫爬到了我的脸上，从那以后就再也不敢睡了。

洗衣服的时候，还可以跑到河边附近的毡房子里串门子、喝酸奶。白柳丛中空地上的那个毡房子里住着的老太太，汉话讲得溜溜的，又特能吹牛，我就爱去她那儿。最重要的是她家做的酸奶最好最黏，而且她还舍得往你碗里放糖。别人家的酸奶一般不给放糖的，酸得整个人——里面能把胃拧成一堆，外面能把脸拧成一堆。

还可以兜着那些脏衣服下河逮鱼。不过用衣服去兜鱼的话……说实在的，鱼鳞也别想捞着半片儿。

此外还可以好好洗个澡。反正这一带从来都不会有人路过的，牧民洗衣服都在下游桥边水闸那儿，拉饮用水则赶着牛车去河上游很远的一眼泉水边。只有一两只羊啃草时偶尔啃到这边，找不到家了，急得咩咩叫。

夏天真好，太阳又明亮又热烈，在这样的阳光之下，连阴影都是清晰而强烈的，阴影与光明的边缘因为衔含了巨大的反差而呈现奇异的明亮。

四周丛林深密，又宽又浅的河水在丛林里流淌，又像是在一个秘密里流淌，这个秘密里面充满了寂静和音乐……河心的大石头白白净净、平平坦坦。

我光脚站在石头上，空空荡荡地穿着大裙子，先把头发弄湿，再把胳膊弄湿，再把腿弄湿，风一吹过，好像把整个人都吹透了，浑身冰凉，好像身体已经从空气里消失了似的。而阳光滚烫，四周的一切都在晃动，抬起头来，却一片静止。我的影子在闪烁的流水里分分明明地沉静着，它似乎什么都知道，只有我一个人很奇怪地存在于世界上，似乎每一秒钟都停留在刚刚从梦中醒来的状态中，一瞬间一个惊奇，一瞬间一个惊奇。我的太多的不明白使我在这里，又平凡又激动。

夏天的那些日子里，天空没有一朵云，偶尔飘来一丝半缕，转眼间就被燃烧殆尽了，化为透明的一股热气，不知消失到了哪里。四周本来有声音，静下来一听，又空空寂寂。河水哗哗的声音细听下来，也是空空的。还有我的手指甲——在林子里的阴影中时，它还是闪着光的，可到了阳光下却透明而苍白，指尖冰凉。我伸着手在太阳下晒了一阵后，皮肤开始发烫了，但分明感觉到里面流淌的血还是凉的。我与世界无关。

在河边一个人待着，时间长了，就终于明白为什么总是有人会说"白花花的日头"了，原来它真的是白的！真的，世界只有呈现白的质地时，才能达到极度热烈的氛围，极度强烈的宁静。这种强烈，是人的眼睛、耳朵，以及最轻微的碰触都无力承受的。我们经常见到的那种阳光，只能把人照黑，但这样的太阳，却像是在把人往白里照，越照越透明似的，直到你被照得消失了为止……那种阳光，它的炽热是你经验中的现实感觉之外的炽热。河水是冰冷的，空气也凉幽幽的，只要是有阴影的地方就有寒气飕飕飕地蹿着……可是，那阳光却在这清凉的整个世界之上，无动于衷地强烈炽热着……更像是幻觉中的炽热。它会让人突然间就不能认识自己了，不能承受自己了。

于是，一个人在河边待的时间长了，就总会感到怪怪地害怕。总想马上回家看看，看看有多少年过去了，看看家里的人都还在不在。

总的来说呢，河边还是令人非常愉快的。河边深密的草丛时刻提醒你："这是在外面。"外面多好啊，在外面吃一颗糖，都会吃出比平时更充分的香甜。剥下来的糖纸也会觉得分外地美丽——真的，以前从来没有注意过这些糖纸的，好像这会儿才格外有心情去发现设计这糖纸的人有着多么精致美好的想法。把这鲜艳的糖纸展开，抚得平平的，让它没有一个褶子，再把它和整个世界并排着放在一起。于是，就会看到两个世界。

我把这张糖纸平平展展放在路边，每天都会经过几遍，每次都看到它仍鲜艳地平搁在那儿，既无等待，也无拒绝似的。时间从上面经过，它便开始变旧。于是我所看到的两个世界就这样慢慢地，试探着开始相互进入。

河水很浅，里面的鱼却很大，而且又大又贼的，在哗啦啦的激流中和石缝中，很伶俐地、游刃有余地穿行，像个幽灵。你永远也不能像靠近一朵花那样靠近它，仔细地看它那因为浸在水中而清晰无比的眼睛。

相比之下，百灵鸟则是一些精灵。它们总是没法飞得更高，就在水面上、草丛里上蹿下跃的，有时候会不小心一头撞到你身边。看清楚你后，就跳远一点儿继续自个儿玩。反正它就是不理你，也不躲开你。它像是对什么都惊奇不已，又像是对什么都不是很惊奇。它们都有着修长俊俏的尾翼，这使它们和浑圆粗短的麻雀们骄傲地区分开了。另外它们是踱着步走的，麻雀一跳一跳地走；它们飞的时候，总是一起一跃，在空中划出一道道弧线，蜻蜓点水一般优雅和欢喜，麻雀们则是一大群"呼啦啦"的，一下子就蹿得没影儿了。

听说这林子里蛇也很多，幸亏我从来没碰上过。

另外这林子里活着的小东西实在很多的，可是要刻意去留心它们，又一个也找不到了。林子密得似乎比黑夜更能够隐蔽一些东西。我也确在河边发现过很多很多的秘密，但后来居然全忘记了！唯一记得的只有——那些是秘密……真不愧是秘密呀，连人的记忆都能够隐瞒过去。

还有那么多的，各种各样的美丽植物，有许多都能开出令人惊异的小花。那些小花瓣的独特形状和细致的纹路图案，只有小孩子们的心思才能想象得出来，只有他们的小手才画得出。花开成这样，一定都有着它自己长时间的并且经历曲折的美好意愿吧？

再仔细地看，会发现这些小花们和周围的大环境虽然一眼看去很协调，其实，朵朵都在强调不同之处。似乎它们都很有些得意的小聪明，都暗自坚持着自己的想法。但是由于它们太过天真了而太过微弱；又由于太过固执，而太过耀眼。它们更像是一串串带着明显情绪色彩的叹号、问号和省略号，标在浑然圆满的自然界的暗处……真的，我从没见过一朵花是简单的，从没有见过一朵花是平凡的。这真是令人惊奇啊！究竟是什么样的力量和心思，让这个世界既能产生磅礴的群山、海洋和森林，也能细致地开出这样一朵朵小花儿？

这些花儿，用花瓣团团握住一把秘密。又耐心地，以形状和色彩巧妙地区分开雄蕊和雌蕊。凑得很近很近地去看一朵花，会发现它大部分都是由某种"透明质地"构成的：粉红色的透明，淡青的透明，浅黄的透明……那些不透明的地方，则轻微地、提醒似的闪着光芒。这光芒映照在那些透明的地方，相互间又折射出另外一些带有些微影像的光芒……一朵花所能闪烁出的光，也许连一指远的地方都照不亮，但却是它所呈现出的种种美丽中，最神秘诱人的一部分。

更奇妙的是花还有香气，就算是没有香气的花，也会散发清郁的、深深浅浅的绿色气息：浅绿色的令人身心轻盈，深绿色的令人想要进入睡眠……哎！花为什么会有香气呢？花能散发香气，多么像一个人能够自信地说出爱情呀！真羡慕花儿。但我对这些花儿们的了解也只不过是以自己的想法进行胡乱揣测而已。花的世界向我透露的东西只有它或明显或深藏的美丽。并且就用这美丽，封死了一切通向它的道路。我们多么不了解花呀！尤其是想到，远在人类诞生之前，世上就有花了，人类消亡以后，花仍将一成不变开遍天涯……便深深感觉到孤独的力量是多么深重巨大。我们和世界无关……

还有那些没什么花开的植物们，深藏自己美丽的名字，却以平凡的模样在大地上生长。其实它们中的哪一株都是不平凡的。它们能向四周抽出枝条，我却不能；它们能结出种子，我却不能；它们的根深入大地，它们的叶子是绿色的，并且能生成各种无可挑剔的轮廓，它们不停地向上生长……所有这些，我都不能……植物的自由让长着双腿的任何一人都自愧不如。

首先,绿色就是大地上最广阔、最感人的自由呀!当我们看到绿色,总是会想:一切都不会结束吧?然后就心甘情愿地死去了。这一切多么巨大,死去了都无法离开它……真的,一株亭亭地生长在水边的植物,也许就是我们最后将到达的地方吧?

石头们则和我一般冥顽。虽然它们有很多美丽的花纹和看似有意的图案。可它是冰冷的、坚硬的,并且一成不变。哪怕变也只是变成小石头,然后又变成小沙粒,最后消失。所有这一切似乎只因为它没有想法,它只是躺在水中或深埋地底,它在浩大的命运中什么都不惊讶,什么都接受。而我呢,我什么都惊讶,什么都不接受,结果,我也就跟一块石头差不多的。看来,很多事情都不是我所知的那样。我所知的那些也就只能让我在人的世界里平安生活而已。

在河边,说是从没人经过,偶尔也会碰到一个。我不知道他是谁,我当然不知道他是谁。但是他在对岸冲我大声地喊着什么,水流哗啦啦地响个不停,我站起身认真地听,又撩起裙子,踩进水里想过河。但是他很快就说完转身走了。我怔怔地站在河中央,不知道自己刚刚错过了什么。

还有人在对岸饮马,再骑着马涉水过来。他上了岸走进树林里,一会儿就消失了。我想循着湿湿的马蹄印子跟过去看一看,但又想到这可能是一条令人通往消失之处的路,便忍不住有些害怕。再回头看看这条河,觉得这条河也正在流向一个使之消失的地方。

而我是一个最大的消失处，整个世界在我这里消失，无论我看见了什么，它们都永不复现了。也就是说，我再也说不出来了，我所能说出来的，绝不是我想说的那些。当我说给别人时，那人从我口里得到的又被加以他自己的想法，成为更加遥远的事物。于是，所谓"真实"，就在人间拥挤的话语中一点点远去……我说出的每一句话，到头来都封住了我的本意。

真吃力。不说了。

就这样，在河边洗衣服的时光里，身体自由了，想法也就自由了。自由一旦漫开，就无边无际，收不回来了。常常是想到了最后，已经分不清快乐和悲伤。只是自由。只是自由。我想，总有一天我会死去的，到那时，我会在瞬间失去一切，只但愿到了那时，当一切在瞬间瓦解、烟消云散后，剩下的便全是这种自由了……只是到了那时，我凭借这种自由而进入的地方，是不是仍是此时河边的时光呢？

总之，到河边洗衣服的话，想怎么玩就怎么玩，爱怎么想就怎么想。至于洗衣服就是次要的事情了，爱洗不洗，往水里一扔，压块石头不让水冲走。等玩够了回来，从水里一捞，它自己就干净了嘛。

（录自《阿勒泰的角落》，万卷出版公司，2010年版）

穿越在伤心地带

阿 来

第二天我起了一个大早,趁着太阳出来之前的凉爽多赶一些路。上路不久,那些仙人掌终于消失了。但越来越巨大的山体依然破碎而荒凉。当太阳升起来,河风里那一点湿气一下就被蒸发了。太阳照亮了那些累累的岩石的时候,我的心中越发悲凉。我感觉到自己是在人类的伤口上行走。尘土,尘土,到处都是尘土。

尘土中间,反射着阳光发出刺眼光亮的,是许多石英与石棉的亮晶晶的碎片。

好在巨大陡峭的山体投下巨大的阴影,能让我在其间行走或休息,又可以感受到从河面蒸腾起来的一点点湿润的气息。在有森林,有植被的时候,河水是在滋润群山,群山是在哺育着河水。而现在,河水却在这群山中充当一个趁火打劫的最后的掠夺者。等到河水把风与雨水带到河谷里的最后一点泥沙冲刷干净时，这些曾经生气勃勃的群山就要完全死去了。这正在走向死亡的世界不是一个狭小的地理概念，那是从四川盆地边缘纵深向青藏高原边缘的阶梯形群山达两三百公里的一个巨大伤痕。

一个难以愈合的伤痕。

虽然这个伤痕地带也曾有过民族间的冲突与一些战争，但这些冲突与战争大多发生在冷兵器时代，还不至于造成如此巨大的生态灾难。这个伤痕的造成，就是进入了现代史的近百年间，人类以和平的方式，以建设的名义，以进步的名义，以大多数人的幸福与生存的名义，无休止索取的结果。

我无数次地往返于这样一个伤心地带。

就是乘坐汽车，穿越这样的地带也会费去整整一天的时间，而在溯大渡河而上的这样一个特殊的地带，费去两天车程，也还走不出满眼的荒凉。如果是步行，那么，这样的行程就更加漫长了。

从泸定到丹巴，一百多公里的行程，晓行夜宿，我整整走了三天时间。

还能看到仙人掌，但已经是有意栽植在农家墙头上。那些黄土筑就的院墙，黄土筑成的房屋，年深日久地站在烈日与暴雨下，墙上斑斑驳驳显出了白色的盐霜。土屋前后，是绿得很深厚的梨树。梨树与土屋构成河谷平整台地上大小不一的村落。村落四周仍然是绿意深重的玉米与小麦。这样的村落，每到一两公里，在某个山湾里，会随着一片平整台地的出现，毫无预示地突然出现一个。很多个村子之后，会出现一个稍大一点的镇子，白墙青瓦。会有一个乡一级的政府存在。某一个院子里，会有一面国旗，披垂在烈日下，琅琅的诵书声从白杨树下的教室里传来。

在这种时候，我这人总会生出些奇怪的感慨。本来，我该视这种声音为这一地带的希望之声，但我却为他们的将来感到悲哀。就像为那些在破碎的山体中寻找最后一点青草的山羊感到悲哀一样。当一个地区在失去前途的时候，偏偏生产出一个满怀希望的青年的少年人的群体，那不正是一种加倍的悲哀么？

我想对未来乐观一点，但是，我无法克服掉内心深处这种要命的荒凉感。

因此，我倒宁愿人们生下来，就如路上相遇的放羊人一样，坚韧而又漠然。

在一个小饭馆里坐下来，放下背包，松开鞋带，汗水却越发地滚滚而下。饭馆里的大嫂递过来一张油腻的毛巾："哥哥，你擦把子汗水。"

她头顶着一张青色间有刺绣的头帕，腰上一条彩织腰带，都是典型的嘉绒地区的妇女服饰的一个组成部分。但身上的阴丹蓝长衫，已是明末清初的满汉服装，脚上一双军绿色的解放牌胶鞋，又完全是一个现代中国服饰的标准农村版本。在这个地方，许许多多的中年男子的穿着，都是这种汉藏混合，并同时呈现出不同时代特色的打扮。

而她说"哥哥"那种腔调，"擦把子汗"那种用词，是一种汉语里四川口音与陕甘口音混合后，演变出来的一种特别的大渡河谷中段土著汉语的腔调。这个地区，在清乾隆朝以前，都是纯粹的藏族聚居区。是藏族历史上农业最为发达，人口最为稠密的地区之一。在乾隆年间，清朝对当地的大小金川流域的赞拉与促浸土司前后用兵十余年，战后，藏族居民人口急剧减少。清政府以四川及陕甘兵屯殖于此地，所以，才形成今天这种人文与语言风貌。

传说那场旷日持久的战事结束以后，留下屯殖的士兵们在河谷里跑马占地。骑上马，只抽一鞭子，直到马不跑了，自动停下来，这个范围里的土地，树林，草坡，甚至土著女人（因为战争，土著男人差不多都战死了）就都是这个人的了。所以，直到今天，当地的汉语里都还有一个表示土地单位的词：趟。你家这趟地今年庄稼长得旺实！

我问饭店的这位女老板："你是藏族吗？"

我是用藏语问的，她盯着我，用汉语回答："是藏族。"

我笑了。

她有些局促地解释，这个地方，很多人都听得懂藏语，但讲就有些困难了，她说："结结巴巴，不蛮不汉的，说出来叫哥哥笑话。"这带地方，女人把不认识的成年男人，不论年纪大小，一律称为哥哥。有意思的是她接着又问:"哥哥吃汉族的还是藏族的?"

这是一个有意思的问题。在这条大河上游的某一条支流的支流上,我在黄昏时分寻找过夜之处时,曾遇到一个背水的女人问我,你住汉族的地方还是藏族的地方。现在,又有人用同样的方式提出了同样的问题。

我要了藏族的东西。

于是,我的面前有了一碗奶茶。茶里的奶是象征性的,掺在茶里很稀薄,这不是掺入茶里的奶的数量的问题,而是奶的质量。这种奶是杂种奶牛的奶。而且,茶里还有花椒与薄盐的味道。茶刚掺到碗里,很多个头硕大的苍蝇便嗡一声扑了上来。院子门前,向着公路,孤独地立着一株巨大的柏树。这些河岸两边,过去,应该都是这种参天古柏的森林,中间夹杂着白桦与枫树。现在,却只剩下这株巨柏孤独地站立在骄阳下,团出了一小块浓重的阴凉。我端着碗坐在这团树荫里,诗意不期而至,突然感觉到了脚下,那些泥土与砾石的覆盖下,是未曾风化破碎的巨大岩石。感到柏树的根须在泥土与砾石中游动伸展,感到根须像虬曲有力的手指,紧紧地抓住了岩石。打断我思路的是那位大嫂,她给我端上来一大碗嘉绒藏语叫"摆摆",在拉萨叫做"土巴"的煮面块。当地的面很有筋头。做法是先炒酸菜与朝天椒,然后掺水炝汤,再在汤里下面块。我喜欢这种吃食,一连吃了三碗才罢休,然后,顶着烈日继续上路。

再回头看那小饭馆时,才注意到柏树下还有一张台球桌。两个穿着想尽量时髦的小青年,正一杆杆地打发着似乎无穷无尽的时间。中午时分,自己投下的影子短到不能再短,就像是影子也睡着了一般。这个镇子也与大渡河沿岸许多小镇一样,低矮的房子挤在权作街道的公路两边。公路很安静,强烈而坚硬地反射着更多的热量与光线,刺得人有些睁不开眼。两边的房子却蒙满了灰尘,安静得如同一场梦魇一般。

这是大渡河流域这个荒凉的伤心地带的众多小镇中的一个,如果不是因了名字的不同,我实在分不开,这些镇子彼此之间有些什么不同的地方。

这天晚上,我宿在路上的另一个乡镇。我不想在这里写出镇子的名字,也是因为,除了不一样的名字,这里的一切实在与前述走过的镇子没有什么不一样的地方。一样的多苍蝇的小饭馆,门口停着运送木头的卡车,有一株两株的柏树立在随便一个什么样的地方,勾起人一点点对一个遥远的山清水秀时代若有若无的怀想,那是牧歌的时代,那是水流清澈的时代,那也是民间诗人们留下最后记载的时代。

作为那个时代的余响,我请民间的智者为我翻译一段名叫《美好时代衰落》的民间文书。这部文书很少流传,一来,是因为民间愿意思考的人日渐凋零,而历史学家轻易将这种诗性的颇具概括性的叙述轻易摒弃了。但我喜欢这样的文字,其中这样写道:"后来,到了宗教不善寿命短促的时代,妖魔鬼怪兴妖作祸，坏心眼的人肆意害人，恶人发财爬上高位，傲慢专横不可一世。好人，对人无害的人胆小怕事，只落得贫困和倒霉。"

书里还写道："在此之后，宗教每况愈下，寿命更加短促的时代，在欠债和捐税的时代临近时候，国王在他的辖境内只有八千年的权力，一个国王会变成许多个国王。国王们自以为是，无视昔日好的宗教和经典。由于各人都过于自信，于是，各个国家就产生了各自的宗教与经典。"

我觉得这是一种类似于《旧约全书》的概括而又有诗意的，象征多于信史的笔法。我非常吃惊，在这样一个日益荒漠的地带，竟然孕育出了这样的民间诗人与思想家。而现在，这样的人物再也不会出现了。仅仅是从这个意义上说，这个荒凉的地带，也是万劫难复了。

我清楚地记得那个日子，1988年6月7日。

我躺在旅馆很多跳蚤的床上，睡了两个小时醒来，在一盏十五瓦的白炽灯下打开笔记本，重温这些文字。这时，电灯闪了三下。我知道，这是小水电站的人，把控制台上的闸刀开关拉下，又合上，拉下又合上，拉下又合上，这是告诉小镇和周围通上电的村子的人们，要停电了。

十分钟以后，电灯熄灭，小镇便睡去了。

我起身走到窗前，听到大河在两岸岩壁间激起的沉雄回响。看到了岩石缝隙间，一些柏树在天空下的剪影。

于是，从背包里摸出一支蜡烛，写下了一首关于柏树的诗。

名字就叫《俄比拉多的柏树》。俄比拉多不是这个小镇的名字。我愿意为这些小镇取一些我认为好听的、不显得寒碜的名字。在嘉绒藏语中,"俄比",是种子的意思,"拉多",是在、还在的意思。我给这个小镇取的名字就叫种子还在。什么种子呢,当然是柏树的种子了。甚至连种子也不是,是柏树的一道影子罢了,是我个人心中一点无端的感触与怀想罢了。

在我写诗的青年时代,大多数诗行都写在这样的路上,这样破败而又简陋的旅馆。

最让我不明白的是,在有些地方,为什么一家旅馆刚刚建成,给人的感觉就已经显得破败不堪。

旅馆是这样,一些山间的城镇也是这样。

(录自《大地的阶梯》,南海出版公司,2008年版)

辑三 行色

天山行色（节选）

汪曾祺

> 行色匆匆
>
> ——常语

· 南山塔松

所谓南山者，是一片塔松林。

乌鲁木齐附近，可游之处有二，一为南山，一为天池。凡到乌鲁木齐者，无不往。

南山是天山的边缘，还不是腹地。南山是牧区。汽车渐入南山境，已经看到牧区景象。两旁的山起伏连绵，山势皆平缓，望之浑然，遍山长着茸茸的细草。去年雪不大，草很短。老远的就看到山间错错落落、一丛一丛的塔松，黑黑的。

汽车路尽，舍车从山涧两边的石径向上走，进入松林深处。

塔松极干净，叶片片片如新拭，无一枯枝，颜色蓝绿。空气也极干净。我们藉草倚树吃西瓜，起身时衣裤上都沾了松脂。

新疆雨量很少，空气很干燥，南山雨稍多，本地人说："一块帽子大的云也能下一阵雨。"然而也不过只是帽子大的云的那么一点雨耳，南山也还是干燥的。然而一棵一棵塔松密密地长起来了，就靠了去年的雪和那么一点雨。塔松林中草很丰盛，花很多，树下可以捡到蘑菇。蘑菇大如掌，洁白细嫩。

塔松带来了湿润，带来了一片雨意。

树是雨。

南山之胜处为杨树沟、菊花台，皆未往。

伊犁闻鸠

到伊犁，行装甫卸，正洗着脸，听见斑鸠叫：

"鹁鸪鸪——咕，

"鹁鸪鸪——咕……"

这引动了我的一点乡情。

我有很多年没有听见斑鸠叫了。

我的家乡是有很多斑鸠的。我家的荒废的后园的一棵树上，住着一对斑鸠。"天将雨，鸠唤妇"，到了浓阴将雨的天气，就听见斑鸠叫，叫得很急切：

"鹁鸪鸪，鹁鸪鸪，鹁鸪鸪……"

斑鸠在叫他的媳妇哩。

到了积雨将晴，又听见斑鸠叫，叫得很懒散：

"鹁鸪鸪，——咕！

"鹁鸪鸪，——咕！"

单声叫雨，双声叫晴。这是双声，是斑鸠的媳妇回来啦。"——咕！"这是媳妇在应答。

是不是这样呢？我一直没有踏着挂着雨珠的青草去循声观察过。然而凭着鸠声的单双以占阴晴，似乎很灵验。我小时常常在将雨或将晴的天气里，谛听着鸣鸠，心里又快乐又忧愁，凄凄凉凉的，凄凉得那么甜美。

我的童年的鸠声啊。

昆明似乎应该有斑鸠，然而我没有听鸠的印象。

上海没有斑鸠。

我在北京住了多年，没有听过斑鸠叫。

张家口没有斑鸠。

我在伊犁，在祖国的西北边疆，听见斑鸠叫了。

"鹁鸪鸪——咕，

"鹁鸪鸪——咕……"

伊犁的鸠声似乎比我的故乡的要低沉一些，苍老一些。

有鸠声处，必多雨，且多大树。鸣鸠多藏于深树间。伊犁多雨。伊犁在全新疆是少有的雨多的地方。伊犁的树很多。我所住的伊犁宾馆，原是苏联领事馆，大树很多，青皮杨多合抱者。

伊犁很美。

洪亮吉《伊犁纪事诗》云：

鹁鸪啼处却东风，
宛与江南气候同。

注意到伊犁的鸠声的，不是我一个人。

· 伊犁河

人间无水不朝东，伊犁河水向西流。

河水颜色灰白，流势不甚急，不紧不慢，汤汤汩汩，似若有所依恋。河下游，流入苏联境。

在河边小作盘桓，使我惊喜的是河边长满我所熟悉的水乡的植物。芦苇。蒲草。蒲草甚高，高过人头。洪亮吉《天山客话》记云："惠远城关帝庙后，颇有池台之胜，池中积蒲盈顷，游鱼百尾，蛙声间之。"伊犁河岸之生长蒲草，是古已有之的事了。蒲苇旁边，摇动着一串一串殷红的水蓼花，俨然江南秋色。

蹲在伊犁河边捡小石子，起身时发觉腿上脚上有几个地方奇痒，伊犁有蚊子！乌鲁木齐没有蚊子，新疆很多地方没有蚊子，伊犁有蚊子，因为伊犁水多。水多是好事，咬两下也值得。自来新疆，我才更深切地体会到水对于人的生活的重要性。

几乎每个人看到戈壁滩,都要发出这样的感慨:这么大的地,要是有水,能长多少粮食啊!

伊犁河北岸为惠远城。这是"总统伊犁一带"的伊犁将军的驻地,也是获罪的"废员"充军的地方。充军到伊犁,具体地说,就是到惠远。伊犁是个大地名。

惠远有新老两座城。老城建于乾隆二十七年,后为伊犁河水冲溃,废。光绪八年,于旧城西北郊十五里处建新城。

我们到新城看了看。城是土城,——新疆的城都是土城,黄土版筑而成,颇简陋,想见是草草营建的。光绪年间,清廷的国力已经很不行了。将军府遗址尚在,房屋已经翻盖过,但大体规模还看得出来。照例是个大衙门的派头,大堂、二堂、花厅,还有个供将军下棋饮酒的亭子。两侧各有一溜耳房,这便是"废员"们办事的地方。将军府下设六个处,"废员"们都须分发在各处效力。现在的房屋有些地方还保留当初的材料。木料都不甚粗大。有的地方还看得到当初的彩画遗迹,都很粗率。

新城没有多少看头,使人感慨兴亡、早生华发的是老城。

旧城的规模是不小的。城墙高一丈四,城周九里。这里有将军府,有兵营,有"废员"们的寓处,街巷市里,房屋栉比。也还有茶坊酒肆,有"却卖鲜鱼饲花鸭""铜盘炙得花猪好"的南北名厨。也有可供登临眺望,诗酒流连的去处。"城南有望河楼,面伊江,为一方之胜",城西有半亩宫,城北一片高大的松林。到了重阳，归家亭子的菊花开得正好，不妨开宴。惠远是个"废员""谪宦""迁客"的城市。"自巡抚以下至簿尉，亦无官不具，又可知伊犁迁客之多矣。"从上引洪亮吉的诗文，可以看到这些迁客下放到这里，倒是颇不寂寞的。

伊犁河那年发的那场大水，是很不小的。大水把整个城全扫掉了。惠远城的城基是很高的，但是城西大部分已经塌陷，变成和伊犁河岸一般平的草滩了。草滩上的草很好，碧绿的，有牛羊在随意啃啮。城西北的城基犹在，人们常常可以在废墟中捡到陶瓷碎片，辨认花纹字迹。

城的东半部的遗址还在。城里的市街都已犁为耕地，种了庄稼。东北城墙，犹余半壁。城墙虽是土筑的，但很结实，厚约三尺。稍远，右侧，有一土墩，是鼓楼残迹，那应该是城的中心。林则徐就住在附近。

据记载：鼓楼前方第二巷，又名宽巷，是林的住处。我不禁向那个地方多看了几眼。林公则徐，您就是住在那里的呀？

伊犁一带关于林则徐的传说很多。有的不一定可靠，比如现在还在使用的惠远渠，又名皇渠，传说是林所修筑。有人就认为这不可信：林则徐在伊犁只有两年，这样一条大渠，按当时的条件，两年是修不起来的。但是林则徐之致力新疆水利，是不能否定的（林则徐分发在粮饷处，工作很清闲，每月只须到职一次，本不管水利）。林有诗云："要荒天遣作箕子，此语足壮羁臣羁。"看来他虽在迁谪之中，还是壮怀激烈，毫不颓唐的。他还是想有所作为，为百姓做一点好事，并不像许多废员，成天只是"种树养花，读书静坐"（洪亮吉语）。林则徐离开伊犁时有诗云："格登山色伊江水，回首依依勒马看。"他对伊犁是有感情的。

惠远城东的一个村边，有四棵大青冈树。传说是林则徐手植的。这大概也是附会。林则徐为什么会跑到这样一个村边来种四棵树呢？不过，人们愿意相信，就让他相信吧。

这样一个人，是值得大家怀念的。

据洪亮吉《天山客话》云，废员例当佩长刀，穿普通士兵的制服——短后衣。林则徐在伊犁日，亦当如此。

伊犁河南岸是察布查尔。这是一个锡伯族自治县。锡伯人善射，乾隆年间，为了戍边，把他们由东北的呼伦贝尔迁调来此。来的时候，戍卒一千人，连同家属和愿意一同跟上来的亲友，共五千人，路上走了一年多。——原定三年，提前赶到了。朝廷发下的差旅银子是一总包给领队人的，提前到，领队可以白得若干。一路上，这支队伍生下了三百个孩子！

这是一支多么壮观的，富于浪漫主义色彩，充满人情气味的队伍啊。五千人，一个民族，男男女女，锅碗瓢盆，全部家当，骑着马，骑着骆驼，乘着马车、牛车，浩浩荡荡，迤迤逦逦，告别东北的大草原，朝着西北大戈壁，出发了。落日，朝雾，启明星，北斗星。搭帐篷，饮牲口，宿营。火光，炊烟，茯茶，奶子。歌声，谈笑声，哪一个帐篷或车篷里传出一声啼哭，"呱——"又一个孩子出生了，一个小锡伯人，一个未来的武士。

一年多。

三百个孩子。

锡伯人是骄傲的。他们在这里驻防二百多年，没有后退过一步。没有一个人跑过边界，也没有一个人逃回东北，他们在这片土地扎下了深根。

锡伯族到现在还是善射的民族。他们的选手还时常在各地举行的射箭比赛中夺标。

锡伯人是很聪明的，他们一般都会说几种语言，除了锡伯语，还会说维语、哈萨克语、汉语。他们不少人还能认古满文。在故宫翻译、整理满文老档的，有几个是从察布查尔调去的。

英雄的民族！

雨晴，自伊犁往尼勒克车中望乌孙山

一痕界破地天间，
浅绛依稀暗暗蓝。
夹道白杨无尽绿，
殷红数点女郎衫。

（原载1983年第1期《北京文学》）

戈壁听沙

韩少功

六十年代末,一小群中学生曾想瞒着父母去新疆参加军垦——其中便有我这个初中生。那次逃窜未遂的记忆被悠悠岁月洗刷模糊之后,直到去年,我才寻得一机会西出边关。

据说我去得不是时候,草原已枯萎,河流已干涸,葡萄园已凋零,肃杀寒风把梦境中的缤纷五彩淘洗一尽,只留下一片沙海。沙丘、沙河、沙地、沙窟,举目茫茫,大地干净。不管你什么时候在车上醒来,疲乏地探头远眺,看见的很可能仍是一片单调的灰黄,无边无际又无声无息,让人觉得车子跑了几天却仍留在原地。沙地上常见曲曲波纹,或紧密或空疏,层层如老人肌肤的皱褶;每一层当风的那一坡面,还稀稀薄薄地披一抹灰黑,似古老的沙漠生出了一层锈。

这里的时间好像也锈住了,凝固了,不然那几根狰狞白骨,何以历久不腐?而那条通向远方的寂寞小路,玄奘三藏是否刚刚扶杖引马目光坚定地离去？

人们不喜欢沙。其实细想一下，葡萄和哈密瓜适宜在沙土里生长，坎儿井这种特异的水利工程也是沙漠特产。因为多沙缺水，人们洗手靠铜壶吝惜地浇淋，脏水也被铜盏承接留备他用，这才有了精湛的铜品工艺。因为尘沙扑面，妇女们都习惯轻柔的头巾和面纱——而且很可能基于同一原因，她们多有长长的睫毛，这才给戈壁添上了神秘的妩媚。沙的严酷，使人们更为勤勉和勇敢，于是市场上有了丰富的羊奶、羊皮以及寒光闪闪的英吉沙匕首。沙的单调，使人们向往热烈，于是荒原上有更多的彩裙、冬不拉和月下奔放的歌舞。那林立的清真寺呢，那显目的油绿色彩和新月图案，也许是对黄沙烈日的补充；而充满着对自然和命运敬畏感的孤零零的祈祷呼号，也许更易于出现在风暴里和荒凉的沙海之中吧。

我想，壮丽的西部文化是不是从我手中这一捧沙砾中流出来的？

这里的人种和文化是多元交汇型。俄罗斯族相当一部分来自战败的白俄，带来了东正教；蒙古族同样作为军人的后裔，带来了喇嘛教；伊斯兰文化源自西亚；而儒家文化则来自关内。直到五十年代，这里还流通着英镑、卢布、马克和"袁大头"，还流散着各种英国的、俄国的、日本的枪炮。当文化用枪炮来体现的时候，密密火舌就把西部焚烧得进一步沙化了。我曾在汽车上看到不少干干的河谷，问起来，当地人也不知道它们的名称，只是说那些河早就不存在了，仅隐约闪烁在老人传唱的民歌里。于是，我就只能默默注视这些河的尸骨，干瘦，痉挛，像一个个问号葬在风沙深处。

西部汉人不少，但没有当地的汉方言，因为汉人多为外来者，都说普通话。解放以后，曾有几批汉人迁入，主要是王震部解放军约三万、陶峙岳起义部队约八万、来自湘鄂京沪等地的知识青年数十万，此外还有为天灾人祸所驱来的"盲流"。解放初期，政府考虑到性别的平衡，曾从各地迁女性入疆。我在这里遇到好几位青年，问起来，他们的母亲多是湖南人。

这些伟大的母亲和她们的亲人，与西部各民族一道，真正开始了对沙的征服。据说当年解放军为投资军垦，节省军费，每人每年少发一套军服，而且军服都没有衣领和口袋，省下一寸算一寸。白日汗淋全身，夜晚围炉取暖，反正军营里鲜有女性，官兵们赤条条来去倒也无牵挂。中央知道官兵太苦，曾给他们一人补发了几百块钱。但他们口袋里的光洋叮当响，就是买不到什么东西。

一位医院护士还向我说起她以前的一些知青伙伴。她们初入疆时，怕附近劳改营的歹徒，怕野兽，怕鬼，晚上不敢上厕所。团场给她们发的马桶，经干燥的风沙吹打，早已扭曲开裂不能用。于是她们只能紧闭着门，一个人哭起来，女伴们就陪着哭一夜。有位女子想妈妈，实在忍不住了，带着一个提包独身外逃，结果迷路在大沙漠中。找到她时，发现她双腿已经冻坏，只得将大哭大闹的她送往医院，锯掉双腿……

在乌鲁木齐，在喀什和石河子，我在陌生的人影中默默地寻找，想知道谁是当年那位锯去双腿的城市姑娘。我甚至想，要是十六年前我来到这里，我会是这人海中的谁呢？是那位蹲在墙角咬着羊肉串，不时用油光光的袖口抹嘴的大胡子吗？

戈壁滩收纳了太多的血汗和眼泪，但这一切流入疏松沙土，很快就渗漏了，无影无踪了。一捧捧沙砾，竟全是同样的灰黄色，没有任何痕迹。

远古时期的戈壁似乎是较为繁荣的。西域早就是中国版图中重要的一部分。考古工作者还证明，这里存在过石器时代，而东亚很多民族与这些石器有着奇妙的关系。黄帝族和炎帝族（羌族一支）都是从西北游牧区先后进入中原。苗史专家们曾推测苗族发源于帕米尔高原，后东迁中原以至西南。一些土家族史学者也曾认为土家族为伏羲之后，源于甘肃，并以龙山县彭何两姓均自称"陇西堂"为证。研究古代服装的沈从文先生，曾认为今天的苗装，可能保留了西部原始氏族的服饰特征。王国维的《读史》诗则开篇就是："回首西陲势渺茫，东迁种族几星霜？何当踏破双芒屦，却向昆仑望故乡。"又说："自是当年游牧地，有人曾号伏羲来。"

如果这些古代民族都是源自西部，或者至少说——它们曾一度被西部的山川所养育，那戈壁滩真是一个孕生中华民族的巨大子宫。上下几千年，它输送了一个又一个的种族远去，流尽了血，自己却枯缩了，干瘪了，只剩下一片静静的荒沙，还有几声似乎沙化了的鸦噪。

谁能说清我们祖先当时离乡背井披荆斩棘长途迁徙的原因？谁能说清这神圣的发祥地为什么一瞬间竟沙化出如此的静穆？

我在吐鲁番的历史文物馆里看到了一具木乃伊。这是一位体态丰腴的少妇，长长的黑发很美丽，干瘪下陷的腹部更突出了骨盆的宽大，一身皮肤均为酱紫色，隆起的肌肉像蟑螂壳子，使人感到里面很空很轻，感到她确实已经死去，不大可能重新站起来。她惊慌地拧着眉头，目注长空，双唇中填着一只半卷着的大舌头，像咬住了一句刚要说出口的话。她要说什么呢？是要说出这灰黄色历史的秘密吗？

我静静听着，她终于没有说，只有室外呜呜咽咽的风沙声。

那是戈壁在哭泣吧，是思念它孕育的东亚亿万子孙而哭泣吧——戈壁滩如此干枯，以至泪水都没有了，只有这呜呜咽咽的干泣。

我突然想起，十六年前我鬼使神差地要远赴西域，一定是在睡梦中听到了这哭泣，有一种孩子对母亲下意识的眷念和向往。

我离开新疆时没有坐飞机，目的之一是更多地看沙和听沙。火车昏沉沉地摇晃着，因为路基多沙，松泡，不宜高速。坐在对面的是一位维族青年，他告诉我，政府正在考虑运用日本专家在中东治理大沙漠的经验，中外合资，来绿化戈壁。当然，这需要很多很多的钱。但我们会有钱的——他笑着说，抽了口莫合烟。

我点点头。这时，车头长啸了一声，拉着列车掠过张掖，向河西走廊的出口奔去。我感到我正在从母腹中第二次诞生下来。

1983年12月

（录自《夜行者梦语》，知识出版社，1994年版）

布珠寨一日

韩少功

布珠,是湘西保靖县一个小小山寨。

寨名布珠,另叫"布足""不足""不住"也无妨,我看当地乡干部们把它写成各式各样,不拘一格,大概怎么写都行,只是把它们当作土语的译音。像这里很多奇怪难解的地名一样,原初词义往往埋藏在谐音的汉字里,死了,无迹可寻。

当初第一个叫出 bu zhu 的人,发声时的惊喜或哀愁,已湮灭在茫茫的大山之中,化作了深秋时节的某片落叶或某只野鹿的低鸣。

乡政府的秘书对我说:"你要去布珠?不要去了吧?三十七年来,县干部去那里,也只有两次。"

"为什么?"

"太难走了。那是我们乡的西双版纳。"

他说话的时候,我瞥见他身后的地坪里,横七竖八躺了些墓碑坯子，都有一个插楔，像短短的龟头。这些石坯表面平滑、空白，不知在等待谁的姓名。

我憎恶这些鬼头鬼脑的石坯，更加决计要去布珠了。去布珠不能乘车。一大早我就下了河，搭乘木船溯流而上。清洌洌的河水流得很急，从船底下冒出一圈圈旋涡。遇上白浪花花的险滩，有些汉子便卷起裤脚下船，把纤索扣在肩头，屁股翘起来，头颈向前撅挺，下巴几乎要锄着卵石和草叶尖。他们与一河碧水极为默契，有时在水波平稳处拉得十分卖力，有时在激浪翻腾处反倒伸直腰杆放松纤索，为某一句粗话哈哈浪笑——行外人对这一切看不明白，但只要仔细看上一段，便知道他们或急或缓或劳或逸都必有其理——船已经爬上滩来。

船靠拢一个寨子，把我们卸下。我们穿寨而过开始登山。钢色岩壁大块大块地烙进目光，压迫着眼球，使你的全身开始抽紧，而且找不到树木，找不到人和水，来缓解眼球的紧张。连喘息和诅咒也开始变得干枯。

你很难想象这样的枯山上还有人迹。向导是下山来接我的村长。他说布珠的先人原来住在辰州府，有次赶山猪，竟赶到了这里，飘了一把火，发现这里的土很肥，"肯"长麦子，便在这里安家了，一住就是几百年。

真是这样吗？我到过好些深山里的偏僻小寨，听人们说起他们的先人，也都是原住大州大府的，都有过繁华富贵的往昔。那么他们当初是因什么样的信念而弃绝都市遁入荒野？抑或关于往昔的传说，只是他们一种虚荣的杜撰？

我说，山寨如此偏远，交通不便，寨里的人不想迁下山去么？

"住不惯的。"村长理由充足地笑起来。他说，有一次寨里某人进了趟县城，钱袋被劫贼偷去，以后便很少有人随便进城。都传说街上的小偷厉害，标致的女人更会勾魂，只看你两眼，就让你把钱财乖乖地送过去。再说，布珠人不大会算数，做买卖总是吃亏。布珠人也不会讲官话，一嘴土话丑死了，城里人哪能听得懂？——因此布珠人最多只去附近的墟场上转一转。

"就从不想出去闯闯世界？"

"莫想的，莫想的。"

路越来越险了，有时窄得只能容人侧身蟹行。崎岖小径马马虎虎粘在岩壁上，旁边便是让人气短目眩的幽幽深涧。山谷里的风又冷又猛，鼓得人轻如薄纸，飘飘晃晃的，不由人不腿软，怯怯向前探去，总是迟迟才踏到硬实，迟迟才相信自己已经踏到了硬实。

我们又翻过两个坡，过了个山口，钻过一片桐树林子，总算遥遥看见前面山上几柱袅袅蓝烟，看见了山寨。那是些黑苍苍的木屋，拥挤交错，分成两窝，相距不算太远，据说容纳了百多人口和十多头牛。牛是很小时被男人背上山的，养大了再出力——这当然是山路太窄以至大牛无法上山的缘故。我注意到，村口有两条狗打量着我，还有四五个后生上来围观。他们戴着黄便帽，或穿着化纤质料的喇叭裤，完全是小镇上的时兴装束，倒也没有我想象中的披茅挂叶。

村长冲着其中一位说话了，好像很不高兴，咕哝着我听不懂的什么。事后村长解释，他刚才是批评那个后生太懒。这家伙有五兄弟，唯有他讨了个老婆，但老婆很快就嫌他，跟老四睡去了，使他气得闷了几天，一直没下地干活。这还不该骂么？他自己不争气，还打算老婆来养他？那女子嘛，当然也是水水的（意思是不太好），恶，半傻，还好吃——好货哪肯嫁到山上来？

我们进了这位老大的家门。屋里暗得什么都看不清，隐隐有张床的影子在暗中潜伏，上面似乎有旧絮一堆，不知沤制过主人多少思念女人的残梦。浓烈的酸臭味似乎是堆积的某种固体，我退半步，嗅不到了，进半步，鼻尖又碰撞了它。居然没有椅子。门边的鼎锅里有半锅黄乎乎的苞谷糊，冷冷的，被挖去了几团，挖空之处便积有浅浅汁水——大概这一锅已被主人吃过两三顿了。

老大笑了笑，敬给我烟丝。他舔烟纸的时候，露出焦黄的牙齿，很稀疏。

"日子过得下去吗？"我通过村长的翻译问他。

"有肉吃了，有肉吃了。"

"你不要发愁。打扮得漂亮点，到山下再去讨一个妹仔来呵。"

黑脸裂开了几道肉纹,像是笑。村长再次翻译:"他说,莫害了人家女子。"

门口围着几个后生,嘻嘻谈笑,遮蔽得屋里更暗。他们同村长说话,我听不懂,仅仅可从一大堆声音中捕捉几个耳熟的词:"乡政府""汽车""汽油"。用的是汉语,他们只能音译的外来语。粮食在他们嘴里则成了"妈妈"。大概他们把粮食视同乳汁,而乳汁源于妈妈,就有了这种叫法吧?细想下去,千万母亲终身劳苦,直至形神枯槁,不确实是粮食一般被孩子吃掉了?可惜,唯有布珠人能用词语顽强标示着这一事实。

我听懂了,他们表示惊奇的叹词则是"了了!"

我告诉他们电视有什么用途。

"了了!"他们显得不可思议。

我告诉他们,应该办学校,上学校,学会乘除法以及物理化学。

"了了!"他们摇着头,觉得太难。

他们都有生动的脸,属于自己表情的脸,像浸透了阳光和神话的一颗颗野果,勃发出红鲜鲜的光彩,不似都市上班族那般经常呆滞和漠然。

我看到村长又在呵斥着他们,稍后他才向我解释:"这些骚牯子……以为你带了一队女子来了。"

"什么意思?"

"说起来话就长了。"他给我点燃烟,"六年前省妇联两位干部来了,了解情况。其中一位大姐心善,看见这里引水管冻炸了,鸡又发了瘟,直流眼泪。她走了以后,后生们就一传十十传百,说省政府会派三十个妇女上山来扶贫,解决单身汉的问题。"

后生们听到这里,此伏彼仰地笑开来,有人在抹鼻涕。

我得说实话:"对不起,我这次一个妇女也没带上山来。"

他们眼中透出了对政府的失望。

我这才注意到,自进寨以来,我很少见到女人,即便见到两三位,也或瞎或跛多少有点残疾。温柔的女人们到哪里去了?女人是水。她们当然流向富庶的地方,流向城镇,流向工业。村长告诉我,这个寨子大约一大半男人是光棍,为了接上香火,寨内近亲通婚也是没办法的办法,于是残疾人便一窝窝地多了。

缺少女人的寨子,也就缺少了秩序和整洁。这里的房子都建得马马虎虎,大半是草棚,最好的也只是半瓦半草。木墙板参差不齐疏疏漏风,好几家没有装大门,看来也没打算装了——他们缺少女人甚至就缺少了私有的界线。你可以想象男人们并不把这些房子看作"家",无论昼夜都没必要掩门,敲门也纯属多余从无回应。他们男人之间酒气醺醺的亲密,不需要用门隔断。

但他们把坟墓建得非常宏伟而精致,哪怕是一个小孩夭折,墓室也必用方方正正的大岩砖砌成,有堡垒般大小,威风凛凛。高大坚实的墓碑总是被细心打磨出来,或圆或方的线条极其精确，一丝不苟，其石料更是细密坚固殊为罕见。我不知道人们对墓碑的如此重视和考究，是否表达着他们的某种信念。也许生存只是羁旅，死亡才是永存，墓地才是无限漫长岁月的居室，因此需要一张真正可靠的门——墓碑。这些墓碑无非炫示着死亡对生命的诱惑，对众多低矮草棚的诱惑。

墓地密密匝匝生长着很多芭茅，有蝴蝶飞舞。

这天，我就住在村长家——寨子里最富足的一户。他拿给我一台半导体收音机，但小匣子已经坏了，没法让我享受现代文明。他让我吃了腌麂肉、虎肉干以及野蕈子，十分惭愧没有猴肉了——猴子都被山那边的四川佬捉光了。他还慷慨地让我洗手洗脚。我虽然知道水泉在两公里之外，虽然不愿挥霍他家的水，但没法抗拒他的热情。昏暗中，我把双脚伸入木盆，触到了水里的饭粒以及滑溜溜的什么杂物，不知道这是洗过了什么的汤水。我没法在油灯下看清，也没敢问。

火塘里跳跃着一堆火苗，牵动着旁人眼中金色的光点。好些男人来了，背负着黑暗，用一只大碗传递着辣辣的苞谷酒，说着热乎乎的话。有一位后生能说些汉话，告诉我赶山猪的故事。他说老山猪最狡猾，懂得人言的。所以打山猪的话都必须规定暗语，讲反话，说东边，意思就是西边或者南边。不然的话，只要发现野猪的人向同伴一叫喊，老山猪听到了，你说它往南边跑，它就掉头朝别的方向跑。它跑起来经常蹑手蹑脚，看准了时机才猛冲，冲你个措手不及。有时候，它专挑有人声的地方冲，知道没有人声的地方反而有埋伏，有枪口。一般来说，打第一枪的人没什么危险，打了第二枪，山猪才会发烈。这些家伙气力大得吓人，两颗獠牙一分，足有几尺宽，像两把大刀杀得草木哗哗哗直响，冲起来排山倒海。这种老山猪打死之后，你在它身上可以发现好多处伤疤，都是它一次次在枪口下死里逃生的记号——它们都是身经百战的老英雄哩。

他们又说，打白面狸可用夹套，也可以等它们自己来"跌膘"的时候去抓。白面狸一到冬天就要跌膘的，自己爬上树去，一次次跌下来，要跌好多天，跌瘦了，跌得不痛了，才进洞去过冬。它们跌得昏头昏脑的时候，最笨。

但有一老人叹了口气，说现在大河里有了机器船，山上也在拉电线，阳气越来越重了，猎物就越来越稀了——动物都是属阴的。

火苗所照亮的一张张男人的脸，也都沉默而忧愁。工业夺走了他们的女人，也正在夺走他们的猎物，他们没有办法，只能在火塘边喝着残酒回忆。

一个光屁股小孩也在火塘边抢酒喝，稚嫩的生殖器晃晃荡荡，如同一蒂脆嫩的胚芽——它将要生长出枝繁叶茂的家族，喷放出整个人类么？

第二天，我起床时两腿全是痒痒的红斑，不知是因为水土不服,还是跳蚤臭虫欺生的缘故。我本来想在这里住上三四天,终于有点熬不住。村长看出了我的心思,要提前送我回乡政府去。我们在一排排高大坚实的墓碑之前走过,在布珠人神奇的昨天之前走过。不远处有两只白山羊,挂着长长的胡须,鲜红的眼睛盯着我,十分平静安详——眼圈红得像刚刚哭过了漫长一夜。

咩咩咩——它们柔软的嘴唇挪动了,引得满山的羊都应和起来,咩咩咩咩咩,分明是此起彼伏的冷笑,在山谷里浩浩荡荡地流淌。而这两只羊一掉头,欢快地蹦上了山坡。

它们在冷笑什么?

村长托我把一包麂肉干捎给他儿子,他儿子是布珠唯一的大学生,去省城读书和工作已经六年,从没有回过家。

"你不捎信让他回来看看家?"我问。

"他不愿意回来的。"村长略显苦涩地笑了笑,"我也不要他回来,不要他回来。"

我不知道说什么好。

他送了我一程又一程,已经看见河湾了,还不愿意回去。也许他当年送儿子去省城也是这般情景。他知道儿子不再回来。他知道我这一去也不再回来。他微笑的眼神似乎在说:你们远远地走吧,不要回来,不要回来——甚至不要回头。

布珠永远是孤独的,不需要人看望。

我猛地回过头去。老村长不见了,眼睛红红的白山羊不见了,只有钢色的岩壁和岩壁溢满视野。布珠已被重重叠叠连绵接天的群山席卷而去。

妈妈——布珠教给远行游子们对粮食的称呼,也终将被群山席卷而去。

1987年7月

(录自《空院残月》,安徽文艺出版社,2014年版)

大漠古城

赵丽宏

吐鲁番盛夏的太阳光,是真正的火焰。在热辣辣的阳光烤灼下,所有一切都仿佛在冒烟,在喷火。汽车在大戈壁中飞一般奔驰,公路边那些被太阳晒得发烫的大大小小的卵石,像一些惊诧的眼睛,呆呆地瞪着没有一丝云彩的天空。

当高昌古城突然在前方出现时,轮到我惊诧了。这真是奇迹,一望无际的戈壁滩上,居然会有一座被遗弃的城市,一座真正的古城!远远看去,它像一群风化的土山,走近细看,才能从千奇百怪的形状中辨认出房屋、街道、围墙的轮廓和残垣。

阒无声息。只有那些高低起伏的、方的、圆的、不规则的残墟断垣,连带着它们在阳光下的浓浓的阴影,一座座一片片迎面而来,像一群沉默的幽灵……据说,历史学家能在这迷宫般的黄土堆中分辨出一千多年前的王宫、寺院、商场、监狱,甚至还能找到唐玄奘当年讲经说法的地方……然而我却无从分辨。在炽烈的阳光下，我流着汗，和残墟断垣们默默对峙。哦，你们，能告诉我什么呢？你们曾经像璀璨的宝石一般，镶嵌在荒凉的戈壁大漠中，闪耀在漫长曲折的丝绸之路上；你们曾经是人类的骄傲，是人类征服自然改造自然的灿烂缤纷的标志。而现在，一切早已荡然无存，这里没有人烟，没有声音，连一星半点生命运动的迹象也无法找到，连一棵小小的绿草也没有……听一位久居吐鲁番的汉族同志告诉我，冬天的时候，这里常常狂风大作，狂风挟裹着滚滚黄尘，在高低起伏的城堡和残垣之间、在迂回曲折的街巷之中穿行，发出令人心悸的呼啸。也许，这是古城在以自己的方式回忆着它的黄金时代，回忆着丢失了一千余年的繁华和喧闹……

一千年，十个世纪的岁月流水，可以把许多历史的遗迹磨得一干二净，而它，这座没有任何人照看的都市，却顽强地、奇迹般地保存下来了，尽管失去了缤纷的色彩。这是什么原因呢？我有些惊奇，也有些纳闷。

视野突然开阔起来。我发现，自己已走到了一块宽阔坦荡的平台上，平台的尽头，是一幢还保留着圆顶的高大的古建筑。我正仰头看着，突然听见身后传来一阵轻轻的笑声。回头一看，原来是三个维吾尔族小男孩，在离我不远的地方并排站着。真不可思议，他们不知是从哪里钻出来的！

这些孩子，看来对这里非常熟悉。他们并不怕陌生，我便走过去和他们攀谈起来。

"你们怎么在这里?"我微笑着问。

"我们来玩,我们的家离这儿不远。"胖男孩歪着脑袋回答我。他的回答使我吃惊:这古城附近,居然还有人家!我发现,他那件沾满黄土的汗衫胸前,别着一枚美国的纪念章,纪念章的图案是中美两国国旗。看来,常常有外国旅游者来看这座古城,并且受到了这些孩子的接待。

"你们知道,这座古城有多少年历史了?"

"一千年前,这里住人。"还是那个胖男孩回答我。

"一千年不住人,这些房屋为什么还在呢?"这问题刚吐出口,我就有些后悔了——连我自己也无法弄明白的问题,怎么问这些小男孩呢!

胖男孩抬起头来,对着强烈的阳光眨巴着一对深棕色的大眼睛,突然得意地笑了:"因为它,太阳。这里不下雨。"

回答得有道理。假如像江南一样年年下几场倾盆大雨,这座用泥土垒起的古城恐怕早就从大漠中消失了。

三个孩子蹦蹦跳跳地走了,我的四周,又是死一般的寂静。他们为什么要离开这里呢——一千年前的高昌人,为什么要遗弃这座繁华的都城?是遭受了突然降临的灾祸,还是不堪忍受那如火的炎阳?也许,这又是一个谜,要考古学家和历史学家们来解答……

不知不觉,已经走到了古城的边缘。举目远眺,我不禁眼睛发亮了——从残缺的城墙缝隙里,涌进来一片清凉的绿色!那是白杨林,是玉米田,是葡萄园。

在茫茫大戈壁中,有许多新的城市正在崛起。从高昌古城出发,我将去寻找它们!

(原载1984年4月5日《人民日报》)

敦煌沙山记

贾平凹

　　河西走廊，是沙的世界，少石岩，少飞鸟，罕见树木，也罕见花草；荒荒寂寂的戈壁大漠，地是深深的阔，天是高高的空，出奇的却是敦煌城南，三百里地方圆内，沙不平铺，堆积而起伏，低者十米八米不等，高则二百米三百米直指蓝天，垄条纵横，游峰回旋，天造地设地竟成为山了。沙成山自然不能凝固，山有沙因此就有生有动：一人登之，沙随足坠落，十人登之，半山就会软软泻流，千人万人登过了，那高耸的骤然挫低，肥臃的骤然减瘦。这是沙山之形啊。其变形之时，又出奇轰隆鸣响，有闷雷滚过之势，有铁骑奔驰之感。这是沙山之声啊。沙鸣过后，万山平平，一夜风吹，却更出奇的是平堆竟为丘，小丘竟为峰，辄复还如。这是沙山之力啊。进入十里，有一泉水，周回千数百步，其水澄澈，深不可测，弯环形如半月，千百年来不溢，不涸，沙漏不掉，沙掩不住，明明净净在沙中长居。这是沙山之神秘啊。《汉书》载，元鼎四年，有神马（从泉中）出，武帝得之，作《天马歌》。现天马虽已远走，泉中却有铁背游鱼、七星水草，相传食之甘美，亦强身益寿。这是沙山之精灵啊。

敦煌久为文化古都。敦者，大也；煌者，盛也。旧时为丝绸之路咽喉，今日是西北高原公路交通枢纽。自莫高窟惊世骇俗以来，这沙山也天下称奇，多少年来，多少游客，大凡观了人工的壁画，莫不再来赏这天地造化的绝妙的。放眼而去，一座沙山，一座沙山，偌大的蘑菇的模样，排列中错错落落，纷乱里有联有系。竖着的，顺着的，脉络分明，走势清楚，梁梁相接，全都向一边斜弯，呈弓的形状；横着的，岔着的，则半圆交叠，弧线套叉，传一唱三叹之情韵。这是沙山之远景啊。沿沙沟而走，慢坡缓上，徐下慢坡，看山顶不高，朦朦并不清晰，万道热气顺阳光下注，浮阳光上腾，忽聚忽散，散则丝丝缕缕，聚则一带一片，晕染梦幻，走近却一切皆无；偶尔见三米五米之处有彩光耀眼，前去细辨，沙竟分五色——红、黄、蓝、白、黑。不觉大惊小叫，脚踹之，手掬之，口袋是装满了，手帕是包饱了，满载欲归，却一时不知了东在哪里、西在何方，茫然失却方向了。这是沙山之近景啊。登至山巅，始知沙山之背如刀如刃，赤足不能稳站，而山下泉水，中间的深绿四边浅绿，深绿绿得庄重的好，浅绿绿得鲜活的好。四周群山倒影又看得十分明白，疑心山有多高，水有多深，那水面就是分界线，似乎山是有根在水，山有多高，根也便有多长；人在山巅抬脚动手，水中人就豆粒般大的倒立，如在瞳仁里，成千上万倍地缩小了。这是沙山之俯景啊。站在泉边，借西山爽气豁人心神，迎北牖凉风荡涤胸次，解怀不卧，仄眼上眺，四面山坡无崖、无穴、无坎、无坑，漠漠上下，光洁细腻如丰腴肌肤。这是沙山之仰景啊。阴风之日，山山外表一尺左右团团一层迷离，不即不离，如生烟生雾，如长毛长绒，悲鸣齐响，半晌不歇，月牙泉内却水波不兴，日变黄色，下彻水底，一动不动，犹如泉之洞眼。盛夏晴朗天气，四山空洞，如在瓮底，太阳伸万条光脚，缓缓走过，沙不流不泻，却丝竹管弦之音奏起，看泉中有鱼跃起，亦是无声，却涟漪扩散，不了解这泉是一泓乐泉，还是这山是一架乐山？这是沙山动中静、静中动之景啊。

　　天上的月有阴晴圆缺之变化，沙月却有明净和碧清，时令节气有春夏秋冬之交替，沙山却只有慢下、耸起和自鸣。这里封塞而开放，这里荒僻而繁华，有整晌整晌趴在沙里按动照相机的，有女的在前边跑，男的在后边追，从山巅呼叫飞奔，身后烟尘腾起，做男女飞天姿势的，是外国游人之狂欢啊。有一边走，一边回顾，身后的脚印那么深，那么直，惊叹在城里的水泥街道上从未留过自己脚印，而在这里才真正体会到人的存在和价值的，是北京、上海、广州的旅人之得意啊。有鲜衣盛装，列队而上，横坐一排，以脚蹬沙，奋力下滑，听取钟鼓雷鸣之声空谷回响，至夕尽欢才散的，是当地汉人、藏人端阳节之兴会啊。有三伏炎炎之期，这儿一个，那儿一个，将双腿深深埋入灼极热极的细沙之中，头身覆以伞帽，长久静坐，饥则食乌鸡肉，渴则饮蝎蛇酒，至极痛而不取出的，是天南海北腰痛腿痛症人疗治疾苦啊。九月九日秋高气爽，有斯斯文文长脸白面之人，或居沙巅望远观近，或卧泉边舀水烹茶，诗之语之，尽述情怀的，是一群从内地而至的文学作者啊，有一学子，却与众不同，壮怀激烈，议论哲理，说：自古流沙不容清泉，清泉避之流沙，在此渊含止水相斗相生，矛盾得以一统，一统包容运动；接着便吟出古诗一首："四面风沙飞野马，一潭云影幻游龙。"此人姓甚名谁，不可得知，但黑发浓眉，明眸皓齿，风华正茂，是一赳赳少男啊。

（原载1984年第4期《散文》）

美丽的嘉荫

苇 岸

踏上嘉荫的土地,我便被它的天空和云震动了。这里仿佛是一个尚未启用的世界,我所置身的空间纯粹、明澈、悠远,事物以初始的原色朗朗呈现。深邃的天穹笼罩在我的头顶,低垂的蓝色边缘一直弯向大地外面,我可以看到团团白云,像悠悠的牧群漫上坡地,在天地的尽头涌现。尽管北面的地平线与南面的地平线在视觉上是等距的,一种固有的意识仍然使我觉得,南方非常遥远,而北方就在我脚下这片地域。我的"北方"的观念无法越过江去,再向远处延伸,我感到我已经来到了陆地的某个端点。看着周围那些千姿百态的云团,每观察一个,都会使我想起某种动物,我甚至能够分辨出它们各自的四肢和面目。它们的神态虽然狰狞,但都温驯地匍匐在地平线上方,我注视了很久,从未见它们跑到天空的中央。它们就像一群从林中跑出饮水的野兽,静静地围着一口清澈的池塘。

蓝色的黑龙江，在北方的八月缓缓流淌。看到一条河流，仿佛看到一群迁徙的候鸟，总使我想到许多东西。想到它的起源，想到它路过的地方、遇见的事情；想到它将要路过的地方、将要遇见的事情；想到它或悲或喜的结局。想到法国诗人勒内·夏尔"具有一颗决不被这疯狂的监狱世界摧毁的心的河流／使我们对天边的群峰保持狂热和友善的河流"（《索尔格》）的颂歌诗句。河流给我们带来了遥远之地森林和土地温馨的气息，带来了异域的城镇与村庄美丽的映象。我常常想，无论什么时候来到河流旁，即使此刻深怀苦楚，我也应当微笑，让它把一个陌生人的善意与祝福带到远方，使下游的人们同我一样，对上游充满美好的憧憬和遐想。

嘉荫仿佛是一个蹲在黑龙江边上的猎人，它的背后，是莽莽苍苍的小兴安岭。我不了解嘉荫的历史，不知道它诞生的时日和背景，我所看到的是一座美丽清静的边地小镇。走近它，我感到很温暖。这温暖的感觉，不仅来自它橘黄的色调，双层门窗的屋舍及每个院落的桦木段垛，更来自它温和的居民。走在嘉荫的街上，即使你的感官天性迟钝，你也会被这里淳朴的民风所打动。从人们的神态和表情我能够看出，只要你开口，他们会乐于回答你任何问题；只要你请求，他们会给予你任何的帮助。以后我还会走很多地方，但这样令人感动的地方，我将终生难忘。

在嘉荫江岸的堤下，汛期过后，便裸露出一片狭长平坦的沙滩，积满沙砾和细屑的卵石。边民在这里网鱼、洗澡、冲涮家什，妇女们将洗净的衣物晾在光洁的石子上，拖运原木的江轮停泊在一旁。在江水遥遥的对岸，散落着一簇醒目的白房子，阔大方正，它们沿江而列，仿佛在同此岸的嘉荫小镇相互呼应。那里偶尔会传过几声狗吠或若断若续的歌声。一种浓郁的家园氛围，一种和平的生活气息，弥漫在河水两岸的寥廓空间。

嘉荫，这是一个民族称作北方而另一个民族称作南方的地方。站在黑龙江岸，我总觉得就好像站在了天边。对我来讲，东方、西方和南方意味着道路，可以行走；而北方则意味着墙，意味着不存在。在我的空间意识里，无论我怎样努力也无法形成完整的四方概念。望着越江而过的一只鸟或一块云，我很自卑。我想得很远，我相信像人类的许多梦想在漫长的历史上逐渐实现那样，总有一天人类会共同拥有一个北方和南方，共同拥有一个东方和西方。那时人们走在大陆上，如同走在自己的院子里一样。

1988年8月13日初记

1990年10月4日改定

（录自《大地上的事情》，中国对外翻译出版公司，1995年版）

"热海"游记

宗 璞

  自腾冲西南行十余公里,山势渐险,巉岩峭壁,几接青天。盘行在山上的公路,呈接连不断的S形。眼看到了尽头,前面空荡荡的,只垂挂着大幅蓝得无比的天,蓝得无比深透,无比高远,这是无处去找的只有云南才有的蓝天。车子冲上去,似乎要奔那幅天幕去了,可是一回过头,又是坡路,又是一重天,蓝得无比的天。

  我们是往那罕有的热泉地带去。热泉中最著名的一处名叫大滚锅,可见有多热!越过山梁,车下行了。下行时的天也一样蓝。好像是一个蓝色的大湖,在远处等着我们掉进去。幸好我们没有坠入,总是有山托着,路引着,到了谷底,又往上行。如此下而上,上又下,忽然一股硫磺气味袭来。主人说,快到了。果然这座山谷与众不同,谷中云雾缭绕,烟气氤氲。车子转了几个弯,路旁立一界石,大书"硫磺塘"三字。

硫磺塘村，见《徐霞客游记》。霞客到这里时，适值狂风暴雨，于风雨泥泞中蹒跚于山间小路。其精神是我们今日的游兴无法比拟的。

在谷中下行颇深，以为到底了，转弯还是向下，直到一条河旁。河水很少。过桥上行，山坳间雾气迷漫，硫磺味愈重了。在一座据说是疗养院的房屋前，我们下车循石阶登山。走不多远，便觉得挟有硫磺味的热气，把我们重重包裹住了。

再往上走，赫然有一台在。台上有石栏遮护。"这就是大滚锅。"主人指点说。走上去，脚底都是热的。台上水气蒸腾。迷茫间见一大池，池面有十余平米，池水翻滚，真如坐在旺火上滚开的大锅。站定了细看，见水色清白，一股股水流从池底翻上来，涌起数尺高，发出扑扑的声音，热风扑面，令人竦然。自然神力，真不可测。

这样的水波翻滚不知几千万年了，这池用石砌成八角形则是近几年的事。水与石齐。霞客记载的大池"中洼如釜，水贮于中，止及其半"，看来釜边已削去许多，涌起的水势可能也不如三百年前那样猛烈，然而足可称为壮观了。石沿上刻有八卦，不知为何。台上石板缝中不断咕嘟嘟冒出水泡儿，又有小水道通往浴室。同伴把鸡蛋用手帕包住浸在水中，几分钟后便熟了，大家剥来吃。据说有牛掉入池中，很快化为一锅肉汤！只不知有人喝过没有。

台后有数碑，刻有徐霞客对大滚锅的描写。台一侧一碑，有滇人李根源书写的"一泓热海"四字。因为太热,且硫磺气味太浓,无法久立读碑,只好在来回走动间,看上几眼。

从大滚锅往下的山涧中,到处有热水渗出,有的冒泡儿,有的汪着一摊水,有的则成为泉眼模样。一处小泉,从石上流下,两旁岩石呈黄绿色,好像是不规则的琉璃瓦。那是硫磺侵蚀的结果。再往下走,到一河旁,河岸陡峭,幸有栏杆可扶行。沿河道转弯,先闻水声轰隆,忽见一瀑布泻入一池,瀑布不高,但水势很猛,在溅起的水花中,可见水潭一侧有大块颜色鲜明的岩石,好像一张古怪的脸谱,涂有黄、褐、黑、白、绿各种颜色,在这儿看着水的起伏,山的变迁。

"这是蛤蟆嘴。"主人介绍。细看时,巨石颜色果然像癞蛤蟆,尤其是那黄黑色的条纹,似乎涂抹着蛤蟆的黏液。大概曾有什么山精河怪在这里居住过,有一天,它忽然定住了,化作这大石。

可是它还在呼吸。

譬喻作巨大的癞蛤蟆罢了,何以称作蛤蟆嘴呢?便是因它在呼吸。大石下有洞,像是蛤蟆的阔嘴,隔几分钟,嘴中便喷出一股水花。吸——静止,呼——喷水;吸——静止,呼——喷水。一个间歇泉,使得幽僻的、脚下热乎乎的山谷,更增加了神秘色彩。

这一带山,名为半个山,"皆进削之余骨,崩坠之剥肤也"。不知地形怎样变化,整个山落得了半个,热泉才能涌出。有人曾把照相机掉在池里又捞起来,可见池不很深,水也不过热,但那斑驳浓重的色彩,神秘奇特的气氛,使人疑惑山水随时会活动变幻,而不敢久留。

还有十数处泉景,我不能一一走到。据霞客记载,除上述二泉最著外,还有一处"平沙一围,中有孔数百,沸水丛跃,亦如数十人鼓煽于下者",值得一观。我没有到,但可借风雨作书中游,足以安慰。

(原载1989年12月《散文》)

法号

庞 培

那是从高原的阳光开始的某种器乐。沉痛的地下岩层，和仿佛你能用自己的手去摸到的缓缓下沉的黑夜（一些寺庙的基石）。你的听觉里开始弥漫上一阵鲜亮而沉闷的音色，它有一些心满意足的杏黄色的光，和肥硕的佛教的体格，仿佛是一头已待宰杀、辗转于旷野上的巨兽的哞叫，华丽、恐怖（被割下的头颅鲜血淋漓）。而器乐本身所需的黄铜，像是用无人涉足的深山里清亮的溪流（涌泉）制成。六七年前，我曾在广州最豪华的剧院——中山纪念堂，听过一次这样的演奏。它混杂在一大帮子由西藏来的喇嘛们组成的庞大乐队阵营所持各种不知名的乐器（大都是年代悠久，不常在民间露脸的乐器）里，声音时而高亢，时而低沉，中间不可能有什么理想的过渡，忽然一下子就低下来，并且拖长——断续地流露出忿怒、确信（两名西藏来的鼓手同时也像神秘的巫师，伴随它左右），有时又突然变得迟钝，仿佛一整段世事都在它的黄铜里面，停顿下来——紧接着，它又向前一跃，凭空抓住一个高音，咬噬它——缓慢地、姿态怪异地戏弄它，把它吞下，弄得满屋子——整个剧院——都充满幻觉中高原暴烈的阳光——而后，它又乖巧起来，变成一个缩小了身子的神灵（渐渐转换的音色酷似一个人体内濒危的病因），不愿意再待在众人堆里——一个很不情愿、故意闹别扭的小活佛，你弄不清楚他的脾气什么时候会突然好转——在其他乐器所排列出的渲染异域宗教诚实的救赎阵容上空，一枚单独的法号宛如航行中的船队的桅杆，高高耸立——既充满乐音上的威慑力，又对自己的处境感到茫然和忿怒。

（录自《忧郁之书》，上海文艺出版社，2001年版）

南方的长城

祝 勇

南方的长城与北方不同。北方的长城即使坍毁,也如血管般凸现于历史的地表之上,显示出一种超越时间的存在;而南方的长城,只能与对历史格外专注的视线相遇,它们大多已经被田野里的庄稼、荒山里的蒿草所掩埋,也有的深入到回环曲折的苗寨小巷里(应该说是苗人的村落将古墙包裹起来),没有特别的眼力,怕是难以辨识出来。北方的长城凭借着方砖的厚重铠甲抵御了时间的入侵,而南方的长城则随同很多荡气回肠的旧事一起消失着,大地涂抹着岁月的真相,历史的细节消弭于时间之海。

湘西发现长城被当作一件新鲜事而被媒体接连炒作。2000年5月2日的《羊城晚报》报道:"凤凰发现的苗疆长城始建于明朝万历年间(公元1573年—公元1620年),全长一百九十公里,北起湘西古丈县的喜鹊营,南到贵州铜仁境内的黄会营,其中大部分在凤凰县内贯穿而过。"①其实早在七年前，凤凰的文史专家吴曦云先生就著文《边墙与湘西苗疆》(发表于1993年第6期《中南民族学院学报》)，这是第一次系统地公开整理、披露有关湘西长城的史料。实际上，对于这段长城的发现表现出怎样的情绪，完全是外界的事情，与当地人无关，湘西人依旧按照自己千年不变的逻辑生活着。长城对于他们来说，是童年在山坡上玩土时偶然发现的一条裸露的基石，或者一代又一代人相守过的石堡垒——他们赶着羊群从城墙下的峡谷里走过，偶然回头的时候，残阳正好从城墙的缺口处喷溅出一片血光。

除了战争，城墙没有任何其他含义。当今天的历史学家或者大地旅行者因偶然碰触到一根历史的神经而惊喜和不安，岁月早已飞逝了数百年。旧人已去，山川依旧。那些还没有完全

---

① 邓文初先生在2000年第3期《寻根》上撰文《湘西古长城考》，指出这段报道的谬误："说'喜鹊营'在湘西古丈县，'黄会营'在贵州铜仁境内，都不准确。考湘西长城北端之喜鹊营，历来就是在吉首（古乾州）境内，按现在的行政区划，是在吉首市马颈坳乡喜鹊营村，目前故城遗迹尚在，为一不足一平方公里的小石城。……湘西长城南端的位置应是亭子关。亭子关依现在行政区划隶属凤凰县黄合乡，正处在凤凰县黄合乡、茶田镇与贵州交界的分界线上，自古以来，亭子关都是湘黔交通的隘口。按理，关隘处地理分界点，地跨两域，其归属难以判定，但亭子关同时又是一军事工程，它自明代以来，即隶属凤凰厅（明称镇筸）黄会营，清《嘉庆一统志》载，黄合营（王会哨）'在凤凰厅西南十六里，接贵州铜仁府界'。是为明证。"

沉没于时间的海底的遗迹上，残留着人们对于往昔的最后记忆。长城的位置，标定着中央集权者的欲望的最大值。所谓"普天之下，莫非王土"，当他们需要将这样的意识形态以物化的形式确定下来的时候，兵戈就会说话，长城也会像一条贪婪的蛇，尾随而来。苗族的历史，实际上就是被迫流离迁徙的历史。吴曦云先生曾从古歌中寻找失掉的史实。他认为苗族的早期聚居区应是包括洞庭湖平原在内的长江中下游平原，以及华北平原。古歌中描述着家园的肥沃和被驱赶的路线。他们在一次又一次血腥的屠杀之后，唱着忧伤的歌，向着贫瘠而未知的西南行进。温暖的家乡，在朦胧的泪眼中，被他们越移越远，他们于是把对生命的最后一丝信赖交给了宗教。命，能使一个民族忍受到什么程度？在合族之公祀的椎牛活动中，在苗老司述说先祖的痛史后，一种反抗的冲动便不可遏止。清政府于是颁布《禁椎牛通令》制止这种宗教仪式，理由是"从前颠苗滋事，皆由此起"(《凤凰厅志》)。宋代朱辅在《溪蛮丛笑》中记载过红苗（因崇尚红色而得名）曾有一个音译为"刮亚"的节日，他们聚集在一起，重温先民逃窜的悲剧。有人说，一个民族的痛史能够流传超过三代，这个民族就了不起。然而在湘西苗民心灵深处，依然可以感觉到几千年前的祖先精神上的疼痛。

据吴曦云先生统计，自明洪武十四年（公元1381年）至崇祯一十六年（公元1643年）的二百六十二年中，大规模征剿湘西苗疆的军事行动就有三十三次，平均不到十年一次。在凤凰，寻找一份辈辈都有牺牲的家谱并不是一件困难的事情。家谱固然早已发黄脆裂，却如一柄永远锋芒毕露的尖刀，随时可以剖开正史上那些关于盛世的记载，剖开那些漂浮着香水味道的诗词，以及在歌乐中旋转的霓裳羽衣。长城的出现揭露了一切。权力的用处是可以使自己成为正统而使他人成为非法，就是可以明目张胆地以私欲为出发点去诠释一切。一方的千秋霸业意味着另一方的流离失所，一方的捷报意味着另一方的噩耗。或许是由于明清两季的政府皆无力再将湘西以西的崇山峻岭作为战场，打上一场数百年的持久战，长城于是在湘西这里固定下来。万历四十三年（公元1615年），"分守湖北带管辰沅兵备道参政"（头衔很长）蔡复一认为原有的营哨尚难遏制苗民为收复失地而进行的军事冲击，上书政府"投资"修建防御工事，四万三千两白银来了，便有城墙成了峭壁的延伸。

朝廷的防范意识很强，除山脊上的长城外，在凤凰城外的街衢间又筑起很多关门，成为通往古城的重要古隘关口，一旦事发，关门落下，苗民就难以冲进县城，再加之凤凰县城的一圈城墙，成了"三保险"。凤凰城的北城门，上有射击孔呈钝角形，为射击提供了一个自由的幅度，我想，应是建于已出现火器的清代。

终于看到南方的长城了。在凤凰西边的腊尔山山脉中，一个高耸的烽火台孤独地兀立，仿佛岁月坚硬的残片。南方的长城全部用硕大的石片堆砌拼接，由于没有黏合物来黏着，所以城堡一律呈梯形，上部略小，我想当初设计时是经过了精确的力学计算的。长期弃之荒野，没有保护，如今在结构上已有些松散，粗大的石缝生就许多蓬草，或许我只消当腰抽去一块石片，整座峰火台就是轰然倒塌，不复存在。可南方的长城毕竟真实地存在过。官府在长城内实行屯田制，将苗民同化为"熟苗"，那些拒绝同化的苗民，则被驱赶到贵州，甚至更远的边地，而成"生苗"。对于苗民来说，长城几乎成了定居与漂泊，成了生与死的分界线；对于朝廷，长夜中清越幽远的柝声则是一种关于"平安"的心理防线。当宫墙内的皇帝搂抱着娇妃沉入香梦，黑夜却在目睹正在进行的杀戮与死亡。

对有的人来说，死只不过是一种程序，而对另外一些人，死是对自己生命的一个交代。死亡的价值只存在于自己的内心。一群人不能被另一群人当作奴隶随意摆布和驱赶，所以鸡蛋碰石头似的反抗可以说是出于一种最低限度的本能，也可以说是出于一种至高无上的信仰。作家说了，人是卑微的，但他不愿因这卑微而放弃尊严，即使自然或命运向他提出苛刻的条件。为了给生存讨回一个说法，村寨里的男人成群地死去，在女人们泪眼的注视中，尸体正被以最快的速度制造着，利镞穿骨，惊沙扑面，越来越多的骨骸覆盖了山间蓬勃的植物，最终成为封疆大吏奏折上一组枯燥的数字，陈列在皇帝无关痛痒的几案上。

然而，在皇帝大臣的注视之外，在无人的山野，鲜血正在成为最好的肥料。

  我坐在高高的山坡上冥想，体会着那种遥远的神圣感。这是一个聚风的山口，长风将我的头发撩起。东面是腊尔山一座V字形的山峰，向西，则一马平川，可以望出去上百里，难怪长城建在这里，确实大有学问。世事沧桑，恩恩怨怨，早已不再与现实发生联系。若追究那一缕精神线索，就是苗民对生命与家园的忠实，可以在我的内心深处，凝聚成为一种倔强而顽强的力量。是生命的原始冲动与理性信仰相结合的产物。我终于明白了我为什么总是躁动不安，在湍急的人流中为何总是孤苦无依。山路边一个满脸皱纹的老汉可以教会我很多东西，他刀刻般的皱纹里隐含着数代人的精神履历。人可以选择各式各样的自由，可以玷污和背信，但是你不要到湘西。到湘西，面对长城，再无根的人都会感到血在往土地里流，感到生命个体不由自主地融入广阔的家园与历史里，感到被现实所摆布是一种耻辱。在都市的人流中我们只不过是一具时髦的衣架，而在湘西我们却会为自己的生存原则而羞愧。我相信每一个触摸到岁月的根脉，于城墙冰冷的石片间感觉到先民体温的人，都会弄清自己与只知吃睡不问其他的猪狗的区别。

（录自《凤凰：草鞋下的故乡》，中国旅游出版社，2004年版）

怒江的方式(节选)

熊育群

感觉早晨像个物体,是因为一个傈僳族老人。他坐在怒江边,安静、悠然,像北方男人坐在自己的炕头上。他坐在早晨,早晨不再是一个时间,早晨是个物体,他坐在上面,早晨就属于他了,一块苞谷地一样属于他了。从他身上感觉出的早晨,那么宁静,是一个只属于他个人的时光。怒江刚才还那么野性,老人出现了,它就成了驯化的野马群,没有了荒滩野地的暴戾。

老人身边,一来一往两条溜索,如长蛇爬上一处有七级台阶的岩石,然后箭一样射向了对岸。不到江心它就消失了——因为江面太宽,人的视力不济。

怒江很低,山坡公路下,像一条被困的巨龙。老人并不在意它,尽管江水怒吼。

我的突然到来,老人给了一个回头。一双深邃苍劲的眼睛露出锐利的光,眼里闪过一丝不易察觉的迷茫。他是一只老了的苍鹰，懒懒地收敛了自己的翅膀。转回头去，他就忽略了我的存在。他身体的各个部位甚至动都没有动。

傈僳族人不会走到岸边来看怒江。他们彼此靠近，只有轻缓又悠闲的脚步。彼此能从脚步声感觉到各自的心事、性情。从小车里出来，然后站在江边望一望，这是外来者才有的方式。

我觉得这一瞬间看见了老人的一生——他在怒江边生活，如同一棵漆树，从出生到衰老，一生被他过得那么漫长，怒江已等同于整个世界了。凡·高当年画《吃土豆的人》、罗中立画《父亲》也一定是这个感觉——那一瞥有人一生的命运。

对岸一个人影向我飞了过来。那铁制的滑轮在钢缆上"吱——吱——"直响。整个世界都随着他在飞。我和岸上的石头、树木向他扑来。眨眼间他由一个黑色的人影变成了一个穿着红色运动衫上衣、米色裤子的中年男人。快到岸时他的速度慢了下来，甚至停下来了，我们彼此都确定了一个位置。尽管我没有动，因为有人动了，世界都在动荡中。他右手扶住滑轮，左手攀着钢缆，一节一节把自己拉到了岸上。这是钢缆下坠造成的。

中年男子不慌不忙，一边从钢缆上取下自己带着的滑轮和吊绳，一边笑着问我要不要试一试。这是一种以死亡作背景的游戏，落入江水里人是很难生还的。像人向死而生一样，长期的熟视无睹，死亡的威胁就成了日常生活的部分。我在考虑他这个早晨的举动有什么含义——从一个功利主义社会引申出来的含义。他一个人两手空空，裤脚挽得高高，趿着一双泡沫塑料拖鞋，笑容里露出一副洁白的牙齿，从从容容，像在玩溜索。我不相信他只是好玩才过江的，我想他过江来要么做买卖，办什么重要的事情，要么至少也是来吃个早餐、走个亲戚。他说是看朋友。也就是说没有什么正经事情。一大早就想不出有什么事情可做，生命只是用来享受时间的，还有时间中萌生的情谊。

在湍急的流水上，人的生活从容淡定地展开。流水并不能暗示什么。

面对怒江，面对怒江上的老人和中年男子，我的心态发生了微妙的变化——上车时，身体仿佛获得了解放，肢体放松了，坐姿改变了。一株温室里的植物，回到了广袤的田野。

回车的路上，一个傈僳少女正在上厕所。她上的厕所就在大路边，对着公路的一面没有任何遮挡。她在我经过的这段时间里小解完，站起身来，系好裤子，视我如无物。她同样很平静，在江水喧腾的背景下，甚至只有我感到了害羞。而随后我对着穿民族服装的傈僳族人拍照时，他们无一例外全都躲避着镜头，是一种害怕还是一种害羞、一种禁忌？像传言说的害怕灵魂被摄走？厕所是属于城市的（对于贫困的怒江，照相机也是属于城市的），生活在怒江大峡谷里的人，哪里蹲下哪里就是厕所。这种身体的开放，是与自然谐和的。身体的开放对应于对身体的态度与禁忌。怒江人对身体的态度与禁忌质朴、自然、开放，性以及伦理观念都出自人的本性。

早晨的阳光在陡峭的山坡如退潮的洪水,层层进入谷底。飞石滚过公路提示着无限的偶然。生死也在偶然之中。两栋稻草房出现在一个平缓的坡地上,像心情一瞬间的悸动。

这时,一个人背着柴捆爬坡,那木柴捆是那样巨大,从人的臀部到肩部,再升到头顶,直爬到头顶上的天空。人显得那么的小。头顶上正是那两栋稻草房。这是一组非常原始的图景:那稻草房只有树枝支撑着,它被木桩架空在坡地之上,而大根的木条又压在人的背上。没有一样东西是与工业化的现实世界相关联的,没有一样不直接来自土地。我的兴奋会来自这种原始吗?或者是因为我渴望见到这样原始的景象?这更应该是一种时间的呈现,古老的时空再现。在人类没有出现代科技之前的那些原始的世纪,生活没有遭遇到物质的入侵与改造,人只得与自然相依为命,只得对大自然顶礼膜拜。那个人站立喘息,大口呼吸的仍然是植物散发出来的浓烈的芳香、土地在阳光下吐故纳新的地气。我似乎进入了一个不同的时空。

爬上山坡,走近茅草房,那个背柴的人也在我站在地坪时从另一个方向进入地坪。我这才发现她是位少女,白皙的皮肤,文静的性情。她的目光善良、明澈而含蓄。她的黑色衣服是一套运动衫,这是现代工业制成品。稻草房里显然是她的父亲母亲,她父亲戴着一副老花眼镜。这也是现代文明的产物。那张黧黑的脸充满了慈祥,他也是那样平静地看着我,没有一句话,表情亲切却没有笑容。他坐在门口的小板凳上，正在搓着一根草绳，手里的活儿只是稍稍停顿了一下，又继续干起来了。

对这一家人，有什么东西会突然出现又迅即消失呢，是天空中的云朵和站立的我。

他们贫匮得难以想象，但每个人的面部表情却一派安详、宁静。在他们面前，我感觉到自己病态的猎奇，我并没有现代人的优越感。他们的生活有一种我所见不到的阳光。他们有最自然的不被扭曲不被伤害的感情，他们依人的本能与本性生活，不依赖于理智，一切都在直觉的范围内行动，这样的生存至少在精神上是接近幸福真义的。柏格森说理智是人类的一大不幸。都市人的压抑、迷惘，是不是与他们活得太理智有关呢？工于心计与坦荡自然，真正快乐的永远是后者。怒江人的生活似乎从另一面证明着柏格森这一理论的深义。

（原载2006年第2期《收获》）

山脚趾上的布依

熊育群

　　这些山是没有山脉的,至少没有连绵的气势。它们散开来,一座座孤立,自由自在惯了,养出各自不同的性情,形状千奇百怪。没有谁管辖它们,它们是一方神灵。躺在田地里,把禾秧压在下面;拱出一个尖角,把玉米抖落到山下;或者叠成一堆,把本可走通的路、可以望远的视线给遮挡了。到处是石头,灰白,坚硬,散乱。云朵也成了天空里的石头,一朵一朵,要流水一样的风推着走。而地上黑亮的溪流,走着走着,就被石头扭变了形,水可走,而形不可移。它们从山间大石头上落下去时,也成了一朵白云。云贵高原上有许多这样的云。

　　我看见一条路从田野欹斜着走进一片群山,它是试探着走近这些石头山的,它弯了两弯,犹豫不决,还是走近了一座山脚,它在那里突然不见踪影。它被山吞掉了。我的视线在那里变得空空荡荡。我的视线也是沿着这条路走过去的。我的脸上出现了神秘的表情。我的想象转到了山的背面。那是一片山的丛林，原始、荒旷，又有几分妩媚。山朝我蜂拥而来，我迷乱的想象跋涉于歧途。很多个方向的山都在等着我的脚步。我的方位就是这样彻底丧失掉的……

者相，这艾，所夏，冗染，板赖，洒若，打嫩，孔索，者坎，平夯，必克……这些汉字，你认识但你不知道它们的意思。文字是汉民族的，但意思却是另一个民族的。这个民族就住在这些山的脚趾上。他们的先人走到山里面，抬头望一望天空，天空就像被围砌了、被圈起来了，但仍不失辽阔，这是一片可以属于自己的天空。地也是既开阔又封闭的那种，就用锋利的铁器在这里开垦出一块又一块的田和地，凿石砌墙，伐木架屋，再想想怎么称呼这些地方，给起个名字。也许不经意地，名字叫开了，这地方就成了真正的家园。

最早，到这片山地来的是远古百越族之一、南蛮化外之境的民族布依族。也有仡佬族，人数很少。后来，从东北方向来了苗族人、瑶族人，从北方走来了彝族人、回族人。南方的历史是北方民族不断南迁的历史。汉人来西南，似乎是一个一个来的，选了最偏僻的地方，隐居起来。他们都在一座座山峰后面消失，不再继续走了。路被山吞掉了。山缠着人，人的脚也就不再朝前迈了。世世代代居住下来。晨雾中有了炊烟。

这土地古属夜郎，后称永丰，现在叫贞丰。位于黔西南州。

布依族人把田野叫做"纳"，纳孔，纳坎，纳达，纳摩，纳蝉，纳核，都是田野上的村庄。一个地方的称谓就是一种记忆，从时间的上游一路漂流而下，带着祖先的声音。它们保存着布依古老农耕文明的记忆。所有的文明似乎都在山之间的田野孕育，与这一片天地相联系着。

先说必克吧。村子就建在一块巨大的岩石上。村口，一栋在砌的房，墙是石头墙，一块块方方正正，大可盈尺，石头就从墙下面的石板上錾出来。墙在往天空上升，石头的地却在往下沉降。天上落下的雨积在石坑里找不到路，就呆痴地僵在地上。一条浪哨河在巨石的一边欢快流淌，巨石轻轻地向它伸过去，像神灵的手掌捧起一条丝巾。这潭水却被囚禁在巨石之上，像一块囚禁的天空。

村里的房屋几乎全是石头的墙，就连灶、锅、凳都是。我看到村外的坟墓也是一块块石头围起来的。名字这时到了一块石碑上。人死了名字才上石碑，让石头记忆，让人慢慢忘记。人的记忆没有石头的坚硬。石头是布依族人的所爱。它平凡而又神奇，对神灵的默想也通过石头来实现。纳蝉村有一根石柱"一炷香"，它成了周围村寨敬拜的地方。一块石头，一棵树，一座山都具有神性，布依族人把它们当作神灵拜祭，以求得平安、幸福。布依族人的神就是自己家园的山山水水，都是自然之神。他们是泛神论者。

一家门楼贴了一副白色对联，主人说，对联是黄色的，时间久了它就变成白色的了。石头一样的白色。这副对联是："守制不知红日出，思亲惟望白云飞"，横批"望云思亲"。这家人一位七十八岁的老人前年去世了。布依族人在人死后，每年贴一副对联，第一年用绿色，第二年用黄色，到第三年最后一年则用红色，写上不同的对联来表达怀念。用整整三年时间来悼念一个人，这与汉人守孝三年相符。只是汉人一百多年来就不守制了。但必克这样封闭的村子还在守。对一个人的悼念，也许要一生，但现代人一忙，丧事之后就无暇顾及了。甚至连想一想的空闲都没有了。人这么快就消失掉了，像一条走到山间的路，转眼就没有了，像一股升到天空的烟，散开来就再也找不到了。

必克三种颜色的纸，绿、黄、红全都白了，他们在石头上刻下的死者的名字与生死日子却不会变易。漫长岁月望云思亲，留下的怀想时间，大大小小如石头散落一地。

浪哨河是一条爱情河。"浪哨"在布依族的语汇里是男女谈情说爱的意思。他们喜好的方式是唱。只有唱才能绵绵不绝，才能汹涌澎湃。说是多么苍白，能把人的感情抒发吗？在月光皎洁的晚上，浪哨河潺潺流淌，群山都躲进自己的黑暗中了，像贴到天空的花边。风从稻叶上走过，比耳语还要温柔。这时歌声响起来了。木叶吹起来了。月光下的布依男女，把深藏心中的恋歌，像鱼放到水中一样放到夜幕里——飞翔——飞过梦语，飞过树梢，飞过屋檐，飞过情人的脸庞，飞过黝黑的山坡……心是那样跳得急切，时光是那样闪闪而过，流水把一村的梦境带向不可知的远方……

布依族人的歌是带翅膀的,她在夜晚飞翔,也在内心的天空飞翔。歌声群集的时候是布依族人的节日。"六月六"布依歌节,稻子插下田了,稻花在大地上飘着清香,人们走出村寨,成群结队去三岔河对歌。三岔河林幽水静,像高纬度地区的风光,高远、开阔、清爽。布依女子头上白布缠出圆盘,像一道白练一条瀑布绾结在发间。蓝白相间的右衽棉布衫,黑色宽大的棉布裤,都是自己织出来的,像微缩的梯田,散发着植物和阳光的芬芳。男人穿对襟短褂,壮实精干,如山之石骨。大地上飘扬的歌声就像轻波荡漾的湖面,像六月炽热的阳光瀑布。欢乐与情爱使山水更绿了,使稻田里的禾苗疯狂地生长、拔节,一团团浓烈的绿意喷涌向太阳……

布依族人的春节也成了歌节。小伙子姑娘们过完大年初一,就带上自己的行装,呼朋引伴,走村串寨,一村一村以歌会友。歌唱到哪人就住到哪。直唱到元宵节来了,才依依不舍地散去。

歌声结下百年姻缘,但他们走进婚礼后,也不肯舍弃浪哨。布依族人新婚不同房,举行婚礼后,女方仍然回到娘家——坐家。男女双方可以像从前一样出去与自己喜爱的人对歌。快乐的日子多少年都不嫌长。只有女方怀孕了,一对情侣才成为真正的夫妻,住到一起。

浪哨河是必克村一支古老的歌,在大岩石上哗啦啦响。流水岩石上,老人把一道道白棉线拉成长长的一条,像另一种水流随岩石起伏。这是另一支古老的歌。我在守孝人家看到,一根竹竿上晾满了白色棉纱，棉纱把一间卧室分成了两半。房里满溢棉纱的淡淡清香。阳光从木窗射进来，棉纱就像一片发光的萤石，照亮房内的织布机、床、农具、墙上的悼词……

老人们把一根根棉线接起来，摇着木制纺车，进行纺纱织布的一道工序——绕线。然后是织布、浪布、靛染。那一股股雪白的线一丝一缕被抽瘦，像流水一样变弱。过程是那么漫长，像一种天长地久的相守，像水流一样没有止境。纺纱织布是必克妇女生活的一部分，长长的布匹在一分一秒里像庄稼一样长出来，一种安宁的生活和一种古老的信守也在生长。老人的话题与浪哨河水的话题成了同一个话题，都是关于悠悠天地的物事，都是永远的川流不息，潺潺有声。

一切慢下来了，白云停息了脚步，地上的阴影一动不动。生活没有匆匆行色。人生没有大不了的事情，不过生老病死。布依族老人在絮谈，像一个大家庭的交流，温情漫溢。比起城里老人院孤独的老人，这里是一座天堂。

纳孔是另一种方式的生活。村边的水异样的宁静——三岔河是一个湖。秋天，湖面波光粼粼，像一群少女的明眸皓齿。山退远了，呈现出一块平原。远处出现的两座山峰，一定有着某种神奇的来历，她们就像大地上生出的一对乳房，逼真得令女人害羞，男人心跳。布依族人称她们为双乳峰。三岔河水，也因为这双乳峰，像甘泉一样清洌甜美。

与必克不同，纳孔村的建筑青砖灰瓦，山墙是高过屋脊的风火墙,形似皖南民居的马头墙。正房墙壁为木板,木门、木窗与木板融为一体。最耐观赏的是各式花格木窗,精细、巧构、美妙。它们体现了布依族人精致细腻的审美观,具有温情的建筑风格。在纳孔村,还有另一种风格的布依建筑——吊脚楼。吊脚楼里时常有歌声飘出来。

进布依寨要喝三道酒,一道拦路酒,二道进寨酒,三道进门酒。锣鼓唢呐声中,一群男女青年举着酒杯,拦在大路上,唱起迎客歌。路边草地上,一群汉子在舞龙。一位女子举着酒杯与一群人一拥而上,挤到我的身边,把竹筒酒倒进我的嘴里。按习俗,客人不能碰酒杯。我就像是她的俘虏,由她灌着。她笑,嘴角一斜,羞涩又幸福⋯⋯

舞是在纳孔村口的地坪上跳起来的。锣鼓声响,竹笛横吹,姑娘们柔软的身段风浪起伏,一会闪转腾挪,一会轻歌曼舞,铜鼓舞、刷把舞、筛铃舞、纺织舞、斗笠舞⋯⋯仿佛随心所欲,生产和生活用具皆成道具,有了审美的趣味。从辛勤的劳动,男女至诚的感情,到沧桑历史变迁,舞蹈表现出布依族人崇尚自然、纯朴坦诚的情怀。他们对人与人之间、人与神之间、古老文明与现代文明之间关系的处理全凭人的直觉与本能。这种不遵教化的天然质朴,也许与夜郎、荆楚遗风有关。它具有幻想的气质,和谐又充满了热切的情感。爱和宽容成为一个民族生活幸福的准则和保证。

布依传统音乐布依八音响起来了。它表现的是布依浪哨的场面。浪哨走进了布依族人自己经典的音乐之中——

闲暇季节，人们拿出月琴、竹笛、勒尤等七种乐器，再加上随手从树上摘下的木叶，八种声音在乡村各自响起。后来，他们走到了一起，合奏起一种音乐。布依八音就这样形成了。它来自遥远的祖先。一代又一代相传至今。布依八音表现了布依人从浪哨到喜结姻缘的全过程，音乐有弹有唱，用十二调叙述十二个环节：约人，上路，拦路，对答，喝竹筒酒，大开门，小开门，发蜡，敬香，点烛，哭嫁，发亲。八种乐器分别是箫、笛、勒尤、三弦、月琴、高音二胡、低音二胡和木叶。

坐在木板凳上，听来自遥远年代的音乐，和谐、宁静、怡然，如闻天籁。布依族人表现爱情，快乐中有冲淡，丰富中有单纯，世俗中有超然，空灵、飘逸、超迈、悠远……声音有鸟鸣山更幽的寂静，而欢乐充满了禅意。

一起演奏八音的有老人、年轻人。老人盘黑色头巾，年轻人盘白色头巾。弹月琴的一个老人，身子矮小，张开的嘴露出一颗颗大牙。他粗短的身子左右摇晃得厉害，动作笨拙，但本真。他快乐，身心沉浸。

站在他身后的女子，也抱着一个硕大的月琴，她身子摆起来像一阵阵轻风，飘逸、风情、恬静、热烈。脸上露着浅浅的笑，像皎月一轮。她的笑，纯真善良，幸福甜美，情意无限。黑眼睛里的光辉迷雾一样，让人迷失了方向。她正是那个敬竹筒酒的女孩。

爱，在布依也是一种传统。爱情依然像布依八音里表演的那样发生。布依族人一代又一代以祖先古老的方式相爱着。他们多情的经历尽情释放着生命中的激情。诗意的生活在山水间波光激滟。

迷人心魂的音乐，老人的沉浸，女孩的笑容……温情深切，触痛心灵。抬头看风火墙上的金色夕阳，湛蓝天空缓慢移动的白云，突然的感动，突然涌起家的感觉。走过无数村寨，在这个石铺的地坪上被一种与乡愁有关的东西击中。我知道往后的岁月我会怀念这个地方，一个也许跟我没有什么关系，但却再也不能忘怀的地方。它刻骨铭心。阳光，风火墙，民间古乐，笑容，田野，下午，三岔河，以及晃动，我像空气融化在风中。

晚上，与纳孔村布依青年手拉手围成圈，跳起扒肩舞。他们穿民族服装，个个喜气洋洋。跳完一曲，大家向燃着篝火的中心拥去，那里有一坛酒，插着许多吸管，推到前面的人就吸一大口。喝完酒，舞曲再起。欢快的舞步里，手拉得更紧了，篝火燃得更旺了，歌唱得更响了……今夜，幸福的笑容把夜空照亮！

在贞丰，生活又在重新出发。

（录自《路上的祖先》，百花文艺出版社，2009年版）

无目的，亦无目的地的行走

何立伟

　　有朋友在微信里约：去东北避暑好不好？答曰：好好好。又朋友街头遇见，说起邀伴出游，"到土耳其怎么样？"答曰：好好好。又那日同匡国泰张卫在好友罗奇处宵夜，罗奇说待在长沙冒卵味，出去玩啵？答曰好好好。罗奇说，好什么好，要走立刻就走！二日天一亮，一台陆地巡洋舰，咚咚地就坐了我们几个，径直奔雪峰山去。当年打日本，王耀武的司令部在山脚下，指挥雪峰山战役，歼敌三万余，为抗日战争最后一场会战，硝烟尽散去，旧址依然在，墙外一层黄泥斑驳，仍露出底子是青天白日旗，国破山河在。凭吊之后找到一农家，吃走地鸡、腊肉、油菜薹，又喝自酿谷酒，一嘴油沥沥，拍两百块钱到桌上。农家朝后退，摇手，鼓眼，说，不要这么多，不要这么多！又走，无目的，亦无目的地，便是最自在的行脚。车开出一山坳，田地如手掌般摊开，是一种辽阔的迎迓。远山且淡淡，亦如细语呼喊。于是罗奇，就把膝盖一拍，说：直接往西藏开算了！这厮便是如此，脑壳一热，想干什么就干什么，八头骡子也拖他不住。有回他同学生日，他跶双拖鞋去赴宴，吃完走出酒店大门，想，过几日老子也是生日，就这样酒肉一顿，嘻哈一顿，很是无趣。就朝身边司机小王说，走，上车，往高速路开！小王问，去哪？答曰：上了高速再说。于是上了，小王问，老板，到底要到哪里去？答曰：往西藏开！小王笑得难看，说，老板，你还是穿的拖鞋，再说我没带银行卡，现金只有两三千——话未说完，他罗奇说，打电话，叫公司姜会计把钱打到卡上，再特快专递寄到成都。慌什么慌，先往成都开。到了川地，拿到银行卡，遂添了旅游鞋、冲锋服，并一应用品，果然就去了西藏，游了一个月才回来，面如关公。生日是在布达拉宫脚下过的，一餐吃了一斤半青稞酒。与小饭店藏族老板称兄道弟，勾肩搭背照了相，一脸好似高原红。所以他这一说要直接往西藏开，并不是玩笑。但我们几位都有事，出来玩也只做了十天左右的划算，往西藏去，这点时间来回跑路都不够，怎么玩？我遂极力打消他的冲动，说了一堆磅礴的真理，旁边两位亦帮腔，刚开始他还硬着颈根说非去不可，到后来，真理淹没了他，他也明白少数要服从多数的规则，遂哑默下来。刚才在农家他吃了差不多一斤谷酒，上了车又吃了半茶缸自带的茅台，他脑壳发热，显是酒精的作用。说了几句话之后他舌头就大了。我说你还是先到后头躺一阵，做梦也可以做到西藏去。

他猫腰，从副驾驶位钻到后排去，终于躺下，那是他说的"卧铺"，垫了薄薄毛毯。在吹鼾之前呢喃了一句话，大家都听清了：去西藏几多好，车都是往云朵里头开。

虽然没按他的拍脑壳冲动去西藏，这趟雪峰山之行也还是蛮快活。后备厢里一箱半茅台，被他一路吹了个精光，大着舌头吼：哦呀几多好，往山里头开，往山里头开，找个农家去吃走地鸡、腊麂子！清晨，满山乳白浓雾，我们在雾里走，递烟，递声音，人生此刻茫目，然而亢奋。夜里，星子如石榴籽，一颗一颗掉在酒杯里，风凉凉的，蟋蟀在灶屋壁角唱夜歌，一句一句，解释古久的风月。

这便是我们人生的节目，说声往哪里去，拍屁股就走人。

因此凡有朋友邀约出游，我第一个的反应就是好好好。其实旅行对我来说就是一种名义好听的逃避。逃避什么呢？日常莫名的压力同无法解释的焦虑。青山绿水，或异域风情，是生命最速效的解毒剂。服了，就神清气爽，当风而立。

旅行当然要找到好地方，但是更要找到好旅伴。人有生气，江山便有生气，人无意味，江山亦无意味。有几回到好地方，回来人问，怎么样？答曰：不怎么样。原因就是去的人里头，有至为无趣者。此人将无趣传染给大家，亦顺便灭掉了风景。此处我也不打算下回再来。再来，勾起回忆，亦是不快。纵是名胜依山，风流伴水，也枉然。

比方罗奇一类角色就是好玩的旅伴。出行，随便定个大概的地方，这一路便是如苏东坡所说的行于所当行，止于不得不止。消消停停，随遇而安，条条道皆走得，故多意外。那年我们去云南，开了两台车，到一山上，已无行路，遂下车，进到寨子，原来是一寨子的傈僳族。见到一小学，小孩子跑出来，男男女女，一脸锅黑，但眉目好看，大热天，有小男孩竟戴了大皮帽，亦有不少小孩子，穿过膝长的衣服，红的红，绿的绿，显是接了哥哥姐姐或大人的穿，如要演出，穿了戏装。我们拿相机来拍照，孩子起哄，雀噪一片，老师说：排队！排队！就挤挤地排成队，探头探脑似杂树生花。后来老师说，他们长这么大，从来没照过相。照完了，相机连接到手提电脑，呈现给他们看，他们笑而且叫，看见了自己，像被烫着，呼地朝后跳。老师又说，他们长这么大，从来没看见过电脑。老师是在昆明读的师范，吃国家粮，后来就当了我们的导游，在寨子里四处转。转之前，罗奇问老师，这附近有商店没有。老师说，只有一个小卖部。就跑到小卖部，买下所有的糖果、饼干、一切吃食及文具，甚至连高压锅也买下来，就是说，把整个小卖部买空了，我们捧着，让老师叫小学生排队，一一分发。然而不够。又问老师，还有哪里有小卖部，老师指了山脚下，这里，那里。于是我们又开车下山，这里那里把方圆十几里的三个小卖部的东西买个精光，送给学校，让老师分发。接着呢，我们各人认领两个低年级的孩子，每个学期负责他们的学费，直到小学毕业。

之后我们在寨子里走，孩子们就跟在我们屁股后头，这是他们的节日。我喜欢那个皮帽子，一直就牵了他汗津津的手。

老师带我们到队长家吃饭，一只大鼎锅，墨黑，锅里煮了什么，看不清，亦是墨黑。队长说，好了，吃！筷子夹出来的东西，黑黑的认不出，扔进嘴里，怪怪的香。想必是肉。上头沾了树叶，必定是香料。罗奇把茅台倒进陶碗里，与队长碰碗，队长仰头喝光，脸如树皮，在暗暗的堂屋里闪着绿光。饭后我们坐在木晒台上，看群山青青蒙蒙，云在树顶上走。这时候世界皆在山外头了。我也喝了点酒，头有些晕乎，正好，日子只须醉眼看。

（原载2015年9月30日《文汇报·笔会》）

扎尔肯特：进步前哨站（节选）

刘子超

在"一带一路"的庞大设想下，中哈边境有望成为下一个迪拜。据说，这里将建起自由贸易区，成为中国与欧洲之间的物流转运中心。资金正在涌入，未来即将到来，只是目前在扎尔肯特还隐而未现。

第二天一早，我来到车站，想找人开车把我送到边境。我听说霍尔果斯口岸旁新开了一座国际边境合作中心，是未来拼图的一块。这是一个建在两国领土之上的跨境免税区：中国人和哈萨克人可以免签进入对方的区域，购物休闲、洽谈生意。

我是搭一辆黑车去的。同车的还有两位哈萨克姑娘。她们去免税区买东西，顺便消磨一天时间。其中一个姑娘叫阿德丽，能讲中文，是三亚大学的留学生。哈萨克斯坦是世界上最大的内陆国，距离海洋至少两千五百公里。我想，去三亚留学应该是一个相当浪漫的决定。

阿德丽穿着窄腿牛仔裤和黑色开衫，涂了睫毛膏。她的朋友穿着高腰李维斯和纯白T恤。两个打扮时尚的本地姑娘与一个游手好闲的外国人，挤在一辆日本淘汰的黑车上，司机是镶着金牙的牧民。车外绵延着白雪皑皑的群山，散落着玉米地和苏联时代的遗迹，而前方不远处就是商业全球化的未来——世界上还有哪个地方能给人如此强烈的混搭感？

国际边境合作中心的停车场上，到处是等着拉货的司机。从他们的面容和肤色中不难看出，这些人不久前可能还是附近山里的牧民。我们到得算早，可是已经有一拨购物者大包小包地从栅栏围起的海关出来了。

阿德丽告诉我，这些人是专门负责带货的"骆驼队"。这名字让我想到丝绸之路上穿越草原的商队，可他们的行程要短得多：只需把商品从中国一侧人肉带入哈萨克斯坦。阿德丽说，在国际边境合作中心里，每个人购买免税品的重量是有限制的，所以很多商人会雇用"骆驼队"。这其实是一个灰色地带，但哈萨克斯坦的海关人员不会较真。

我们排队进入海关，核验证件。几乎所有中国人都是从中国一侧进入国际边境合作中心，因此哈萨克斯坦的海关人员饶有兴致地打量着我。通过海关后，我们坐上一辆官方运营的中巴，穿过目前还是荒地的大片区域。远处的地平线上，高楼大厦闪闪发光。那是中国的霍尔果斯，一座拔地而起的新城。

穿过瞭望塔和岗哨，我们进入了国际边境合作中心开放的部分。中国一侧已经建起几座大型购物中心,还有一座造型前卫的大型建筑即将竣工。与之相比,哈萨克斯坦一侧则要冷清不少。规划中的奢华酒店、会议中心、主题公园,由于某种原因处于停工状态。中巴司机甚至没有费心在哈萨克斯坦那边停车,就直接开到了中国一侧。

广场上随处可见运货的"骆驼队",还有巡逻的中国治安员。我们进了一座购物中心,里面只卖毛皮大衣。色彩鲜艳的条幅,以中俄两种语言写着:"质量好、价格低""厂家直销,一件也批"。

每家店面都如出一辙,也都冷冷清清。各类毛皮大衣如大丰收的果实,沉甸甸地挂在一排排衣架上。空调开得很足,空气中泛着皮革的味道。

阿德丽和她的朋友逐一检阅那些店面,不时和认识的店主打招呼,行俄式贴面礼。我终于忍不住问道:"你打算买毛皮大衣吗?"

"不买,"阿德丽说,"三亚穿不上。"

她进一步解释道,在哈萨克斯坦,只有上了年纪的女人才穿毛皮大衣。

"那我们为什么要来这里呢?"

"逛街啊!"阿德丽诧异地看着我。

我突然明白,逛街是不用讲逻辑的,逛街本身就是一种目的。这么一想,我也耐下心来,细看那些毛皮大衣,学习分辨狐狸皮和海狸皮的不同手感。我发现,很多店家是中国的哈萨克族,汉族店主也都会说俄语。

一位店家是黑龙江人,以前在俄罗斯远东经商。我问她哪边生意好做。她以东北人的直爽回答:"到哪旮瘩还不是谋生!"她来霍尔果斯四年了,这是第一年入驻国际边境合作中心。她乐观地表示,天气转冷后,生意就会变好。

从毛皮大世界出来,我又跟着阿德丽去了另一座购物中心。这里有点像义乌小商品市场,贩卖五花八门的商品。我们逛了几家箱包店。阿德丽和女朋友挑来选去,最后买了一只蓝色小皮包——看上去质量挺好,却只要九十块钱。

我夸这包好看,适合她。

"不是我背。"阿德丽说,"是送给我表姐的。"

原来,亲戚朋友都知道阿德丽去了中国,也都托她带货。可从中国带货太麻烦,托运成本又高。所以,阿德丽来这里买东西,当作中国带回来的礼物送给亲友。严格来说,这也的确是从"中国"带回来的。

我们又逛了几家玩具店,逐一比较不同平衡车的价格和质量。最后,阿德丽花了四百块钱买了一辆,送给另一个表姐的孩子。"都是送人的,你自己不买?"我问。

"我不在这里买。"阿德丽嫣然一笑,"我用淘宝。"

两个小时后,我已经到了逛街的极限,于是和阿德丽挥手告别。"我们加个微信吧。"我说。

阿德丽拿出手机，准备扫一扫。然而，我们用的还是哈萨克斯坦电话卡，而这是中国境内，只有中国信号。

我走出购物中心，穿过广场，经过一座展翅雄鹰的雕塑，回到哈萨克斯坦一侧。这边没有大型购物中心，只有一栋两层楼的集合店铺。店主全是中国人，卖的东西包括俄罗斯套娃、格鲁吉亚红酒和高加索蜂蜜。简而言之，与任何一个中俄边境集市上卖的东西差不多。

我问一个店主，有没有亚拉拉特白兰地。

"亚什么？"他根本没听说过这东西。他转而向我推荐一款印有斯大林头像的红酒。酒瓶上已经落了一层细细的灰尘。

他是湖南人，就住在国际边境合作中心里。他说，这里有酒店，也有出租房。来他这儿购物的都是中国旅行团。霍尔果斯的大小旅行社都经营类似的"哈萨克斯坦风情游"。广告语是："不用签证，即刻出国！"

我回到广场，想到我的问题是怎么"回国"。实际上，我已经在中国了，只是出不了国际边境合作中心。为了给护照盖章，我必须原路返回哈萨克斯坦，再从十几公里外新修的口岸过关。

回哈萨克斯坦海关的中巴刚一停车，"骆驼队"就蜂拥而上。两个女人由于带货太多，被管理员撵了下去，爆发了一场激烈的战斗。来时的中巴上只有人，现在除了人，还塞满了货。

回到海关，走出国际边境合作中心，黑车司机围了上来。我找了一辆送我去口岸的黑车，那价格够坐三回的。我们经过一座戈壁上的内陆港，可以远远看到龙门吊车的轮廓。这个内陆港是一个货运物流中心，也是"一带一路"倡议的一部分。有报道说，这里很快会成为全球同类内陆港中最大的一个。它的优势在于，可以在短短半个月之内，把货物从中国运到欧洲——费用比空运低，速度比海运快。

内陆港对面是一大片新建的住宅区，已经有人入住。如果一切顺利，这片住宅区将不断扩大，最后与扎尔肯特连成一片，形成一座大城市。当然，这一光明的前景并不完全凭借真主的意愿，还有赖于边境对面的霍尔果斯。假如有一天，霍尔果斯真成了下一座迪拜，那么眼前的荒漠也将被彻底改变。

新建的小镇，新修的公路，连自动路障也是最新科技。载我的哈萨克斯坦老司机实在搞不明白这些属于未来的玩意，困惑地直摊手。

我们总算到了边境口岸。在暴烈的阳光下，口岸荒凉得如同月球基地。司机这时才告诉我，旅行者不能走路过关。他大概所言非虚，因为眼前只有汽车道，没有步行道。除了我和司机，没有一个过关的人。

隔着一片沙漠，我看到了国际边境合作中心和霍尔果斯的老国门。此刻，那些从地表长出来的高楼大厦，好像沙漠中的图腾柱一样虚幻。老司机提议把我送回扎尔肯特，说那里有开往霍尔果斯的国际大巴。我真想质问他，当初为何不早告诉我。不过，转念一想，他要是早告诉了我，就赚不到这份车费了。

（录自《失落的卫星：深入中亚大陆的旅程》，文汇出版社，2020年版）

辑四 行思

彩谷
——彝族火把节散记

吴冠中

下了一天一夜的雨,坡陡路滑,我们冒着微雨爬山。今天是彝族火把节活动的高潮,斗牛、赛马都在高山的平坝举行,天落雨,我直担心雨打灭了火把节。当地同志安慰说,雨哪能取消节日,只怕我爬不上高山去。因此我们早早的就打着雨伞爬坡,其实盛会要中午才开始,从我们住处的半山腰到坝子,年轻人上去只需五十分钟。爬到那个坝子,原来是一个山谷,四周高高低低的山岩包围了一片平坝。罗马斗兽场的看台再高,怎敢同山岩比高!湿漉漉的岩石黑里泛着青、红、紫、绛,衬着浅绿色的高山,显得格外厚重。没有茅屋,没有生人,这是一个空谷,就将在这里展开节日的狂欢。

有人背着一箱箱的汽水、啤酒、凉粉等上山来摆摊子,接着扛来了拍电影的器件,打着黄色油布伞的彝族姑娘们也开始陆续上山来。从岩崖向山下瞭望，远远近近黄色的伞连成了黄龙，条条黄龙都正向山谷游来。孩子们已经开始在占领最理想的座位了，于是我也就选择，看台大无边，要选一个舒适的座位还真不容易，都坐不平。像电影即将放映，座位很快就被占满了，有坐的、站的、蹲的，黑沉沉的山岩立刻变成了彩色镶嵌的巨幛壁画、华丽斑斓的千佛山，红旗在山头飘扬，我急于想速写那活跃的气氛，我先不着眼于具体的个别人物形象，不描画那具象的人与石，一味想捕捉那人群穿插与山岩起伏间所构成的活跃气氛，侧重表现人群的散布所形成的半抽象形式感。虽然我全神贯注奋力地画，然而画不好，一方面由于自己的笨拙吧，更由于对象在不停地变，人群在不断泛滥，不断掀起新的波澜和漩涡。黄龙从山下游上来，也从山上游下来，从四面八方袭来，几乎汇成泥石流了，我只用一支黑色的钢笔追捕泥石流的气势，而手法全靠点、线、面。剧场的看台在无限地扩大，观众一直被抛上高坡和山尖，他们在遥看！《拾玉镯》和《花田错》无法遥看，但斗牛和赛马倒也宜于遥看。两头公牛被推入战场，本无宿怨，是满山观众的欢叫激励了英雄斗志吧，牲口相见如仇，不分青红皂白便以犄角相撞，那犄角先已被加工磨尖，是真真的尖刀。二强相遇，低着头犄角相抵斗得难分难解的片刻，两个屁股翘得老高，只见两条尾巴在乱扫，万人狂欢的彩色山谷一时寂无声息，只有围着斗士的摄影师们忙开了，他们伏着、蹲着、跪着，镜头紧追着交错中的四把锋刃吧！终于有一头失败了，它开始退缩，它的主人恼怒了，赶它回头再斗，它不干，赶急了，它冲出战场，冲入观众群中，观众大乱，纷纷逃避，像洪水急流冲刷出了一条宽敞的大道。那牲口如入无人之境，由那新冲刷开的大道扬长而去，等它那恼怒的主人去追赶吧。一对一对地战斗下去，最后决赛出来的冠军是一头花牛，它获得了世界运动会上冠军所能获得的欢呼，它已蝉联了四届冠军，它的主人抚摸它，小主人孩子们也来抚摸它，摸它的脑袋，摸它的屁股，摸它的尾巴，摸它的周身，才下战场的莽兽立时体验着人间的温情。接着开始赛马，雨不知什么时候停了。雨虽停了，那赛马的跑道上满是泥泞。骑着那不带鞍的马在众目睽睽下奔驰，自有一番英雄气概，但牲口并不总与骑士合作，它还未体会到冠军的光荣，它有意摔下驾驭者，而且三番五次地摔，被摔下的骑士一翻身立即又跳上马背，满身满脸是污泥，山谷里轰起了嘻笑声，但他更勇猛了，两腿狠狠紧夹着马肚，奔得更迅速了，未几他又被摔了下来，摔出很远，跌得很重，观众的喧哗中夹杂着惊叹、担心、嘲笑和钦佩，当然主要还是对这种英武精神的钦佩。飞扬着红色的披肩在奔腾中争夺冠军固然也威武美观，但留给人们的印象却远不及这种顽强的精神更深刻。当会场的扩音喇叭宣布进行摔跤的时候，人群更向中心密集，这不同于赛马，须近看了，斗牛时近看有危险，现在都争着挤到近处来看，看摔跤的技术和体力的较量，看搏斗者脸部紧张的表情，看胜利者的喜悦和失败者的懊恼。

因为满地泥浆，先是穿了球衣摔跤，玫瑰红和翠绿相搏，群青和朱红相咬，跌个满身污泥，这种球衣洗洗也方便。由于拍电影的需要，战士又更换了民族传统服装，黑色为主调的夜行衣靠，一派武松打店的身段，确乎更近舞台效果了。

许多姑娘开始退场了，难道她们对英雄的摔跤已不感兴趣吗？我于是也跟着去看个究竟。转过山岩，俯视一个大平坝，那里盛开着大朵大朵的向日葵，每个花瓣就是一把黄色的油布伞，形成葵花的黄色的伞在缓缓地轮转着，是葵花在向日旋转吗，今天阴雨，又无太阳。爬下山岩，才看清那是姑娘们每人打着一把黄油伞在歌舞。说是看清，其实还是看不清，姑娘太多了，伞太多了，葵花太多了，重重叠叠，五彩缤纷，分不清层次，说不准主调。说是歌舞，其实主要是歌，姑娘们一手举着伞，一手牵着相互间联系的彩带，边唱边移步，缓慢地围着圆圈不停地转，转了若干圈，来一个向后转，逆向打转转。动作极缓慢，歌声不高亢，伊伊吾吾，偶然间隔一二声尖音拖得较悠扬，可说是轻歌曼舞吧！伞，并非为了防雨，主要是装饰，仿佛贵妇人的扇子。远看，青蓝山野中的鲜黄色分外明亮，像一朵盛开的花；近看，明亮的黄色衬托了华丽的姑娘，我钻入人丛的深层看歌舞，感到姑娘们都沐浴在油伞那淡淡的黄色反光中，被渲染得更具朦胧之美。朦胧中她们既不激动也不微笑，从领唱者到合唱者们，都完全是大家闺秀的娴静神态。我记起在云南黑、白水的高山曾见过风雨中牧羊的彝家姑娘，衬着白皑皑的玉龙雪山,她那披着黑褐色毡子缩成一团的身躯就像一块厚重的石头,那个姑娘今天也正穿着花花衣裙在缓步低唱吧!伊伊吾吾,唱的是什么意思呢,我请人口译,大意是:

姑娘们呀,来呀,来参加跳舞吧!歌唱吧!明年出嫁后,机会就少了!

小伙子们呀,来呀,来摔跤吧!明年成了家,你是家里的栋梁,就不自由了!

大公牛呵,来呀,来参加斗牛吧,明年枷担上肩,就走不脱了!

…………

乌鸦思母坐树尖呀!
喜鹊思母栖树丫呀!
爬虫思母地上滚呀!

…………

比歌舞更吸引人的节目是选美人,最美的姑娘和最美的小伙子,评选委员是德高望重的四位彝族老人。我参加过无数次美术作品的评选,从未见过这样的评选,倒也真愿参加评选呢,可惜没有资格。评选的标准是健美,最美者奖给一把黄油伞,那位得奖的最美男青年是兽医站一位二十一岁的医生。接着是斗羊、斗鸡、男女的恋歌……节目还多,但天将黑,我怕路滑,提前下山,只好在山下遥望高山寨子前游乐的红焰焰的火把了。

道路崎岖,赶到凉山来看火把节是要付代价的。连日的雨,公路塌方,普格县的车通不过来,我们困于西洛出不去了。后来设法由普格派车开到塌方处等候,我们借劳改农场的囚车开到塌方处后步行过去搭车。然而在塌方处等了很久,天黑下来,仍不见来车,真是着急。我们凝视着山坡下公路上的些微动静,像渔民家属盼望着傍晚的归帆,忧心忡忡。雨中,一群群彝家青年和姑娘们正兴致勃勃地赶路回家,姑娘们的裙子都摺得整整齐齐背在背上,裙子的木耳边摺聚在一起像一颗硕大无比的银耳。她们的家在哪里?在高高山,凡上去过的人都说家里十分简陋。前几天在普格县,我们参观了县城附近的彝家村寨,访问了一户较大的住宅,门前满是牛粪和猪粪,一进门,黑黝黝的什么也看不清,苍蝇乱飞,一股腐臭味扑鼻而来,锅台上正煮着猪食,猪就在锅台边转。不少人家与牲口同住,山高天寒,怕牲口冻死。主人客气地让我们围火塘坐下,倒出烈性酒待客。我开始看到有床,床上挂着破旧的蚊帐,有一个简陋的木梯子可爬上阁楼,楼上更暗。主人说生活比以前好多了,这是真的,世世代代连土豆、燕麦、荞麦都不易吃到,现在村寨四周不都已是绿油油的水稻田吗。只是情况改变得太晚了,贫穷得太久了,冰冻三尺,解冻也还是需要时日啊!破烂家庭里姑娘的花衣裙在哪里呢,大概是藏在那古旧的柜子里,应该藏得好好的,等待一年一度狂欢的火把节,用以点缀彩色的山谷。

自然也有置不起花衣裙的姑娘，奶奶便将自己的花寿衣借给孙女，但只准借三天。花衣裳虽保留了一些民族传统的纹样图案，但制作大都很粗糙，仿佛是戏台上跑龙套的服饰，掩盖了身段固有的美感。就纹饰的图案看，有的丰富华丽，有的繁琐重复，糟粕与精华杂陈，很大部分具参考价值的资料只能保存到博物馆里去，小孙女不能总穿远祖奶奶的嫁衣裳啊！倒是有将黑毡或白毡裁剪成简单披挂的，防雨防寒，式样大方，具现代的审美趣味，并充分表现了高山彝民的粗犷之美。从舒适、方便、美观等实用的和艺术的角度来要求，民族服饰还须推陈出新。推陈出新，改革和发展首先要物质条件，要现代化。欢乐只能建立在丰收的基础上，古老传说中是因为蝗虫成灾，人民燃起火炬群起灭蝗，于是形成了庆贺胜利丰收的火把节。没有现代化的民族化是无根的折枝花朵，眼看着日益枯萎。新的住房、新的衣料、新的样式、新的审美观总会在凉山彝家传播，小青年不已提着收录机在歌舞丛中录姑娘们的低唱吗，他们还将对贝多芬的交响乐和国际足球比赛发生狂热吧！思绪无边，我们还站在悬崖边等待普格的来车，车终于没有来，因中途又增添了几处塌方，两车不能相接了。

总得归去，又设法改道从布拖县走，也借囚车送到断桥处等布拖的来车。电线折断，电话不通，联系极端困难，我们在深山公路的断桥处冒雨等车，虽带了雨伞，还是淋湿了衣服和画具。后来总算找到就近的小屋躲雨，一等五六个小时，冷得发颤。遥看满山坡雨打庄稼，山色昏昏，峰峦不可见，令人闷得发烦，当地同志为我们讲七擒孟获的故事以解愁，诸葛亮深入不毛，就在这里。傍晚时刻终于等到了布拖的车，急急忙忙冒雨在夜色中爬向两千八百米的凉山之巅，漫天浓雾，前后左右一片茫茫，汽车在车灯所能照及的数十米滑溜的公路上奔驰，似乎正在驶入不明情况的大海中去，无知，真是恐怖的海！当地的同志说："可惜是夜晚又是大雾，否则山里可看到不少彝家寨子，这里的姑娘们也都曾赤着脚背起花裙子赶数十里山路去参加火把节呢，她们将抵彩谷时才开始更衣打扮。"剧场的化装室都在后台，彩谷的化装室分布在山野，当几把黄伞斜撑在草地时，那里便是远道来的姑娘们在照着小镜子梳妆了。塌方的泥石不时作响，我们自己的生命都托付给司机同志，顾不及再问彝家寨子的生活情况了。及至翻过大凉山，布拖的灯火在望时，才感到如再一次看到了山寨火把似的欢欣！

1983年7月，凉山

（录自《风筝不断线》，四川美术出版社，1985年版）

阳关雪

余秋雨

中国古代，一为文人，便无足观。文官之显赫，在官场而不在文，他们作为文人的一面，在官场也是无足观的。但是事情又很怪异，当峨冠博带早已零落成泥之后，一杆竹管笔偶尔涂划的诗文，竟能镌刻山河，雕镂人心，永不漫漶。

我曾有缘，在黄昏的江船上仰望过白帝城，顶着浓冽的秋霜登临过黄鹤楼，还在一个冬夜摸到了寒山寺。我的周围，人头济济，差不多绝大多数人的心头，都回荡着那几首不必引述的诗。人们来寻景，更来寻诗。这些诗，他们在孩提时代就能背诵。孩子们的想象，诚恳而逼真。因此，这些城，这些楼，这些寺，早在心头自行搭建。待到年长，当他们刚刚意识到有足够脚力的时候，也就给自己负上了一笔沉重的宿债，焦渴地企盼着对诗境实地的踏访。为童年，为历史，为许多无法言传的原因。有时候，这种焦渴，简直就像对失落的故乡的寻找，对离散的亲人的查访。

文人的魔力,竟能把偌大一个世界的生僻角落,变成人人心中的故乡。他们褪色的青衫里,究竟藏着什么法术呢?

今天,我冲着王维的那首《渭城曲》,去寻阳关了。出发前曾在下榻的县城向老者打听,回答是:"路又远,也没什么好看的,倒是有一些文人辛辛苦苦找去。"老者抬头看天,又说:"这雪一时下不停,别去受这个苦了。"我向他鞠了一躬,转身钻进雪里。

一走出小小的县城,便是沙漠。除了茫茫一片雪白,什么也没有,连一个褶皱也找不到。在别地赶路,总要每一段为自己找一个目标,盯着一棵树,赶过去,然后再盯着一块石头,赶过去。在这里,睁疼了眼也看不见一个目标,哪怕是一片枯叶,一个黑点。于是,只好抬起头来看天。从未见过这样完整的天,一点儿也没有被吞食,边沿全是挺展展的,紧扎扎地把大地罩了个严实。有这样的地,天才叫天。有这样的天,地才叫地。在这样的天地中独个儿行走,侏儒也变成了巨人。在这样的天地中独个儿行走,巨人也变成了侏儒。

天竟晴了,风也停了,阳光很好。没想到沙漠中的雪化得这样快,才片刻,地上已见斑斑沙底,却不见湿痕。天边渐渐飘出几缕烟迹,并不动,却在加深,疑惑半响,才发现,那是刚刚化雪的山脊。

地上的凹凸已成了一种令人惊骇的铺陈,只可能有一种理解：那全是远年的坟堆。

这里离县城已经很远，不大会成为城里人的丧葬之地。这些坟堆被风雪所蚀，因年岁而坍，枯瘦萧条，显然从未有人祭扫。它们为什么会有那么多，排列得又是那么密呢？只可能有一种理解：这里是古战场。

我在望不到边际的坟堆中茫然前行，心中浮现出艾略特的《荒原》。这里正是中华历史的荒原：如雨的马蹄，如雷的呐喊，如注的热血。中原慈母的白发，江南春闺的遥望，湖湘稚儿的夜哭。故乡柳荫下的诀别，将军圆睁的怒目，猎猎于朔风中的军旗。随着一阵烟尘，又一阵烟尘，都飘散远去。我相信，死者临亡时都是面向朔北敌阵的；我相信，他们又很想在最后一刻回过头来，给熟悉的土地投注一个目光。于是，他们扭曲地倒下了，化作沙堆一座。

这繁星般的沙堆，不知有没有换来史官们的半行墨迹？史官们把卷帙一片片翻过，于是，这块土地也有了一层层的沉埋。堆积如山的二十五史，写在这个荒原上的篇页还算是比较光彩的，因为这儿毕竟是历代王国的边远地带，长久担负着保卫华夏疆域的使命。所以，这些沙堆还站立得较为自在，这些篇页也还能哗哗作响。就像干寒单调的土地一样，出现在西北边陲的历史命题也比较单纯。在中原内地就不同了，山重水复、花草掩荫，岁月的迷宫会让最清醒的头脑胀得发昏，晨钟暮鼓的音响总是那样的诡秘和乖戾。那儿，没有这么大大咧咧铺张开的沙堆，一切都在重重美景中发闷，无数不知为何而死的怨魂，只能悲愤懊丧地深潜地底。不像这儿，能够袒露出一帧风干的青史，让我用二十世纪的脚步去匆匆抚摩。

远处已有树影。急步赶去，树下有水流，沙地也有了高低坡斜。登上一个坡，猛一抬头，看见不远的山峰上有荒落的土墩一座，我凭直觉确信，这便是阳关了。

树愈来愈多，开始有房舍出现。这是对的，重要关隘所在，屯扎兵马之地，不能没有这一些。转几个弯，再直上一道沙坡，爬到土墩底下，四处寻找，近旁正有一碑，上刻"阳关古址"四字。

这是一个俯瞰四野的制高点。西北风浩荡万里，直扑而来，踉跄几步，方才站住。脚是站住了，却分明听到自己牙齿打战的声音，鼻子一定是立即冻红了的。呵一口热气到手掌，捂住双耳用力蹦跳几下，才定下心来睁眼。这儿的雪没有化，当然不会化。所谓古址，已经没有什么故迹，只有近处的烽火台还在，这就是刚才在下面看到的土墩。土墩已坍了大半，可以看见一层层泥沙，一层层苇草，苇草飘扬出来，在千年之后的寒风中抖动。眼下是西北的群山，都积着雪，层层叠叠，直伸天际。任何站立在这儿的人，都会感觉到自己是站在大海边的礁石上，那些山，全是冰海冻浪。

王维实在是温厚到了极点。对于这么一个阳关，他的笔底仍然不露凌厉惊骇之色，而只是缠绵淡雅地写道："劝君更尽一杯酒，西出阳关无故人。"他瞟了一眼渭城客舍窗外青青的柳色，看了看友人已打点好的行囊，微笑着举起了酒壶。再来一杯吧，阳关之外，就找不到可以这样对饮畅谈的老朋友了。这杯酒，友人一定是毫不推却，一饮而尽的。

这便是唐人风范。他们多半不会洒泪悲叹，执袂劝阻。他们的目光放得很远，他们的人生道路铺展得很广。告别是经常的，步履是放达的。这种风范，在李白、高适、岑参那里，焕发得越加豪迈。在南北各地的古代造像中，唐人造像一看便可识认，形体那么健美，目光那么平静，神采那么自信。在欧洲看《蒙娜丽莎的微笑》，你立即就能感受，这种恬然的自信只属于那些真正从中世纪的梦魇中苏醒、对前路挺有把握的艺术家们。唐人造像中的微笑，只会更沉着、更安详。在欧洲，这些艺术家们翻天覆地地闹腾了好一阵子，固执地要把微笑输送进历史的魂魄。谁都能计算，他们的事情发生在唐代之后多少年。而唐代，却没有把它的属于艺术家的自信延续久远。阳关的风雪，竟越见凄迷。

王维诗画皆称一绝，莱辛等西方哲人反复论述过的诗与画的界线，在他是可以随脚出入的。但是，长安的宫殿，只为艺术家们开了一个狭小的边门，允许他们以卑怯侍从的身份躬身而入，去制造一点娱乐。历史老人凛然肃然，扭过头去，颤巍巍地重又迈向三皇五帝的宗谱。这里，不需要艺术闹出太大的局面，不需要对美有太深的寄托。

于是，九州的画风随之黯然。阳关，再也难于享用温醇的诗句。西出阳关的文人还是有的，只是大多成了谪官逐臣。

即便是土墩、是石城，也受不住这么多叹息的吹拂，阳关坍弛了，坍弛在一个民族的精神疆域中。它终成废墟，终成荒原。身后，沙坟如潮；身前，寒峰如浪。谁也不能想象，这儿，一千多年之前，曾经验证过人生的壮美，艺术情怀的弘广。

这儿应该有几声胡笳和羌笛的，音色极美，与自然浑和，夺人心魄。可惜它们后来都成了兵士们心头的哀音。既然一个民族都不忍听闻，它们也就消失在朔风之中。

回去罢，时间已经不早。怕还要下雪。

（原载1988年第1期《收获》）

沿着岷江走
——蜀游三记一

钟叔河

从九寨沟出来,汽车一直沿着岷江走。岷江从岷山中冲开一条深深的峡谷,谷中间是奔腾的江水,两边是仰角不小于七十五度的高山,车路就开在右边山腰的石壁上。从车窗中伸出头朝下看,岷江显得特别的窄,不要说比湘江,就是比浏阳河也要窄得多,江水则显得特别的清。急流扑打着横亘在江中的大块岩石(看得出是从两边高山上滚下来的),迸裂成一团团雪白的浪花。中午阳光照射到江面的时候,浪花把江水衬映成亮丽的碧蓝。这和湖南习见的河水,那种总是黄得那么脏,总是在面上浮着泡沫和污物的河水,给我的印象完全不同,使我觉得很美。

在觉得很美的同时,我在心中又忍不住要向自己提出一个问题,为什么眼下这条窄窄的河,这条看起来甚至比浏阳河还窄得多的河，却会被古人一直认为是万里长江的正源呢？

万里长江是现在的称呼，古时它只有一个单名："江"。现在的江、河都是通名，古时则是专名，"江"指今之长江，"河"指今之黄河。现在一般意义的江河，古时则称为"水"，长江称江水，黄河称河水，湘江称湘水，淮河称淮水……江、淮、河、汉，合称四水，亦称四渎，指中国四条最重要的河流。而"江"居四渎之首，它最长最大，故亦称"大江"。《尚书》云："岷山导江。"《说文》云："江水出蜀湔氐徼外岷山，入海。"《水经注》云："岷山在蜀郡氐道县，大江所出。"《尚书》是十三经中居首位的经书，《说文》是文字学和语源学的古典，《水经注》是权威的地理专著，都说岷山是"江"的发源地，都说岷江是"江"的源头。

现在大家都知道，长江发源于青海，到云南境称金沙江，入四川至宜宾和岷江汇合。从宜宾计算，金沙江长度比岷江长，水量也比岷江大。所以，金沙江才是长江的正源，是上游，而岷江只能算是长江的支流。既然如此，为什么从有文献足征的古代起，直到西洋的地理学传来，人们偏要舍金沙江，偏要把岷江作为大江之源呢？

我沿着岷江走，一面看，一面想。在漩口以上，岷江一直被岷山紧紧地夹持着。所谓"江出岷山"，这话一点不假，岷江确实是从岷山的夹缝中冲出来的。可是我注意到，过了漩口，岷山对岷江的夹持就一下子放开了，而且是突然的放开，是彻底的放开。岷山"隐退"以后,在岷江前面的是中国大西南唯一的一块平原。这块平原南北长三百余里,东西平均宽近百里,现称成都平原;它的面积有三万平方里,足可容纳东周列国时一个大诸侯国。

沿着岷江走,一路上我看见的山都是青山,看见的水都是清水。《长恨歌》写了"蜀江水碧蜀山青",是先有蜀山万木之青,才有蜀江诸水之碧。(不过我又看见,从阿坝州不断开出的大卡车,一车车装的全是粗大的原木,照这样"咬定青山不放松",只怕蜀山也青不多久了。)这种"碧如蓝"的清水,从北到南流经成都平原,流了不知多少年;因为它不像湖南的河水那样饱含泥沙,所以并没有多少淤积,没有改变这里的地形地貌。在这块平原上耕作的农民,从来不需要采用大禹的爸爸鲧的蠢办法——堙,就是辛辛苦苦将泥土筑成堤来防水。因为年年筑堤,堤越筑越高,堤外的淤积也越来越高;及至堤外的地平高过了堤内,便再无水利可言,只剩下水害了。成都平原从来没有水害,而正好大兴水利,这也就是秦太守李冰能于此地建立不朽之功的客观条件。没有这个条件,李冰纵为贤太守,也做不成李冰,而只能做西门豹。

成都平原上的先民,得天独厚(其实应该是得地独厚),有了比西南其他地方优越得多的条件,于是很早就创造了比其他地方先进得多的,以水稻和蚕桑为主要作物的农耕文明,创造了"天府之国"。

还记得八十年代我初访巴蜀书社时，正好三星堆文物运抵成都。三星堆位于成都平原北端，抗战时期这里即曾发现有鲜明地方特征的古青铜器，引起过中外学者的注意。这次新出土的文物，更大大震惊了世界考古界。感谢巴蜀书社主人的安排，让我进入库房仔细参观了一天。那高达两米峨冠跣足的"神君"铜像，那巨眼方耳的人面造型，那纯金制成精雕细刻的"权杖"和脸罩，对我的感官和心灵的震撼，老实说比国家博物馆里的商鼎周盘还要强烈得多。从此我才知道，当殷人、周人在中原搞"礼乐征伐"的时候，古蜀人在三星堆上也创造了即使不说是更加精美，至少也是毫不逊色的文明，这就是岷江水在成都平原上浇灌出来的果实。

一方水土养一方人。正是这样的水，这样的土，才在先秦养成了三星堆的艺师，在秦时养成了修都江堰的工匠，在汉时养成了司马相如、卓文君这样的才子佳人，在三国时养成了诸葛丞相麾下北伐南征的将士，在唐时养成了李白和杜甫这对照亮千古诗坛的双子星，在宋时养成了眉山苏氏的"一门父子三词客"。正是这些辈出的人才，正是这里的居民作为一个整体的相对优秀的素质，才大大提高了这一方水土的知名度。总之，是自然条件创造了生产条件，生产条件又创造了人文条件，《说文》和《水经注》以及其他无数的文献、文章，亦无非承认了这个既成的事实而已。

这时我想起了金沙江。金沙江虽然源远流长，可是在进入四川和岷江汇合之前，它一直被高山峡谷更加紧紧地束缚着，简直没有半点施展的机会。有的江段谷深千米，山脚是热带丛林，山顶却终年积雪；有的峡谷据说老虎可一跳而过（因此留下了虎跳峡这样的名字），而绝壁悬崖，水深流急，自古无人通行。勇作"长江第一漂"的人，在金沙江上流漂了几百里，竟未见到一处可以栽种作物的河滩地。直到二十世纪五十年代初，这里的居民还在陡峭的石头山上刀耕火种，记事还得靠刻木结绳，还没有达到四千年前三星堆的生产水平和文化水平，当然更不能设想他们修都江堰，乘高车驷马，说什么"臣家在成都，有桑八百株，薄田十五顷，子孙衣食，自有馀饶"了。

因为存在着这样大的差距，所以金沙江的名气不能不远逊于岷江，本应属于金沙江的大江之源的名分，也就不能不归于岷江，而且一归就归属了两千年。

柳宗元写《永州八记》，既叹好山好水位置不在中州人文荟萃之区，以致湮没而名不显。柳先生所慨叹的，岂只是永州的山水，恐怕还是被贬谪到永州的人吧。我沿着岷江一路下来，先想着岷江，后想到金沙江，想到大江之源的名分，亦不能不重有感焉。庄生说过："名者，实之宾也。"那么，这个"实"又是什么呢？

没有《岳阳楼记》，就不会有今之岳阳楼；没有《滕王阁序》，也不会有今之滕王阁；没有崔颢和李白题诗在上头，更不会有今之黄鹤楼了。由是观之，"名"还得以文而传，这"实"

难道就是二三文人的不朽之文吗？

若无天府之国的稻熟桑繁，三星堆上的酋长巫师怎能征集起铸造重器的人力物力？秦太守李冰又怎能组织实施开凿离堆分内外江的巨大工程？司马相如念念不忘的高车驷马，靠文君当垆卖酒无论如何办不成。许慎和郦道元也好，李白和杜甫也好，苏氏父子也好，若是不能温饱，又如何能写出不朽的文字。我再进一步想，人文的发达还是得以生产的发达为前提，那么是不是可以说，只有社会生产的发展，才是我们求索的这个"实"呢？

岷江占了天府之国的地利，创造了一度最先进的生产水平，享大江之源的盛名垂二千年，而现代地理学、测量学、绘图学一来，终不能不把这个"名"移交给过去默默无闻的金沙江。长度几千几百几十几公里，流量几千几百几十几秒立方，现在都可以精密测量，准确计算。过去写成的一切文字，两千年来享有的名声，结果仍不能不服从于现代科学的裁定。归根结蒂，恐怕只有科学，只有科学思想和科学精神，才是最终的"实"吧。

沿着岷江走，我一路上胡思乱想，汽车却渐渐离开了岷江，山势也渐渐散开，退后。到青城附近，视野越来越开阔，路越来越直，路旁的农田越来越成片，民居也越来越像模像样了。过青城大桥时，不久前还在逼窄的两山间盘旋冲突的江水，这时已占有相当宽广的河床，河床的一部分露出了堆积的卵石。这些卵石，比湘中常见的大得多，较之上游横亘江中的大块岩石,则显然已经过了多次解体,由一而变成了若干千百,棱角也早已被逝者如斯的流水磨圆了。这时候,我突然敬畏地感到了时间的力量。霍金写《时间简史》,其实时间的力量远远超过了历史,超过了人的思想力所能及的范围。人能创造历史,却创造不了时间,更改变不了时间。只有时间才能改变一切,石头,历史,还有伟大而渺小的人类。

1997年3月于湘雅医院二十四病室

(原载1997年第7期《散文》)

〔附记〕这篇文章写好后,在报纸上看到,距成都四十公里西南的龙马镇,考古发现了四千五百年至五千年前都市文明的重要遗迹——大规模祭祀的祭坛,说是比黄河流域发现的遗址(殷、周都邑)大约要早一千年,和公认为世界都市起源地的美索不达米亚文明大致同时。旋即又得知,1996年"全国十大考古新发现"中,有一项即为"成都平原史前古城址群",包括都江堰市的"芒城"、温江县的"鱼凫城"、郫县的"古城"、崇州市的"崇河城"、新津县龙马乡的"宝墩城"等处,此"龙马乡"想即报上的龙马镇。由此可见,三星堆文明在中国古代文明史上占有第一层级的地位,应已无疑。

长城内外是故乡

唐晓峰

今天,我们在地图上看到方角折曲的长城符号,都觉得十分"自然",至少从宋代以来,各类全国舆图上便有了长城的"小像"。长城在宋代并没有什么用处,徒为一种存在,编图者把它与北方的河山画在一起,说明这座人工建筑已合入北方自然的高山峻岭,与它们结成一体,成为新一种天长地久的地理结构。再从人文方面看,长城不只是一道砖石土垣、木柴僵落筑起的军事屏障,作为大地上一个独一无二且伸展辽远的地理因素,它引导了一条特殊的人文地带的形成。这一地理地带的核心是长城,所以可称为长城地带。

中国文人向来有谀地的传统,古代诗文已把祖国山水赞美得淋漓尽致,即使在不起眼的偏州小县,也会有文人封点的"四胜""八景"。小时学作文,跟着传统的语言格式走,也模仿过那一类的描写。不过,有一处地方得到的赞辞极少,这便是长城地带。长城地带在古代文人的歌咏中,只有弓刀、白骨与荒凉,在世代民间传说中,也尽是些悲惨的故事。其实长城战事,即使在王朝时代,也常常是远逝的事情。可是在承平岁月,长城还是唤起人们不平静的心理。"饮马长城窟,水寒伤马骨……君独不见长城下,死人骸骨相撑拄。"长城地带是一个悲剧地带。

然而,长城地带的悲剧属性完全来自南方人北望长城时的心情。在长城脚下生活的人们,不可能终年做冷月荒垣的感慨,他们像所有地方的人们一样,必须利用当地的环境特点,开辟自己的生活空间,建立自己的社会地域。早在《汉书·匈奴传》中已然披露了长城内外人民"往来长城下"的积极气氛。长城的修建,作为一种新的地理因素,重新规定了人们行为的位置。原来的事情,可以在这里,也可以在那里,而现在,必须在长城。至少,长城的关口所在,都变成交流行为确定不移的会聚之所,交流程度的强化使这些地方凸显出来。如作为长城关口的"宣大市中,贾店鳞比,各有名称。如云:南京罗缎铺、潞州绸铺、泽州帕铺、临清布帛铺、绒线铺、杂货铺,各行交易。铺沿长四五里许,贾皆争居之"。

长城地带的形成,必定产生深远的人文地理影响,作为地域属性,它理应有一份独立的资格。对那里的人地关系、社会景观、历史功能应给予独立的考察。近代以来,对长城地带在学术上率先进行独立考察的为数不多的人中,有美国地理学家欧文·拉铁摩尔（Owen Lattimore），这已是近六十年前的事了。拉铁摩尔不是"胡人"也不是"汉人"，没有站在某一边（特别是南边）排斥另一边的天然立场，而具备旁观者的角度。另外，他对地域的分割不以国家而论，他的注意力亦不是重在"文明"不在"荒远"，而是能放大视野，超越政治与民族，将两边合观为一个"亚洲大陆"。在对亚洲大陆做如此宏观俯视，究其整体发展时，拉铁摩尔发现"对汉族是边缘的长城，对整个的亚洲内陆却是一个中心"。

所谓"中心"的概念是，在长城的两侧，并立着农业与游牧两大社会实体，两大社会在长城沿线的持久性接触，形成互动影响，反馈到各自社会的深层。这一中心概念的建立，纠正了以往以南方农业社会为本位的立场。以往绝大多数人在讨论二者的影响时，话锋向来在北方"野蛮"游牧社会如何"乱"了南方"文明"农业王朝这一端。至于南方对北方的影响，除叙述农业社会如何以货物交流北方而外，便再无其他考察。当然，强调二者影响的相互性，无意要将二者的方方面面都拉到平起平坐的位置。但至少在考察二者的关系时，不应将游牧社会定位为无内部运作、无实际进化、只行"侵边犯塞"职能的一伙概念性人群。草原游牧社会具有从无到有、曲折演进的历史，而这一历史，由于地理的"缘分"，离不开南方农业社会的存在，更具体一点讲，离不开长城地带的存在。

拉铁摩尔认为，在亚洲大陆，当南方农业社会未成熟壮大之前，无论哪里，都是种植、养畜的混合经济。不能种植的地方，则几乎没有人烟，也就是说，不存在单纯的游牧经济，因为但凡人们可以种植，则不会选择游牧。北方的人们聚集在草原边缘的山地林莽之内，草原地带本身是空旷的。后来，精耕农业在南方出现，农业社会形成，在地域上不断壮大，向四面八方可能进行农业的地方拓展。在此期间，伴随着部落（或国家与部落）间的争斗。原始政治的不相容性，使一些部落被驱赶到几乎不能进行任何种植的草原地带，于是，纯畜牧经济出现，而在草原上的畜牧，必须游动，最终形成了游牧社会的一套组织办法。在司马迁的记录中，"戎"—"狄"—"匈奴"名称的变更正反映了这一过程。

关于草原社会的形成，拉铁摩尔概括为五大特征：第一，放弃混合经济而转为完全的草原文化；第二，完全依赖天然牧场，无须饲料储存；第三，移动权重于居住权，因牧场不能持久使用；第四，与马厩不同的管理马匹的高超技术；第五，熟练的骑术，这需要马镫和马嚼的发明。他认为，是"中国从有利于建立中国社会的精耕农业环境中，逐出了一些原来与汉族祖先同族的'落后'部落，促成了草原社会的建立"。所建立的草原社会与南方农业社会同时发展，二者之间的地域遂呈现"边疆形态"。需要注意到的是，此处所说的"边疆形态"有其专门的内涵，它包括巨大的自然差别和社会差别，它是古代世界特有的历史地理形态，与现代国家边界不同，在美国和加拿大之间存在漫长边界,却根本不存在拉铁摩尔所说的边疆形态。

拉铁摩尔进一步对长城出现所造成的影响进行了分析。他认为秦始皇长城的修建,加速了草原社会的政治发展,长城增加了所谓边疆地带的政治分割强度,使长城以外依存汉族的小部落不复存在,分散转为统一,最后是由头曼—冒顿整合起来的草原帝国。拉铁摩尔多次强调,在农业社会与草原社会的关系史中,主要是农业社会限定了草原社会,而不是草原社会"扰乱"了农业社会。拉铁摩尔的结论,主要出自宏观理论分析,尚缺乏细致的实证考察。但将长城地带看作核心,思考它的双向影响,特别是到草原社会去"发现历史",其学术意义不容低估。

在长城地带,人文地理与自然地理同样具有过渡性,它是一个渗透着农业和草原势力的世界,一个两种势力接触并汇合于此,而不能被任何一方永远统治的世界。但是,所谓"过渡性"是相对于"农耕""游牧"两个便利的概念而言,任何一个在历史上、在地理上长期存在的社会形态,事实上都是非"过渡"性的。在这里,也需要我们去发现历史。在"过渡"社会中,因"正常"社会的统治者无心认真经营"过渡"政治,这里的政治永远是消极的。但"过渡"却是进行贸易的绝好地方,在这里,贸易永远是积极的。长城地带可能是一个由军事骁将和商业奸雄控制的社会。然而,正是由于在长城地带不可能建立完整的内地体制或草原体制,单于与皇帝都不善于管理一个半农半牧的社会,因此过渡地区的人们有机会较多地受到自己利益的支配。

利益与机会是统一的。在长城地带,社会组织、社会控制的松散性是其主要机会形式。据《明会典·户部·屯田》记载:这里的"军余家人自愿耕种者,不拘顷亩,任其开垦,子粒自收,官府不许比较,有司无得起课"。徭役租税的疏漏,人口的流散,造成更灵活自由的集市经济,官府更易于同商人勾结,向来严谨的军事活动,在这里也充满商机。清人纳兰常安在《行国风土记》中记道:"塞上商贾,多宣化、大同、朔平三府人,甘劳瘁,耐风寒,以其沿边居处,素习土著故也。其筑城驻兵处则筑室集货,行营进剿时亦尾随前进,虽锋刃旁舞人马沸腾之际,未肯裹足。"因为有暴利在前,商人们一不怕苦,二不怕死。

因为军事与商业的突出地位,这种地区人们对于城镇(堡)的依赖大于其他地区。边地城镇的问题,是许多长城地带的研究者(包括拉铁摩尔在内)所忽视的一项内容。施坚雅在1977年曾指出,必须注意边地城市在军事防守与社会管理两方面的职能的和谐性。1996年,美国年轻学者高蓓蓓(Piper Rae Gaubatz,曾在北京大学地理系做高级进修生)出版了一部研究中国边地城镇问题的专著,对长城地带的城镇历史地理进行了系统考察。她提出,长城地带的城乡发展模式是,城镇先于农村,城镇重于农村,而城镇更多地受到商业而不是农业的支撑。

城镇显示自身的意义不在于规模，而在于功能。由于军士们或多或少都要从事生产自给，军镇向民镇的转化，是普遍现象，许多军镇在转化开始以前便已多少具有了民镇功能。

城镇问题的提出，使长城地带的研究向前走了关键的一步。这里与长城共存的不是荒原，也不仅仅是稀疏村落，还应包括沿边城镇，而城镇与长城的关系更为直接，应该说主要是城镇与长城共同组成这里的人文地理结构。从长城城墙扩展到沿边城镇，使我们的观察从军事学移入社会学。由于沿边城镇在据守、管理、交通、商业、金融、手工业诸方面的社会职能，长城地带的社会生活才得以运转，长城自身也才能具有活力，离开人类社会的支撑，长城只是一件死物。

放眼历史而观长城，其活力贯穿于军事、社会、经济、文化等一系列层面。长城地带，以两边为腹地，两边的社会发展规定着它的意义。长城的意义在最后一个王朝时发生重大转变。康熙皇帝的名言"在德不在险""众志成城"对长城进行了功能上与道德上的双重否定。其实，长城意义的骤降并非由于人们道德上的觉醒，满族上层与蒙古族上层的政治同盟，清政府在草原社会施行的政策是其本质原因。取代长城的不是看不见摸不着的"德"，而是那个实实在在的理藩院。王公制度、昭庙制度减小了草原的移动性，增大了草原的分割性，草原社会因此出现深刻变化。变化内容之一是弱化了草原社会的军事属性，利益不再来自战争，而由贵族政治、宗教组织决定分配。

经过历史的曲折发展，长城时代终于结束，咒骂长城恨不能将其哭倒的历史故事已不再动人。在新的时代心态下，长城得到了道德重建，"修我长城"成为恢复民族自信的号召。长城地带，曾为家乡，现在面临的是全面的社会更新。

（原载1998年第4期《读书》）

千年古刹托林寺

葛剑雄

札达县政府所在地称为托林，周围的农村属托林乡，都得名于一座千年古刹——托林寺。

十世纪末年，古格王国的第一代王德尊衮据有象雄（今阿里地区）。德尊衮的次子松埃出家为僧，法名拉喇嘛意希沃，他创建了托林寺。托林，是"飞翔"的意思。为了弘扬佛法，意希沃派仁钦桑布等人去印度访师求法，并迎请达摩波罗法师的弟子波罗松来传授戒律。1042年，印度高僧阿底峡大师来古格传经布法，驻在托林寺，仁钦桑布担任他的译师。三年后，阿底峡返回印度，而仁钦桑布长期驻锡托林寺，从事译经和授徒，成为古格一代高僧，经扩建后的托林寺也名声远播。1076年是藏历火龙年，在古格国王赞德的支持下，托林寺召开法轮大会，卫、藏、康各地的高僧都前往参加。这次"火龙年大法会"成为西藏佛教的盛事，托林寺也成为全藏名寺，西藏佛教后弘期的许多高僧都曾在此寺活动，古格王国的不少重大佛事也都在此举行。全盛时的托林寺拥有三座大殿、十座中小殿、僧房、经堂、大小佛塔、塔墙等大批建筑。除了这座本寺，托林寺还有二十五座分寺遍布阿里地区，它们分属于萨迦、格鲁、竹巴噶举三派，在印度和尼泊尔也有分寺。古格王国覆灭后，托林寺虽然失去了昔日的辉煌，但依然保持着主寺的地位。经历了千年风霜，如今托林寺只剩下两座大殿、一座大殿的残迹、一座较完整的佛塔和一些遗址，散布在朗钦藏布（象泉河）南岸的台地和南面的土山上。

这座名寺早就见于藏文史籍的记载，十七世纪来到古格王国的西方传教士又在他们的报告中记录了它的情况。1933至1934年，意大利人杜奇在托林寺拍了一百三十多张照片，留下了当年的实况。由于这些照片一直秘而不宣，成为不少西方探险家和学者追寻的对象。

6月26日清晨，当我急切地在住处俯瞰托林寺时，没有见到像大昭寺、哲蚌寺、扎什伦布寺那样金碧辉煌、壮丽恢宏的景象，甚至没有找到一点金色、一点闪光，只见两座平顶的大殿静卧在周围新建的土房和校舍之间。在这片土黄色的海洋——土山、土丘、土地，还有土房，它们的墙壁和平顶是同样的颜色——之中，只有一种土红色引人注目，那是大殿新粉刷过的外墙、佛塔的尖顶和遗址的残迹。我不敢也不愿相信，这就是闻名中外的千年古寺。

但当一位六十六岁的喇嘛打开拉康殿（红殿）的大门，让我们步入这座有三十六根方柱支撑着的殿堂时，展现在我们面前的是一件件精美的雕饰、一幅幅鲜艳的壁画，比之于其他古寺名刹的大殿毫不逊色。壁画上绘着各类佛、菩萨、佛母、度母、金刚、高僧的大像和无数小像，配有各种飞天、祥云、如意、植物花草、飞禽走兽等图案，令人目不暇接。西壁的东侧下部绘着一组古格王室成员、高僧、来宾和外邦僧俗人等礼佛图，人物形象生动，真实地反映了古格的历史和文化。在殿堂门廊东壁两侧绘着一幅非常精美的金刚舞女图，舞女们容貌娇丽，体态轻盈，舞姿各异，显示出超越宗教的艺术魅力。壁画的作者使用了一种精细的游丝描技法，画出的线条蜿蜒流畅，设色轻淡柔和，若隐若现。同行的H和L在西藏做过全面的文物普查，他们说用这种技法的人物壁画在其他地方还没有发现过。这位作者是谁？来自何方？为什么只留下了这样一幅壁画？没有人能回答这些问题，或许永远无法找到答案。就像世界上大量其他艺术品都出于无名氏之手一样，不管作者是古格人、拉达克（今克什米尔）人、印度人、尼泊尔人、汉人，是僧人还是俗人，是名人还是凡人，这其实并不重要，重要的是要让这幅画成为人类永久的财富，特别是不能在我们这一代中毁灭。

这不是我杞人忧天，因为尽管殿内的壁画基本完好，无情的岁月还是威胁着它们的安全，由渗水造成的一道道垂直的白色痕迹已经遮蔽了不少小佛像，要是不及时维修，渗水面积自然会日渐扩大，而拉康嘎波（白殿）内的惨状更提醒我们，人祸的破坏往往比天灾更大。如今殿内只剩下北壁正中供奉的释迦牟尼佛，这尊塑像虽大致完好，但像的螺髻、面部、两臂均有不同程度的损坏，其余十四尊塑像早已荡然无存，只有空空的像座标志着它们当年的座位。殿门外原有门廊，廊顶早已拆除，仅余两厢墙壁，门两侧的泥塑装饰也大部分残破。此殿在二十世纪五十年代末被改为粮仓，为了运粮的卡车出入方便而扩大了殿门，而彻底的破坏则发生在"文化大革命"期间。这场浩劫虽早已过去，但几个汽油桶和一些杂物还不得体地留在殿中。

但比起朗巴朗则拉康（遍知如来殿）来，白殿还是相当幸运的，因为它毕竟保存了下来，而朗巴朗则拉康却只留得断垣残壁一片废墟。当我踏入旧址，但见殿顶尺寸无存，塑像全部毁坏，大多连残迹都不见，只能从墙上残留的泥塑背光想象众多佛像的法相雄姿。墙壁的表层几乎完全剥离，除了依稀可见的红色，见不到任何壁画的痕迹。唯有那一道道残墙和四角的残塔忠实地守卫着这块圣地，无声地诉说着这段悲惨的历史。在墙角和像座底下，不时可以看到被焚烧的经卷碎片，经文还清晰可见。尽管我早已得知这座大殿的毁灭，但仍然对破坏得如此彻底感到震惊。

朗巴朗则拉康，曾经是托林寺的象征，也是西藏佛教文明的骄傲。据藏文史料记载，托林寺是模仿在今扎囊县的桑耶寺而建，但设计者将桑寺一组庞大的建筑群体浓缩为这座大殿，形成了独特的结构和风格。整座殿堂呈多棱"亚"字形，是一座大型的曼陀罗（坛城）。中心的方殿即朗巴朗则拉康，象征须弥山，供奉知者如来；四向的四组小殿分别为多吉生巴拉康、仁钦久乃拉康、堆友主巴拉康、朗堆太一拉康，代表四大部洲；这五座十字相连的殿堂组成了中心的小"亚"字形。其外圈由四大殿和十四小殿组成，分别供奉佛、菩萨、度母、罗汉等塑像。外圈的南、北、西大殿均有转经的复道环绕一周，中心的殿堂与周围的殿堂间又形成一条大的转经复道。四角尽处是四座高耸的小塔，代表护法四天王。

这是典型的吐蕃佛殿结构，但又是对传统建筑的创新，所以建成后就吸引了各地的信众和香客前来，使托林寺更加声名远播。十五世纪初叶和末年，拉达克王扎巴德和次旺朗杰曾两次派人测绘此殿，并按照其模式在拉达克兴建。五世达赖喇嘛为了在大昭寺的廊壁绘上完整典型的佛殿画像，派人四处寻访原型，最终选定此殿，所以人们至今还能从大昭寺的壁画中感受到此殿未毁时的雄伟气象。但没有亲临现场的人大概很难想象它复杂而精巧的结构，我这支拙笔也难以描绘出它的原貌，只能借助于一张考古学家绘成的平面图。

在废墟上，我们与 T 发生了激烈的争论。T 坚持认为，背光残余和残壁上的一个个小洞是弹孔，说明当年破坏时曾经被枪弹扫射。其实，这些小洞都是原来用于支撑佛像和雕塑的木托、固定墙壁表层装饰的榫头脱落后的残迹，弹洞既不可能那么大，也不会如此有规则。虽然T是一位正直而博学的人，但他的偏见却很深，以致本来不难明白的道理却无法使他接受。我很快退出了争论，我的确没有说服T的信心，更感到无比的悲哀。其实，是不是用了枪弹并不重要，用枪弹也罢，用棍棒或更原始的手段也罢，结果都是毁灭了这一稀世瑰宝，都是对人类共同文明的犯罪，都是一个民族无法洗刷的耻辱。如果我们和后人不记取这一教训，谁能保证不再次产生这样的罪行？

我毫无目的地踯躅于断垣残壁之间，抚摩着背光起伏的纹饰，凝视着壁上残留的红土，努力想象出当年殿堂的辉煌，佛像的庄严，僧众的虔诚。我想起了1966年那个疯狂的夏天，中华民族数千年汇聚的文明被投入烈火，被毁坏砸烂。我想起了被日本侵略者的战火焚毁的东方图书馆，被八国联军劫掠一空并付之一炬的圆明园，流落海外的敦煌经卷，藏在俄国深宫的黑水城文书。我脑海中浮现出1968年深秋在南京栖霞山见过的景象，寺庙封闭，满山找不到一尊完整的佛像；在新疆和河西走廊到过的一些石窟，壁画被剥离一空，佛像被断首残足；我记不得有多少次面对过废墟和残迹。但与人类文明经受过的无数劫难相比，我的见闻无非是沧海一粟。

但是我还是要特别记下这一笔，因为这样的浩劫确实算得上是史无前例。尽管当年的破坏者中的绝大多数如今悔恨无穷，但当初却都是热情高涨，无比虔诚，不仅将其当作一场伟大的革命，而且好似过着盛大的节日。如果没有到过托林寺，或许会以为中国之大，纵有天罗地网，总会有一两处世外桃源。但无情的事实是，在这样一个地处世界屋脊、远离政治中心、人口不过数百的聚落，在这样一个上一年（1965年）刚修通公路、离最近的县城和专区近四百千米、正常的建设和日常生活异常艰巨的地方，在这样一个藏族占绝大多数、有着悠久和深厚的宗教传统、人们视寺庙为圣地的区域，这样一座堪称稀世之宝的殿堂却没有能够逃避彻底毁灭的命运。

刚从思绪中回到现实，我见陪同我们的喇嘛已经安坐在墙根，他将随身带着的热水瓶夹在腿间，上面摊着刚从劫灰中捡出的残余经卷，正在辨认和诵读。或许他已修炼得心如古井，或许他已对废墟熟视无睹，或许他企望着古寺的复兴和重建，或许他是在祈求佛的启示。而T和几位考古者正在讨论如何组织发掘，他们认为在废墟的地下必定埋藏有大批珍贵的文物，T还提出了重建此殿的可能性。

我突然发现在蓝天白云的衬托下，红色的塔尖是那么伟岸而瑰丽，就连断垣残壁也是那么凝重而自然，它们像鲁殿灵光一样，经历劫火而岿然独存。如果能让我选择，我宁肯不进行任何发掘，无论是多么珍贵的文物，就让它们在地下获得永久的安宁吧！我也不希望再在废墟上重建新殿，就让它永远成为历史的一部分，给后人以沉痛的教训。以今天的人力、物力和技术，要复原任何古代建筑大概都不会有什么困难，但再完满的复原都不能恢复历史的真实。

在今天的寺院围墙外面，残存的佛塔随处可见，据统计大大小小还有八十三座。其中最完整的一座已靠近南面的土山。从基座算起，此塔共有七层，有阶梯通向第五层一个已经封锁严密的门洞，不知隐藏着什么。其他的佛塔大多只剩下了土堆，常常露出大量模制的小泥佛像和小泥佛塔。泥像的风格证明，这些塔的建造年代都早于十三世纪。在寺北濒河的台地上有两排塔墙，远望就像一道雉堞分明的长城，近观可见一座座紧密相连的塔身。靠北的那道因逼近河道，有十一座已随着土崖崩塌，剩下九十七座；南边一道还保持着原来的一百零八座。县政府已耗资数十万修筑了一道坚固的河堤，这一带的河岸不会再崩塌，塔墙将能长期护卫古寺。

我们漫步于塔墙之下，遥望山腰僧房和佛塔的残迹，不禁为这座古寺当年的盛大规模而惊叹。在一千年之前，要建成这样一座寺院，要耗费古格王国多少人力和物力？何况这是一片高寒的土地，大多数地方寸草不生，连不大的木材也得从喜马拉雅山南麓运来。不过有一点是可以肯定的，古格王国的人口远远超过今天整个阿里地区的数量，因为据史书记载，1337至1338年，印度的统治者穆罕默德·图格鲁克率领十万大军侵入喜马拉雅山西段，结果全军覆灭。从这一结果推测，古格的人口应该有数十万之多。当时的僧人估计要占总人口的五分之一以上，贡献于佛教的社会财富是相当可观的。

当一个民族或国家将大部分人力物力投入宗教信仰之后，他们可以建成宏大的寺庙，创造出灿烂的宗教文明，给后人留下珍贵的建筑和艺术，但对他们自身的发展和进步又会带来什么后果？这与古格王国的最终覆灭和古格人的逐渐消亡究竟有没有必然的联系？这个问题肯定会有各种各样甚至截然相反的答案，但不能不引起我们的思考。

7月1日下午，我们再次来到托林寺，喇嘛们热情地邀请我们到客堂会见。就在这天上午，来自国家文物局的官员和专家会同自治区文化厅和县政府的官员，商议确定了古寺的维护方案，划定了保护范围。对一个只有数千人口，每年都要靠国家拨款维持开支的边疆穷县来说，这真是一项艰巨的任务。由于当初没有考虑到文物的保护，全县的大部分公共建筑和住房，包括一所新建的学校，都坐落在古寺的旧址内。特别是那座两层的校舍，就紧贴着朗巴朗则拉康废墟，插在寺院中间，但要搬迁重建估计得花二百万元。而要维修红殿、修复白殿、保护遗址，需要花的钱更多。在这交通困难、人烟稀少的边疆，即使有了钱，要找到合适的技术人员和工匠也还有很大的困难。尽管经费还没有落实，但联席会议一致决定，以周围四座佛塔为界划定保护范围，在此范围内不许再建任何新房，原有的建筑也不许再扩大，现存遗址一律加以保护，不允许再有破坏。国家文物局将拨专款用于古寺维修，并派专家指导。

获悉这一喜讯，喇嘛们无不合掌称庆。这时T告诉大家，今天正是托林寺建寺一千周年。原来藏历与公历的时间并不重合，这个纪念日可以早至六月初，也可以晚至七月底，但 T 说，印度托林寺的喇嘛请天文学家推算，这一天就是今年7月1日。我们又被告知，今天也是在座的区文物局官员 P 先生的生日。大家举起杯中的奶茶，预祝托林寺一个吉祥的一千年的开始，也祝 P 先生身体健康，为保护阿里文物做更大贡献。

回到红殿，喇嘛取来了悉心珍藏着的镇寺之宝。打开层层叠叠的包装，是五片由丝带连在一起的雕镂精细的洁白象牙，上面镶满了晶莹烁目的各种宝石。喇嘛说，这是从一位菩萨的法冠上取下的，可能比古寺的历史还长，平时秘不示人，今天却破例展示，还让我们拍了照片。

告别托林寺时回首远眺，那里依然是一片寂静和平淡。但在夕阳的辉映下，土黄色中的红色显得分外耀眼。既然千年风霜没有使它失去光彩，一千年后必定还会那样鲜艳。不过无论它如何变化，在我的心中已留下了永远。

（录自《走近太阳：阿里考察记》，东方出版中心，1999年版）

秋天，拉萨天空的风筝奇观

廖东凡

二十世纪六七十年代，我生活在西藏的圣城拉萨。每年金秋时节，这座城市的上空，便会出现千百只风筝满天飞舞、争奇斗艳的奇妙景观。在蓝得不能再蓝的天空中，在白得不能再白的云彩里，在亮得不能再亮的阳光的照射下，那些千姿百态、五光十色、如鹰似燕的风筝，时而高飞，时而低落，时而旋转，时而打斗，几乎全城的人，都站在屋顶平台仰头观看，欢呼声、叹息声、助威声此起彼伏，不绝于耳。那时刚刚进藏不久的我，每每置身这种场合，总是惊讶万分，以为自己真的置身于西天极乐世界。

在拉萨生活的时间长了，不但年年看放风筝、斗风筝，还向藏族朋友们请教关于风筝的知识。记得丹增贡布、索次啦、边多啦曾多次跟我说过，拉萨人放风筝的历史，至少有好几百年了。既与内地相似，又与内地有所不同，内地是春天放，拉萨是秋日放；内地放风筝多为儿童游戏，而拉萨却是一种全民性的娱乐。小孩放，大人也放；平民放，贵族也放。1904年江孜抗英时，驻守江孜城堡的军民，曾经用风筝与援军联络，至今传为佳话。

过去的年代，拉萨放风筝的时间，有严格的规定。西藏地方政府有一位名叫"雅塔巴"的官员，每年初秋，照例要巡视拉萨郊区的田野，当农田青稞黄熟时，割下若干麦穗，呈交达赖喇嘛或摄政审视，他们金口一开："可以开镰了！"各地农民才能下田秋收。而憋了很长时间，急不可耐地想在蓝天一显身手放飞风筝的拉萨人，等于接到了天空通行证，要大显身手了。按惯例，拉萨第一只风筝，总是从布达拉宫顶上缓缓飞升，接着两只、三只、四只、十只、百只、千只，霎时间铺天盖地，满天都是风筝了。那时，庄稼开镰之前，是不许放风筝的，据说风筝飞上天空，消耗了天神的风，等到青稞扬场脱粒的时候，天神便不会给风了。有人说达扎活佛当政的时候，有人在开镰之前放风筝，被拉萨市政厅逮住，受到了严厉的处分。

在拉萨河坝林路和旺堆辛嘎市场一带，有专门制作风筝的艺人和出售风筝的商店，但人们还是愿意自己制作风筝。一是可以充分展示自己的才艺，二是使风筝尽量符合自己放风筝特别是斗风筝的特殊要求。做风筝的材料很简单，有竹篾、藏纸、麻线和胶水便行了。竹篾最好是林芝和洛瑜出产的竹子，把它削成又薄又轻的篾片，扎成风筝的骨架，糊上尼木出产的印经纸，画上各式各样的图案，粘贴彩色的纸条，一个风筝便制成了。放风筝的线，大都用印度进口的老鹰牌、大象牌麻线，这种线结实耐用，制作人往往将玻璃打碎，在石板上磨成细粉，用胶水粘在麻线上面，这样的线便变得无比锋利，跟锯子一般，风筝打架时，它们常常割断对方的线，使他们铩羽归去。

拉萨的风筝和内地的风筝有所不同，内地的风筝注重观赏性，拉萨的风筝讲究战斗性。最大的特点是简单明快、牢固实用。当然拉萨也有色彩鲜艳、纷繁复杂的观赏型风筝，也有带风笛带哨音的表演型风筝。就我所知，拉萨的风筝有如下几种：

第一种叫"嘎扎"，意思是没有任何装饰的本色白风筝，菱形；第二种叫"米洛"，意为鹰眼，风筝上彩绘两只眼睛；第三种叫"冈令"，意为骨号，形似骨号的宗教法器；第四种叫"雄纳"，意为黑尾，风筝拖两条长长的黑尾巴；第五种叫"久乌"，意为络腮胡，风筝周围粘满了密密扎扎的纸条；第六种叫"各玛"，意为光头、红头，这是一种红色的简洁的风筝；第七种叫"雍珠"，意为永固，上面画着象征吉祥永固的雍仲符；第八种叫"邦台"，意思是彩色围裙，彩色带，这是一种五彩斑斓的风筝，飘飞在空中特别鲜艳夺目。

那时我在拉萨市歌舞队工作，住在大昭寺北面的夏格巴旧邸，这是一幢三层的藏式楼房。队里有许多男孩，刚好十五六岁、十七八岁，正是无拘无束、无忧无虑的年华，每当秋天放风筝的季节，他们就像脱了缰的野马，整天忙着糊风筝、放风筝、斗风筝。甚至从早到晚待在屋顶平台，耽误了集训、学习和排练。我不得不对他们的行动严加管理，甚至禁止他们无休无止不加节制地泡在风筝里边。我之所以这样做，一是担心他们在屋顶平台上狂奔乱跑，不小心跌倒受伤，甚至危及生命，出大事；二是做风筝、买麻线都得花钱，他们的收入本来就很少，这样无形中加重了他们自己和家人的经济负担。

其实，那时候我也是个二十多岁的年轻人，在学生时代是文娱体育积极分子，置身如此热烈、如此有趣的全民欢乐场面之中，怎么能心如止水、无动于衷呢？因此，在一些节假日、星期天或晚饭后的休闲时光，常常登上楼顶，看演员们放风筝、斗风筝，为她们加油助阵。我们的楼坐落在拉萨北城楼群的中心，地理位置比较优越。在秋高气爽、碧蓝如洗的广阔晴空中，各种精彩的场景都能一览无余，十分惬意。

因为我的到场，演员们更加精神抖擞，斗志倍增。例如此时从东边的冲赛岗楼上，放出一只鹰眼"米洛"；从北面的色津大院，放出一个骨号"冈令"；从南边的尼泊尔商店屋顶，放出一个胡子"久乌"，我们的小伙子毫不畏怯，一个风筝斗三五个风筝。那时拉萨也没有更多的群众文娱体育活动，斗风筝在八九月间成了人们最大的娱乐活动，每个斗风筝的人的周围，集合了一帮人数不等的拉拉队，他们或喊或叫，或蹦或跳，热闹异常。我们演员的风筝只是个白片儿"嘎扎"，人们时而高呼"俄达！俄达！"，意思是从上往下扎；有时又大喊"卡珠！

卡珠!",意思是拐弯、拐弯!经过三四十分钟的恶斗,我们演员打下对方两个风筝,不过乐极生悲,自己也被别人干掉了。年龄更小的队员,飞快地跑到街头,捡风筝去了。

时间到了九月底,秋风乍起,草木发黄,拉萨上空的风筝,一天比一天少了,那些放风筝的干将们,最后在自己的风筝上,扎上三炷燃烧的藏香,让它们青烟袅袅,飞上无限悠远的天空,消失在肉眼看不到的蔚蓝天宇,这是对天神的祭祀,也是呼唤明年放风筝的日子快来。

这时,抬眼望去,大昭寺和布达拉宫上面的拉萨天空,竟没有一只风筝了。我感到一阵空旷,又感到一种惆怅。

(录自《藏地风俗》,中国藏学出版社,2008年版)

雪中的游思

罗 新

    2001年春节后回到北京的家,隔着双层玻璃窗,看密密匝匝的大雪,无声飘落到对面塔楼的楼顶上,蜂窝般悬在楼外的空调主机上,还有,不远处小月河的冰面上,以及小月河南岸元大都城墙残存的土垄上。这个多雪的冬天,即将过去了。

    电视新闻里,每天都有关于内蒙古和新疆雪灾的消息,让我想到了阿尔泰山,想起了布尔津县那个叫做巴依喀拉萨孜的深山小村,想起村里那个开饭馆的马老汉。一年里有一半的时间,他们与白雪为伴,赶着雪橇追逐野兔、马鹿甚至黑熊。只有夏天,会有前往喀纳斯湖的游客路过这里,轰鸣的汽车声惊扰了周围群山里的鸟兽,遮蔽天空的桦树和雪松也为之震颤。

    马老汉对于外面的世界不屑一顾。我缺啥?啥也不缺。有百发百中的枪法,有健壮能干的女人,有忠诚的猎鹰,有枣红色的哈萨克母马,还有,政府那些繁琐的法令在这里形同废纸,马老汉统治着这个山谷。在夏日正午的温暖阳光下，马老汉端坐于村头饭馆的凉棚外，向歇脚吃饭的游客们兜售禁猎的动物皮毛和肉类："喂咦，这鹿鞭你们年轻小伙子可不敢用，要是用了，你的羊刚子（媳妇）一夜不得睡觉！"

马老汉来自甘肃临夏，我提起河州八坊，他转过了眼睛看别处，淡淡地说，嗯，河州，我十几岁就出到口外来了。怎么到了阿勒泰呢？老汉不回答了，指着远处牵马过来的一个瘦瘦的小伙子说，那是我孙子，枪法好着呢。我想，考虑到河州回民在近现代中国西北历史中所扮演的角色，考虑到他身上无法隐藏、鼓荡而出的桀骜不驯的天性，如果他肯讲，他这七十多年的人生一定充满了惊险和危难，一定是我们观察西北历史的一扇幽深的窗户。我问他，如果冬天来这里，会是什么样子？他哈哈笑了，什么样？除了雪啥也没有，要去布尔津得坐雪橇，雪大的时候，就哪儿也不能去了，在家里烤火吃羊肉吧。对于我，也许这样的冬寒生活并不坏，可以让我更接近他们，并接近他们的过去。想到近似冬眠般的深山的生活，不由得神往。

这个冬天，阿尔泰的大雪给牧民带来了灾难，那么，马老汉他们又是怎样呢？连马鹿都冻死在森林里了，齐腰深的积雪一定阻住了猎人的脚步。白雪掩埋了蓝色的喀纳斯河，夏日宽阔的布尔津河现在已经与原野无法分别。……可是，站在北京的高楼里，只能看到很近很近的地方，很近很近的地方也都生长着茂密如白桦林的高楼。

那天中午去沙隆达吃饭的时候，按照老习惯，随手从书架上边疆史地类抽出一本小册子，到了饭店，点了饭菜之后，开始读起来。这是日本人多田等观的回忆录《入藏纪行》的中译本，中州古籍出版社1987年出版。本来是为了打发等候的时间，没有想到，一读就被迷住了，莲藕炖排骨、洪山紫菜苔，也不能让我把视线移开。我一个人吃饭，从没有用过这么长时间——整整一个半小时，终于把书读完了。

多田等观1890年出生在日本秋田市一个僧侣之家（他的名字可能就暗示了他所属的佛教派别），1910年他二十岁时，一个偶然的机会，受大谷光瑞之命，在京都随十三世达赖的使者察瓦提托学习简单的藏语（那时日本还没有藏学），时间差不多有一年，由此与西藏结缘。1912年初，达赖的使者要回西藏了，大谷光瑞又让多田等观陪同他们到印度，从而进入了喜马拉雅山地。这一年三月，在噶伦堡，他谒见了十三世达赖喇嘛，并得到入藏的邀请。又是受到大谷光瑞的指示，多田等观决定了他的西藏之行。经历了许多艰难困苦之后，1913年，他翻越喜马拉雅山，秘密地从不丹进入西藏。在拉萨，受到达赖的特别礼遇，他成为色拉寺的学僧，开始了为期十年的喇嘛课程。1923年初，多田等观辞别达赖，离开记录着他十年生命的西藏，经印度返回日本。

那真是现代东方历史的一个转折的时刻。在中国的西部，留下了多少西方探险家的脚印啊，他们中的奥利尔·斯坦因、斯文·赫定，都足以名列中国历史的"异人传"。在那些充满探求未知世界渴望的外来者中，除了欧洲人，就是日本人了。所有这些过去被指责为特务的日本青年，大都受命于一个日本僧人，他就是神秘的日本京都西本愿寺的法主大谷光瑞。以不可思议的生命力跋涉于塔克拉玛干和昆仑雪峰的橘瑞超，先于多田入藏学习的青木文教，都是名列大谷光瑞"英才教育"的弟子。大谷光瑞还曾经派自己的弟弟潜入五台山谒见十三世达赖喇嘛，从而建立了西藏与日本间的秘密管道。我相信大谷与日本政府一定有联系，但是，我们还必须看到，大谷所具备的世界学术的眼光与敏感，使他在许多方面走在日本政府的前面。比如，1902年他还在伦敦留学时，就发起了日本人的第一次西域探险。后来，他以西本愿寺的财力几乎支撑起了日本全部的中亚探险活动，并促成了日本中亚学的兴盛。可以这么说吧，要理解近代日本隆盛发迹的彩虹之路，大谷光瑞是一个好标本。

更有意思的，是大谷派遣到中国西部的这些年轻僧侣。他们不同于斯坦因、赫定、贝格曼这些受过良好学术训练的人，后者进入南疆、河西的时候，很明确地知道如何理解和处理资料，所以能够获取最有价值的信息，迅速完成学术报告，引起西方学术界的强烈关注。而橘瑞超、青木文教、多田等观这些二十岁左右的年轻人，除了粗略地学过一点工具语言，几乎可以视为"无知"。可是，就是这样几个近乎无知的青年，以他们的单薄而坚韧的身体，挑战了许多极限，创造了许多记录，并且，给世界学术史上颇有地位的日本中亚学打下了基础。

当年我读橘瑞超《中亚探险》（新疆人民出版社，1993年版）时，对横穿沙漠、涉险克里雅河上游的两段，留下极深的印象。请看看他回忆穿行沙漠腹地时的讲述吧："我们走了10天、15天，四周的景观依然没有变化，看到的只是沙的波涛，一棵绿色的草也见不到。就像在漫长的航海中晕船，几个维吾尔族人在沙漠中走得像喝醉了似的头脑晕眩。……有时陷入冥想之中，我清楚自己也面对着死神，但我什么也不怕。心里闪烁着一道光明，没有任何恐惧的念头袭来，遵奉法主大谷光瑞师的命令，一切都会好的。"当时他一直在骆驼背上，体力的消耗自然不能和那些带路的维吾尔族人相比。但是他所表白的内心的平静，我是相信的，因为这之后，他进行了更危险的探险：沿克里雅河向昆仑山深处进发，直至亘古荒寂的羌塘高原，而那是对人体力极限的巨大挑战。斯坦因努力过，失败了（请参看斯坦因《沙埋和阗废墟记》第13、14章，新疆美术摄影出版社，1994年版）。橘瑞超爬得最高，最接近成功："眺望着前面只有几英里的昆仑雪峰，到达山麓对我们来说却是那么的不容易。这个高原海拔在一万英尺以上，覆盖着千古冰雪的山脉环绕，但美好的风光和其他值得看的东西已经唤不起我们的兴趣，看到的只是残存的几头牦牛、马、羊，一瘸一拐的样子。……这样走了两天，粮食也吃完了……已经没有可以生火的任何东西了，我们啃着冰块持续下行。又是一个陡坡，我们沿着溪流下降，河水最终从断崖绝壁上急转直下,变成了冰水的瀑布,一泻千仞,谷中云雾缭绕……我们走到了非常危险的断崖之上。"

那样的行径,需要什么样的意志力和生命力啊。这样的生命力,注定了日本民族在近代世界的如日之升。同一时期的中国,是否有同样的生命力汹涌于个别的生命体内?我不知道。然而,中古时期的法显、玄奘等人,无疑都具备同样的生命力。说到法显和玄奘,我得回过头来说多田等观了。

在多田之前,已经有好几个日本僧人分别从四川、拉达克和印度进入西藏。其中河口慧海、青木文教都在拉萨体验过寺庙生活,携带了很多藏文经卷回到日本。但是,在拉萨停留最久、带回经卷最多的,是多田等观。十年的拉萨留学生活,对于今天向往新大陆的青年人,也许难以明了其漫长和艰苦吧。

多田是个老实人,在回忆往事时没有刻意渲染这种漫长和艰苦。他诚实地讲述了自己和西藏之间结缘的过程:不是由于理想和志向,是种种机缘推动他成为色拉寺的一个僧人。他本不愿护送察瓦他们到印度,因为钱给的不多;他也没打算去西藏,可是他不能抗拒大谷光瑞;他进藏以后,本指望一切轻松,得到照顾,没想到达赖让他过一种普通学僧的生活——关于这一点,我们来听他自己讲吧:"我逐渐了解到寺院生活相当艰苦,使我不知如何是好……当时我尚年青,还没有下决心要在今后花费数年时间去攻克西藏佛学,我想出了个较舒服的办法:要求给我派一名家庭教师辅导我学习。我立即受到达赖的训斥。看来这里根本没有家庭教师一类的老师。达赖谆谆告诫我说，在西藏要学习佛教必须进入寺院修行，同时告诉我要亲身体验学习的内容，否则学不会西藏佛教。他甚至说，你是从遥远的日本来到西藏的，你必须下决心学习才行。我大失所望，因为我只想着自己，我认为可以受到很好的照顾才来进行学习，但我又想，如果达赖为了这件事不高兴可不得了，于是我说'那么就进寺院学习吧'。我终于下定了决心，让他们安排我到寺院去。"

多田基本上没有谈到他对于故国亲人的思念，也没有谈到适应寺院生活有多么困难，看来，对于他这样意志坚如铁石的日本青年，这并不是大问题。只是有一次，谈到夏安居的僧人生活时，说："这时经常下暴雨，下雨时周围的群山峻岭白雪皑皑，雨水冰凉刺骨，当倾盆大雨时你不得不跳入水中，因为在水中比淋雨要暖和得多。这里的气候跟日本真是相差悬殊。"

多田细致地讲述了色拉寺的学习过程，回忆了包括达赖喇嘛在内的许多他无法忘怀的西藏人，概括地谈到他对西藏社会的了解和认识。这些都不是打动我的地方。打动我的是他不曾写出的部分——他是怎样在拉萨安处十年的？经卷的记诵和讨论，与天上的日落月起之间，是怎样协调一致而互不侵扰的？

现代中国学者中，也曾经有人深入藏区寺庙，长期与喇嘛共同生活，比如李安宅先生。这位毕业于燕京大学，并在美国加州大学和耶鲁大学进修过三年的社会学家，抗战时期，即

1938年至1941年，偕夫人于式玉先生，到甘南拉卜楞寺做实地研究。（有兴趣的朋友，参看李安宅著《藏族宗教史之实地研究》，中国藏学出版社，1989年版）李、于两先生，和同时前往敦煌并扎下根来的常书鸿先生一样，是民族危亡关头书生爆发活力的经典例证。可是，恕我苛刻，我还是要说，李、于两先生在拉卜楞寺的生活，和多田在色拉寺的生活比起来，既不是真正的寺院生活，也远远谈不上艰难。

说到在西藏寺院里学习、打发生命，我想起元旦前两天听藏学家王尧先生所讲的故事。那是在勺园的饭桌上，大家向王先生请教六字真言的正确念唱方法，王先生认真演示之后，话题自然就扯到西藏历史上。王先生说，最早到西藏喇嘛庙里出家的汉人，可能是南宋的亡国之君宋恭帝。我说，是吗，我不知道。他瞪圆了眼睛看我：我不是送了你我那本小书了吗？那上面有一篇文章是写这个的。我立刻两颊发烧。

晚上，赶紧找出王先生这本《西藏文史考信集》（中国藏学出版社，1994年版），其中有一篇《南宋少帝赵㬎遗事考辨》，才知道，在汉文史料里，1276年，不满七岁的宋恭帝（被元朝封为瀛国公）被俘至大都以后，记载就很少了。到1282年，宋恭帝十一岁时，朝廷文件显示，他被遣送到上都开平。1288年10月丙寅日（即十四日）："赐瀛国公赵㬎钞百锭。"十天后，又说："瀛国公赵㬎学佛法于土番。"年底，宣政院的一份文件提到"瀛国公母子已为僧尼"，可见这一年，十七岁的宋恭帝和他的母亲都被元朝安排出家了。而且，宋恭帝出家学佛的地方是土番，即西藏。他后来怎么样了呢？汉文史籍再也没有了记录，幸赖藏文材料中偶有踪迹，也幸赖有王尧先生这样的学者居然从中寻找到了联系。

王先生依据各种藏文史料，考证出宋恭帝在藏文中被称为"合尊"，合尊是他出家以后的法号。王先生并考证出，合尊出家以后，学习藏文，成为把汉文佛典译成藏文的翻译家，并且还担任过萨迦大寺的总持（天啊，我曾经拜访过那个宏大的寺院）。合尊翻译了《百法明门论》，还有深奥的《因明入正理论》，在扉页留下了题字，自称"大汉王出家僧人合尊法宝"，被藏族史学家列入翻译大师的名单。

关于宋恭帝的结局，汉文《佛祖历代通载》有这一句："至治三年四月，赐瀛国公合尊死于河西，诏僧儒金书藏经。"王先生由此说："瀛国公是英宗至治三年被赐死于河西的。"我细玩文意，觉得这里"赐瀛国公"是独立成词的，不是被赐死的意思。至少从文字上，看不出宋恭帝是暴死，后面"诏僧儒金书藏经"，更是渲染朝廷的礼遇之意。第二天，我把我这个想法告诉王尧先生，王先生笑答不然，又说："你那个理解也可存一说。"于是，他又送给我一本他刚刚出版的《水晶宝鬘》（佛光文化事业有限公司，2000年版）。

无论如何，元英宗至治三年，即公元1323年，宋恭帝才结束他作为喇嘛的生活，也结束了他四十七年的俘虏生活，这一年他五十二岁了。算下来，他在西藏度过了三十五个春秋。这才是漫长的时间呢。引人遐想的三十五年啊，在混合着雪水的清甜和酥油的暗香的土石寺院里，在星月流逝不见异同的诵经日程里，故国的回忆是否会偶尔袭上心头？西湖的荷叶，临安的梅花，不知在哪一座寺院的油灯下捻动佛珠的母亲，是不是真的被青藏高原的寒风吹散不知去向了呢？

元旦之后的某个下午，我来到东城区府学胡同的文丞相祠，那天气温是零下十几度，寂静的胡同里只有远处的汽车声。丞相祠积雪如新，有小鸟的足迹划过雪面。就是在这个小院里，七八岁的宋恭帝被元朝派来说服文天祥降元。史籍里关于这一段记载简略，据说文天祥不待小皇帝开口，伏地大哭，只说了四个字："圣驾请回。"恭帝"嚅不得语"，劝降的工作无法展开。王尧先生在饭桌上也讲了这个故事，他拱着两拳，学文天祥的样子，道："陛下，你还小，你不懂，你请回吧。"

在丞相祠徘徊的时候，太阳斜照，雪地上反射着白苍苍的光。抬头向上看，看到的是由于寒冷而异常干净的蓝天。

2001年4月3日于北京牡丹园

（原载2007年1月《历史学家茶座》）

温润云南

赵 园

我所见云南的山水，多半有一种温暖的调子，不那么锋棱峭利，也不旷远迷蒙——当然，我所见确实有限，几年前到过的昆明、思茅（现名"普洱"）外，也就是中缅边境佤族、拉祜族聚居的西盟、澜沧，与这次所到的仍在中缅边境的傣族、景颇族聚居的瑞丽，以及曾经是滇西抗日重镇的腾冲。

云南早晚温差大，有一日四季之说。清晨的空气清洌澄澈。远处的雾如帐幔，并不流荡，就那么凝然半掩在山脚、山腰。抵达和顺时，古镇尚在薄暗中，收入相机镜头的景色没有层次，却宁静如尚在初醒前的朦胧中。民舍被阳光点亮，这一角，那一隅，光暗分明，古镇的轮廓渐次显现。最醒目的是镇头那间图书馆，"和顺侨乡"的招牌。当年央视的古村镇评选，和顺拔得头筹，与这图书馆大有关系。由文献看，图书馆的前身，是清末当地的同盟会会员组织的"咸新社"（按："咸新"应即"咸与维新")和1924年成立的"阅书报社",后经海外华侨和乡人捐资赠书,1928年扩建为图书馆。这一组建筑的风格中西合璧,有浓厚的"侨乡"风味,在类似设施中堪称极品。较之江南各地的藏书楼,图书馆因其"公共性",更有近代意味。至今图书馆在中国的乡村仍属奢侈品,无怪乎令评选者印象深刻。

在外围的商业设施盘桓之后,真的进入了古镇,不得不加快了脚步。我和两位年轻同事进了一处保存完好的清末民居,四进的院落,格局完整,窗棂与周边新建商业设施相比,雕工精致而图案丰富。房主人——一位中年妇人告诉我们,这一家的亲戚多在境外。对这老宅他们也想修缮——我们看到了院子里的水泥——却苦于资金不足。我们叮嘱房主人千万不要涂饰、刷新,尽可能保存原貌。

古镇建在山上,道路相当陡峭。镇内几无游人。沿路有门面小小的修鞋店。道侧几个男人在和泥,不知要建些什么。也有崭新的店铺,所幸不多,就我们行走的范围,似乎尚不足以改变古镇的原貌。此次出行系集体活动,不能充分地"考察"。同行的年轻人遗憾事先没有做足功课,否则会有明确的目标,也会更有收获。古老村镇的日常生活,只有住下来,才能细细地品味。而我们只不过走了一段路,进了一户人家而已。

应当如实地说,古镇周边的商业设施显然出于专业设计,品味不俗,只不过令人流连其间,忘其为"附属物"罢了。附属设施,其功能应当限于引导人们去看那文化遗存"本身",而不宜喧宾夺主；而游人将古镇当作公园来游（其周边设施确也更像公园），则无异于买椟还珠，不能不说是资源的浪费。倘若再画蛇添足、断鹤续凫，那破坏将是永久性的。不少地方官与开发商热衷于做的，正是这种事。2004年由友人安排了去朱家角，只见密密匝匝的店铺排列在道旁，踏入该镇，商业气息即扑面而来。后来与两个陪同的女孩迷失了道路，走到了游览区之外的僻巷，瓜棚豆架，几个老人临流（水渠）而坐，悠然地打牌，如汪曾祺小说中的一景，不禁心动。

到处有文物、古建专家与旅游业、开发商之间的博弈。旅游产业的开发与文化遗存的保护孰轻孰重，早已无人关心。短线投资，立马收益，因"开发"而致损毁、破坏的例子，举不胜举。湘西的凤凰，云南的丽江，无不开发过度，沦为或正在沦为商业繁盛的文化废墟，令人痛惜。而慈溪等地则在急不可待地跟进，且有着堂皇的理由。接下来还将有多少古城、古村镇步凤凰的后尘？

2000年与几个小友驱车到了江西抚州的明清村"流坑"。其时大约因了交通不便以及"宣传"不力，该村还没有成为旅游热点。过后我在纪游文字中写道："这村子令我感动的，却更是流荡在古老建筑间的活的人生的气息——进门处有米柜，农具靠在墙上，饭桌上、天井的水池边，是刚洗过的青菜。今人与古人，前人与后人，那些富有而显赫的人物，与他们的农人后裔，俨然共享着同一空间。只要想到在这些老房子中每天以至每时都会发生的相遇与'交流',想到你随时可能与活在另一时间的人物擦肩而过,无论如何是一种神秘的经验。较之午后的傩戏表演,这些实物与尚在进行着的日常生活,或许更有民俗学的价值。"(《走过赣南》)过了这些年,那个当年保存完好的村子是否能幸免于"商业包装"?那些个院落、狭巷尚无恙否?居民是否还照旧住在先辈留下的老宅中,而不是将那些古色古香的房舍院落改作了展品以至店铺,打磨、粉刷、油漆,使先人的气息永远地消失?

几年前在我童年生活过的开封,见到一处不曾听说过的"会馆",已被"开发"为景点。为吸引游客,会馆所在的街道被扩宽,路边崭新的店铺冷冷清清。会馆被剥离了原先所在的环境,即风味大失,这一点,主持者是不会想到的——且那样的街道,还是开封吗?也因了怕失望,上世纪八十年代去过的,即无意重游,怕该地早已为商业空气、旅游产品充斥,失却了旧日风韵。专家的声音永远不如开发商们的宏大,更不为官员所乐闻。而为各级官员补文化课,又缓不济急,且倘若不为了混个学位、文凭,又有谁肯坐下来听?

离开和顺,在腾冲县城西北的湿地稍作停留。我曾看过盘锦的湿地,银川周边的湿地,云南的这片"北海湿地"视野更开阔。天朗气清,远处的一带浅山历历如绘。浮在湿地上的草丛如厚毯,跳下去弹性十足,似乎随时会陷落,不由你不心惊。

午后乘大巴赴瑞丽,有几个小时的车程,正便于看野景。

我看着窗外，不愿放过视野所及的任何一间农舍，一处田地。山道上有供游人歇脚的茶寮，兼售水果。坐在崖畔，有温软的山风拂面。北京正是寒流，下着入冬后的第一场大雪，这里却如春末夏初，满眼绿意。我和同伴们很享受这冬日里难得的和暖。沈从文写过《云南看云》。我的此行对云南的云未曾留意，在记忆中长久亲切的，大概是"气息"吧——莫可名状，难以形容，却是我所感知的云南。

2009年岁末

（录自《世事苍茫》，北京师范大学出版社，2014年版）

辑五 附

"大美"与"大爱"
——四川阿坝纪行

陈平原

  金秋十月,有机会随中央文史馆采风团走访四川阿坝藏族羌族自治州,自然很幸运。只是因课程耽搁,我错过了理县与马尔康市,只好直扑小金县的四姑娘山镇。说到大小金川,马上想到的是乾隆皇帝的文治武功,还有北京西山专门为征讨大小金川而修筑的模拟战场;而小金县城东部夹金山北麓的达维,那是长征时红一方面军和红四方面军的会师地,立有纪念碑。不过,坦白交代,因采风团成员一半是画家,三天小金之行,都猫在了四姑娘山的沟沟壑壑。

  之所以强调金秋十月,除了季节好,风景美,更因今年九月底,巴朗山隧道建成通车,从成都到四姑娘山镇,全程只需三小时。自2008年汶川特大地震发生,加上随后好几次山洪泥石流的袭击,这条贯穿高烈度地震带的公路,曾经坑坑洼洼,让游客望而生畏。如今路好走了，大批游客闻风而动。管理局的领导告知，现在担心的是小镇的接待能力问题。此地原名日隆乡（镇），2013年方才更名，其思路一如云南中甸改名香格里拉，安徽徽州改称黄山，都是为了发展旅游业。那条刻意打造的民族风情街，到处都是嘉绒藏族的建筑及装饰风格，可惜尚未完工。沿途的路灯还在安装中，但小镇的规模已经初显。再过一年半载，这里将会是很好的旅游胜地。

要说旅游资源，四川阿坝得天独厚，想不出有哪个地级市，可与之媲美。中国最初五个世界自然遗产，阿坝占了三席——九寨沟（1992年）、黄龙（1992年）加上四姑娘山（2006年）——后者严格意义上应该是"卧龙·四姑娘山·夹金山脉"。直到2016年，中国境内的世界自然遗产，也不过十一项。后起的四姑娘山，名气本就不及九寨沟与黄龙，再加上入选世界自然遗产不久，就碰上了汶川大地震。蹉跎好几年，如今方才恢复元气，开始真正发力。

在四姑娘山镇住下来，连续三天，游走双桥沟、长坪沟与海子沟，左观右看，不时抬头遥望晶莹俊秀、风姿绰约的四姑娘山，确被层出不穷的美景震慑住了。除了拍照、赞叹与眩晕，似乎没有更多语言交流的必要。

一夜雨雪，四姑娘山显得更为妩媚。虽说山顶终年积雪，可太阳一出，视觉效果大不一样，真的是"朝肥暮瘦"。这里的天气说变就变，在双桥沟我们躲过了中雨，在长坪沟则遇上了冰雹。好在这里的冰雹个头小，只比米粒大一点，躲在大树底下，观看东边日出西边雹，也是蛮有趣的。

长坪沟我只走了七公里栈道，外加开始上坡的二道坪、唐柏古道，来到了枯树滩，欣赏一阵美景，就开始打道回府。沿途不时闪过背着行囊、意气风发的徒步旅行者，让我自惭形秽。长坪沟徒步，据说是中国十大经典徒步线路之一，全程约一百一十一公里，需要三天时间。我既无体力，也没时间，只好"坐观垂钓者，徒有羡鱼情"。临到出口处，忽闻喜鹊声，不知谁家好事近。刚坐下来，我的手机显示："今天你创造了新的最高步数记录，真是不可思议！"

在海拔三千多米的高原行走，抬头雪山，俯首溪流，固然很惬意，但同行多年长，不敢逞能。边走边看，其实也是为了节省体力。从沟谷到山顶垂直带谱明显，一日可见四季景观，这我晓得。可除了鸟语花香，一千五百余种野生动物，我没见到；诸多珍稀高山植物，我又不懂。只是双桥沟那高可十几米的沙棘，虬曲苍劲，扎根于河床石砾地，屹立在苍茫天地间，犹如巨型盆景，实在壮观；还有就是属于国家二级保护植物的岷江柏木，苍翠葱郁，挺拔在长坪沟栈道两侧，竟然很容易抚摸到。一路上问东问西，不外遵从古训，"多识草木虫鱼"。

据说此地五千米以上的雪山共有五十二座，只不过这四座毗连的山峰最为高挑出众，阳光下格外迷人，于是被命名为四姑娘山。导游依惯例谈起了民女抗拒恶霸，最后变成仙女峰的故事——这比书上说的四位美女保护大熊猫还是好些——幸亏很短，几句就带过了。过去说"戏不够，神来凑"，近年发展旅游业，也有这个趋势。到风景名胜区游览，最怕没完没了的关于神仙、帝王以及才子佳人的神奇传说。其实，大自然鬼斧神工，足够你欣赏的，用不着编大同小异而又牵强附会的神仙故事。面对如此雄奇壮阔的美景，真的是"欲辩已忘言"。只要有基本的审美能力，自己就能品鉴，用不着导游多嘴。更何况，藏语中四姑娘山本叫斯古拉，是护卫山神的意思。长坪沟入口处有一座斯古拉寺，乃格鲁派喇嘛寺，距今已有四百多年历史，"文革"中惨遭毁坏，2002年批准开放，2006年原址修复，如今一如既往地守护着四姑娘山的美景以及周边民众的福祉。

爬上海子沟的朝山坪，画家们坐下来画画，我则和陪同的当地领导聊天，就从对面山上那些整齐划一的藏式民居说起。问是否地震后统一修建的，果不其然。多次进藏，常见这种形式的安居工程。地震后的阿坝，明显是在复制这一经验。至于是否实用，有无瑕疵，没做深入调查，不便妄言。不过，在大力发展旅游业的同时，如何保持本地区的文化生态，确实是个有趣而又艰难的话题。比如，嘉绒藏族世代生活在这块土地上，有自己的语言、文化、信仰以及生活习俗。可此地离成都实在太近了，藏民汉化很明显，年轻一辈好多已经不再说藏语了。这也是一种遗憾。白天爬山，晚上阅读走前匆忙塞进行囊的几本谈论藏族历史文化的书籍，包括去年年底辞世的中央文史馆员、著名藏学家王尧的《走进藏传佛教》(中华书局,2013年版),试图在书本知识与社会调查间建立某种必要的联系。

从天高云淡的四姑娘山镇一路爬坡,穿越不久前通车的巴朗山隧道,马上进入一个新天地,云山雾罩,十米外不辨方向。一路下滑,弯道多多,看得我等胆战心惊。好不容峰回路转,来到了位于卧龙国家级自然保护区的中心地带、海拔只有一千三百二十五米的汶川县耿达镇。

闻名中外的卧龙自然保护区,创建于1963年,虽说有很多珍稀动植物,但还是以"熊猫之乡"广为人知。这里的管理机构,两块牌子一套人马:四川卧龙国家级自然保护区管理局直属国家林业和草原局,四川省汶川卧龙特别行政区隶属四川省人民政府。每天前来观赏那些成年的、半成年的、未成年的大熊猫的科学家及游客络绎不绝,听讲解员谈论大熊猫的习性以及该基地如何攻克大熊猫养育三大难题,我很有兴趣,但我更关心的是大熊猫野化训练——如何帮助其重新融入大自然,而不是老死于动物园,既是人道,也是天道。只靠人类的精心养育与孩子们的掌声鼓励,或者作为国家外交亲善的礼品,是不足以完成此使命的。好在管理局的朋友很好地回答了我的提问。

记得汶川大地震的诸多报道中,曾提及卧龙保护区的大熊猫一死一失踪,其余的得到了安全转移。想象中,此地受灾应该不太严重。到了这里才知道,那次天崩地裂,对保护区的打击是毁灭性的,据说全区经济损失高达十九点四七亿元。因此,才有了今日耿达镇上的大幅广告牌："香港同胞有大爱，熊猫故乡展新颜。"这可不是说着好玩的，香港特区政府总共援建卧龙自然保护区二十三个项目，投入资金十四点二二亿元。"5·12"大地震时，我正在香港中文大学教书，曾目睹香港民众踊跃捐款的场面。只是那些捐款另有用途，并非此大熊猫基地援建项目。

四川特大地震的援建工作，中央统一指挥，指定各省承包，广东负责受灾最严重的汶川县。任务进一步分解，各地市负责援建一个镇，卧龙大熊猫基地所在的耿达镇，恰好分给了我的家乡潮州市。放下行李，竟然发现村口有"广东潮州新村"的牌子，让我大为惊讶。管理局的朋友一听说我是潮州人，马上讲述了一大堆援建故事，还有他带队回访潮州时的见闻。可惜他询问的那几位援建干部的现状，我不清楚，无以为应。不过，听他这么如数家珍地谈论前来帮忙的潮州同乡，我还是很得意。

负责援建映秀镇的是东莞市，那是震中，受灾最严重，重建后也最为气派。当初救援时，此地一度成为"孤岛"，让全国人民格外揪心。单说这里一万多民众，仅有两千三百多人生还，就可知震灾的惨烈。映秀的灾后重建，吸引了全国乃至全世界的目光。广邀名家设计，采用各种新技术、新材料，因而取得了很好的效果，这都在情理中。很高兴接待我们的当地干部一直说"感恩"——既感谢具体的东莞人民，也感谢大国的政策安排。

参观"5·12"汶川特大地震震中纪念馆，重温那些撼人心魄的场景，也体验了地震时的状态。不过，最让我感动的，并非那些宏大场面,而是一位小学老师的故事。当群众徒手搬开垮塌的映秀小学教学楼的一角时,看到眼前的一幕:张米亚老师跪扑在地上,双臂紧搂着两个孩子,孩子还活着,而他已经气绝。由于紧抱孩子的手臂已经僵硬,救援人员只得含泪将之锯掉,才能救出孩子。生死关头,瞬间的反应,很能体现教师的职责与精神。另一个我感兴趣的,是展览的最后一部分,救灾物资的运用以及经费审计。墙上那么多图表,我看不懂,那些匆匆走过的游客,想必也不关心。但这很重要,虽说"大爱无疆",如此神圣的情感,不该被亵渎。接受捐助者,有义务向世人公开账目,接受社会的监督。

映秀镇的"四川汉川特大地震漩口中学遗址",是整个汶川大地震中唯一保留的大型遗址,吸引了很多人前来参观凭吊。不同于一般意义上的"残垣断壁",那些原本整齐的五层楼,或扭曲变形,或整体陷落,可以想象地震爆发的威力。据说正面那栋整体陷落的五层楼下,还有没能发掘的遇难者尸体,也算是入土为安。正前方破裂的汉白玉大钟,停留在2008年5月12日14时28分,指向天崩地裂的那一刻。广场上,不断有民众前来默哀、献花,绕场一周,气氛很是肃穆。

八年过去了,今天的映秀镇,"山水相映,景色秀丽",很像富裕且有情调的江南小镇,甚至获评为国家AAAAA级旅游景区。每天有民众从四面八方赶来,既向地震中遇难的生灵致意,也借此释放自家紧绷的心情。我到的那天,恰逢熊猫节,小镇上彩旗飘扬，人群熙熙攘攘，若不是地震遗址及纪念馆的存在，很难想象此地曾遭遇人力无法抗拒的灭顶之灾。

面对变幻莫测的大自然，人类必须保持某种敬畏之心。所谓"人定胜天"，实践证明是虚妄的。我们能做的，是尽可能地顺应自然，因势利导，或在灾害来临时，同心协力，尽可能减少损失。单就山川而言，壮美与奇崛，往往意味着地质结构极不寻常，一不小心便会突发自然灾害。越是令人叹绝的美景，越可能潜藏着某种危险。人与大自然和谐相处，说起来容易，其实很难，因为，骄傲的人类，已经习惯于自我中心。只说"美景"，而忘记其潜在的风险，便是一例。

记得学界曾有争论，克隆技术是否能够拯救大熊猫；若做得到，还需要花那么多钱去精心保护吗？正反双方都是科学家，我没有插嘴的能力。不过，我的想法很幼稚——保护这些笨拙的大熊猫，不纯粹是科学技术问题，很大程度上，那是在保护我们人类的爱心。

四姑娘山的美景，卧龙大熊猫的憨态，以及映秀重建的汗水，三者或许有某种共通性，那就是天地的"大美"连着人间的"大爱"，二者都值得认真呵护。

2016年10月27日于京西圆明园花园

（原载2016年11月2日《人民日报》）

昆明的雨
——昆明忆旧之三

汪曾祺

宁坤要我给他画一张画,要有昆明的特点。想了一些时候,画了一幅:右上画了一片倒挂着的浓绿的仙人掌,末端开出一朵金黄色的花;左下画了几朵青头菌和牛肝菌。题了这样几行字:

> 昆明人家常于门头挂仙人掌一片以辟邪,仙人掌悬空倒挂,尚能存活开花。于此可见仙人掌生命之顽强,亦可见昆明雨季空气之湿润。雨季则有青头菌、牛肝菌,味极鲜腴。

我想念昆明的雨。

我以前不知道有所谓雨季。"雨季",是到昆明以后才有了具体感受的。

我不记得昆明的雨季有多长，从几月到几月，好像是相当长的。但是并不使人厌烦。因为是下下停停、停停下下，不是连绵不断，下起来没完。而且并不使人气闷。我觉得昆明雨季气压不低，人很舒服。

昆明的雨季是明亮的、丰满的，使人动情的。城春草木深，孟夏草木长。昆明的雨季，是浓绿的。草木的枝叶里的水分都到了饱和状态，显示出过分的、近于夸张的旺盛。

我的那张画是写实的。我确实亲眼看见过倒挂着还能开花的仙人掌。旧日昆明人家门头上用以辟邪的多是这样一些东西：一面小镜子，周围画着八卦，下面便是一片仙人掌，——在仙人掌上扎一个洞，用麻线穿了，挂在钉子上。昆明仙人掌多，且极肥大。有些人家在菜园的周围种了一圈仙人掌以代替篱笆。——种了仙人掌，猪羊便不敢进园吃菜了。仙人掌有刺，猪和羊怕扎。

昆明菌子极多。雨季逛菜市场，随时可以看到各种菌子。最多，也最便宜的是牛肝菌。牛肝菌下来的时候，家家饭馆卖炒牛肝菌，连西南联大食堂的桌子上都可以有一碗。牛肝菌色如牛肝，滑，嫩，鲜，香，很好吃。炒牛肝菌须多放蒜，否则容易使人晕倒。青头菌比牛肝菌略贵。这种菌子炒熟了也还是浅绿色的，格调比牛肝菌高。菌中之王是鸡㙡，味道鲜浓，无可方比。鸡㙡是名贵的山珍，但并不真的贵得惊人。一盘红烧鸡枞的价钱和一碗黄焖鸡不相上下，因为这东西在云南并不难得。有一个笑话：有人从昆明坐火车到呈贡，在车上看到地上有一棵鸡枞，他跳下去把鸡枞捡了，紧赶两步，还能爬上火车。这笑话用意在说明昆明到呈贡的火车之慢，但也说明鸡枞随处可见。有一种菌子，中吃不中看，叫做干巴菌。乍一看那样子，真叫人怀疑：这种东西也能吃？！颜色深褐带绿，有点像一堆半干的牛粪或一个被踩破了的马蜂窝。里头还有许多草茎、松毛，乱七八糟！可是下点功夫，把草茎松毛择净，撕成蟹腿肉粗细的丝，和青辣椒同炒，入口便会使你张目结舌：这东西这么好吃？！还有一种菌子，中看不中吃，叫鸡油菌。都是一般大小，有一块银圆那样大，滴溜圆，颜色浅黄，恰似鸡油一样。这种菌子只能做菜时配色用，没甚味道。

雨季的果子，是杨梅。卖杨梅的都是苗族女孩子。戴一顶小花帽子，穿着扳尖的绣了满帮花的鞋，坐在人家阶石的一角，不时吆唤一声"卖杨梅——"，声音娇娇的。她们的声音使得昆明雨季的空气更加柔和了。昆明的杨梅很大，有一个乒乓球那样大，颜色黑红黑红的，叫做"火炭梅"。这个名字起得真好，真是像一球烧得炽红的火炭！一点都不酸！我吃过苏州洞庭山的杨梅、井冈山的杨梅，好像都比不上昆明的火炭梅。

雨季的花是缅桂花。缅桂花即白兰花，北京叫做"把儿兰"（这个名字真不好听），云南把这种花叫做缅桂花，可能最初这种花是从缅甸传入的，而花的香味又有点像桂花，其实这跟桂花实在没有什么关系。——不过话又说回来，别处叫它白兰、把儿兰，它和兰花也挨不上呀，也不过是因为它很香，香得像兰花。我在家乡看到的白兰多是一人高，昆明的缅桂是大树！我在若园巷二号住过，院里有一棵大缅桂，密密的叶子，把四周房间都映绿了。缅桂盛开的时候，房东（是一个五十多岁的寡妇）就和她的一个养女，搭了梯子上去摘，每天要摘下来好些，拿到花市上去卖。她大概是怕房客们乱摘她的花，时常给各家送去一些。有时送来一个七寸盘子，里面摆得满满的缅桂花！带着雨珠的缅桂花使我的心软软的，不是怀人，不是思乡。

　　雨，有时是会引起人一点淡淡的乡愁的。李商隐的《夜雨寄北》是为许多久客的游子而写的。我有一天在积雨少住的早晨和德熙从联大新校舍到莲花池去。看了池里的满池清水，看了作比丘尼装的陈圆圆的石像（传说陈圆圆随吴三桂到云南后出家，暮年投莲花池而死），雨又下起来了。莲花池边有一条小街，有一个小酒店，我们走进去，要了一碟猪头肉，半斤市酒（装在上了绿釉的土瓷杯里），坐了下来。雨下大了。酒店有几只鸡，都把脑袋反插在翅膀下面，一只脚着地，一动也不动地在檐下站着。酒店院子里有一架大木香花。昆明木香花很多。有的小河沿岸都是木香。但是这样大的木香却不多见。一棵木香，爬在架上，把院子遮得严严的。密匝匝的细碎的绿叶，数不清的半开的白花和饱涨的花骨朵，都被雨水淋得湿透了。我

们走不了,就这样一直坐到午后。四十年后。我还忘不了那天的情味。写了一首诗:

莲花池外少行人,
野店苔痕一寸深。
浊酒一杯天过午,
木香花湿雨沉沉。

我想念昆明的雨。

1984年5月19日

巩乃斯的马

周 涛

没话找话就招人讨厌,话说得没意思就让人觉得无聊,还不如听吵架提神。吵架骂仗是需要激情的。

我发现,写文章的时候就像一匹套在轭具和辕木中的马,想到那片水草茂盛的地方去,却不能摆脱道路,更摆脱不了车夫的驾驭,所以走来走去,永远在这条枯燥的路面上。

我向往草地,但每次走到的,却总是马厩。

我一直对不爱马的人怀有一点偏见,认为那是由于生气不足和对美的感觉迟钝所造成的,而且这种缺陷很难弥补。有时候读传记,看到有些了不起的人物以牛或骆驼自喻,就有点替他们惋惜,他们一定是没见过真正的马。

在我眼里,牛总是有点落后的象征的意思,一副安贫知命的样子,这大概是由于过分提倡"老黄牛"精神引起的生理反感。骆驼却是沙漠的怪胎,为了适应严酷的环境,把自己改造得那么丑陋畸形。至于毛驴,顶多是个黑色幽默派的小丑,难当大用。它们的特性和模样,都清清楚楚地写着人类对动物的征服,生命对强者的屈服,所以我不喜欢。它们不是作为人类朋友的形象出现的,而是俘虏,是仆役。有时候,看到小孩子鞭打牛,高大的骆驼在妇人面前下跪,发情的毛驴被缚在车套里龇牙大鸣,我心里便产生一种悲哀和怜悯。

那卧在盐车之下哀哀嘶鸣的骏马和诗人臧克家笔下的"老马",不也是可悲的吗?但是不同。那可悲里含有一种不公,这一层含义在别的畜牲中是没有的。在南方,我也见到过矮小的马,样子有些滑稽,但那不是它的过错。既然橘树有自己的土壤,马当然有它的故乡了。自古好马生塞北。在伊犁,在巩乃斯大草原,马作为茫茫天地之间的一种尤物,便呈现了它的全部魅力。

那是1970年,我在一个农场接受"再教育",第一次触摸到了冷酷、丑恶、冰凉的生活实体。不正常的政治气候像潮闷险恶的黑云一样压在头顶上,使人压抑到不能忍受的地步。高强度的体力劳动并不能打击我对生活的热爱,精神上的压抑却有可能摧毁我的信念。

终于有一天夜晚,我和一个外号叫"蓝毛"的长着古希腊人脸型的上士一起爬起来,偷偷摸进马棚,解下两匹喉咙里滚动着咴咴低鸣的骏马,在冬夜旷野的雪地上奔驰开了。

天低云暗,雪地一片模糊,但是马不会跑进巩乃斯河里去。雪原右侧是巩乃斯河,形成了沿河的一道陡直的不规则的土壁。光背的马儿驮着我们在土壁顶上的雪原轻快地小跑,喷着鼻息,四蹄发出嚓嚓的有节奏的声音,最后大颠着狂奔起来。随着马的奔驰、起伏、跳跃和喘息,我们的心情变得开朗、舒展。压抑消失,豪兴顿起,在空旷的雪野上打着唿哨乱喊,在颠簸的马背上感受自由的亲切和驾驭自己命运的能力,是何等的痛快舒畅啊!我们高兴得大笑,笑得从马背上栽下来,躺在深雪里还是止不住地狂笑,直到笑得眼睛里流出了泪水……

那两匹可爱的光背马,这时已在近处缓缓停住,低垂着脖颈,一副歉疚的想说"对不起"的神态。它们温柔的眼睛里仿佛充满了怜悯和抱怨,还有一点诧异,弄不懂我们这两个人究竟是怎么了。我拍拍马的脖颈,抚摸一会儿它的鼻梁和嘴唇。它会意了,抖抖鬃毛像抖掉疑虑,跟着我们慢慢走回去。一路上,我们谈着马,闻着身后热烘烘的马汗味和四围里新鲜刺鼻的气息,觉得好像不是走在冬夜的雪原上。

马能给人以勇气,给人以幻想,这也不是笨拙的动物所能有的。在巩乃斯后来的那些日子里,观察马渐渐成了我的一种艺术享受。

我喜欢看一群马,那是一个马的家族在夏牧场上游移,散乱而有秩序,首领就是那里面一眼就望得出的种公马。它是马群的灵魂,作为这群马的首领当之无愧,因为它的确是无与伦比的强壮和美丽。匀称高大,毛色闪闪发光。最明显的特征是颈上披散着垂地的长鬃,有的浓黑,流泻着力与威严;有的金红,燃烧着火焰般的光彩。它管理着保护着这群牝马和顽皮的长腿短身子马驹儿,眼光里保持着父爱般的尊严。

在马的这种社会结构中,首领的地位是由强者在竞争中确立的。任何一匹马都可以争夺,通过追逐、撕咬、拼斗,使最强的马成为公认的首领。为了保证这群马的品种不至于退化,就不能搞"指定",不能看谁和种公马的关系好,也不能凭血缘关系接班。

生存竞争的规律使一切生物把生存下去作为第一意识,而人却有时候会忘记,造成许多误会。

唉,天似穹庐,笼盖四野。在巩乃斯草原度过的那些日子里,我与世界隔绝,生活单调;人与人互相警惕,唯恐失一言而遭灭顶之祸,心灵寂寞。只有一个乐趣——看马。好在巩乃斯草原马多,不像书可以被焚,画可以被禁,知识可以被践踏,马总不至于被驱逐出境吧?这样,我就从马的世界里找到了奔驰的诗韵。油画般的辽阔草原、夕阳落照中兀立于荒原的群雕、大规模转场时铺散在山坡上的好文章、熊熊篝火边的通宵马经、毡房里悠长喑哑的长歌在烈马苍凉的嘶鸣中展开,醉酒的哈萨克族青年在群犬的追逐中纵马狂奔,东倒西歪地俯身鞭打猛犬。这一切,使我蓦然感受到生活不朽的壮美和那时潜藏在我们心里的共同忧郁……

哦，巩乃斯的马，给了我一个多么完整的世界！凡是那时被取消的，你都重新给予了我！弄得我直到今天听到马蹄踏过大地的有力声响时，还会在屋子里坐卧不宁，总想出去看看，是一匹什么样儿的马走过去了。而且我还听不得马嘶，一听到那铜号般的高亢、鹰啼般苍凉的声音，我就热血陡涌，热泪盈眶，大有战士出征走上古战场，"风萧萧兮易水寒"的悲壮之慨。

有一次我碰上巩乃斯草原夏日迅疾猛烈的暴雨，那雨来势之快，可以使悠然在晴空盘旋的孤鹰来不及躲避而被击落；雨脚之猛，竟能把牧草覆盖的原野一瞬间打得烟尘滚滚。就在那场暴雨的冲打下，我见到了最壮阔的马群奔跑的场面。仿佛分散在所有山谷里的马都被赶到这儿来了，好家伙，被暴雨的长鞭抽打着，被低沉的怒雷恐吓着，被刺进大地倏忽消逝的闪电激奋着，马，这不肯安分的牲灵从无数谷口、山坡涌出来，山洪奔泻似的在这原野上汇聚了，小群汇成大群，大群在运动中扩展，成为一片喧叫、纷乱、快速移动的集团冲锋！争先恐后，前呼后应，披头散发，淋漓尽致！有的疯狂地向前奔驰，像一队尖兵，要去踏住那闪电；有的来回奔跑，俨然像临危不惧、收拾残局的大将；小马跟着母马认真而紧张地跑，不再顽皮、撒欢，一下子变得老练了许多；牧人在不可收拾的潮水中被裹挟，大喊大叫，却毫无声响，喊声像一块小石片跌进奔腾喧嚣的大河。

雄浑的马蹄声在大地奏出鼓点，悲怆苍劲的嘶鸣、叫喊在拥挤的空间碰撞、飞溅，划出一条条不规则的曲线，扭住、缠住漫天雨网，和雷声雨声交织成惊心动魄的大舞台。而这一切，得在飞速移动中展现，几分钟后，马群消失，暴雨停歇，你再看不见了。

我久久地站在那里，发愣、发痴、发呆。我见到了，见过了，这世间罕见的奇景，这无可替代的伟大的马群，这古战场的再现，这交响乐伴奏下的复活的雕塑群和油画长卷！我把这几分钟间见到的记在脑子里，相信，它所给予我的将使我终身受用不尽……

马就是这样，它奔放有力却不让人畏惧，毫无凶暴之相；它优美柔顺却不任人随意欺凌，并不懦弱，我说它是进取精神的象征，是崇高感情的化身，是力与美的巧妙结合恐怕也并不过分。屠格涅夫有一次在他的庄园里说托尔斯泰"大概您在什么时候当过马"，因为托尔斯泰不仅爱马、写马，并且坚信"这匹马能思考并且是有感情的"。它们常和历史上的那些伟大的人物、民族的英雄一起被铸成铜像屹立在最醒目的地方。

过去我认为，只有《静静的顿河》才是马的史诗；离开巩乃斯之后，我不这么看了，巩乃斯的马，这些古人称之为骐骥、称之为汗血马的英气勃勃的后裔们，日出而撒欢，日入而哀鸣，它们好像永远是这样散漫而又有所期待，这样原始而又有感知，这样不假雕饰而又优美，这样我行我素而又不会被世界所淘汰。

成吉思汗的铁骑作为一个兵种已经消失,六根棍马车作为一种代步工具已被淘汰,但是马却不会被什么新玩意儿取代,它有它的价值。

牛从挽车变为食用,仍然是实用物;毛驴和骆驼将会成为动物园里的展览品,因为它们只会越来越稀少;而马,当车辆只是在实用意义上取代了它,解放了它时,它从实用物进化为一种艺术品的时候恰恰开始了。

值得自豪的是我们中国有好马,从秦始皇的兵马俑、铜车马到唐太宗的六骏,从马踏飞燕的奇妙构想到大宛汗血马的美妙传说,从关云长的赤兔马到朱德总司令的长征坐骑……纵览马的历史,还会发现它和我们民族的历史紧密相连着。这也难怪,骏马与武士、与英雄本有着难以割舍的亲缘关系呢,彼此作用的相互发挥、彼此气质的相互补益,曾创造出多少叱咤风云的壮美形象?纵使有一天马终于脱离了征战这一辉煌事业,人们也随时会从军人的身上发现马的神韵和遗风。我们有多少关于马的故事呵,我们是十分爱马的民族呢。至今,如同我们的一切美好传统都像黄河之水的遗传下来那样,我们的历代名马的筋骨、血脉、气韵、精神也都遗传下来了。那种"龙马精神",就在巩乃斯的马身上——

  此马非凡马,
  房星本是星。

向前敲瘦骨,

犹自带铜声。

　　我想,即便我一直固执地对不爱马的人怀一点偏见,恐怕也是可以得到谅解的吧。

(原载1984年第8期《解放军文艺》)

滇游新记（节选）

汪曾祺

· 泼水节印象

作家访问团4月6日离京赴云南，是为了能赶上泼水节。

11日到芒市。这是泼水节的前一天。这天干部带领群众上山采花。采的花名锥栗花，是一串一串繁密而细碎的白色的小花，略带点浅浅的豆绿。我们到时，全市已经用锥栗花装饰起来了。

泼水节由来的传说是大家都知道的：有一魔王，具无上魔力，猛恶残暴，祸祟人民。他有七个妻子。一日，魔王酒醉，告诉最年轻的妻子："我虽有无上魔力，亦有弱点。如拔下我的一根头发，在我颈上一勒，我头即断。"其妻乃乘魔王酣睡，拔取其头发一根，将魔王头颈勒断。不料魔王头落在哪里，哪里即起大火。魔王之妻只好将头抱着，七个妻子轮流抱持。她们身上沾染血污，气味腥臭。诸邻居人，乃各以香水，泼向她们，为除不洁，世代相沿，遂成节日。

这大概只是口头传说，并无文字记载。泼水节仪式中看不出和这个传说直接有关的痕迹。傣族人所以重视这个节，是因为这是傣历的新年。作为节日的象征的，是龙。节日广场的中心有一条木雕彩画的巨龙。傣族的龙和汉族的不大一样。汉族的龙大体像蛇，蜿蜒盘屈；傣族的龙有点像鸟，头尾高昂，如欲轻举。这是东南亚的龙，不是北方的龙。龙治水，这是南方人北方人都相信的。泼水节供养木龙，顺理成章。泼水节是水的节。

节日还没有正式开始，一早起来，远近已经是一片铓锣象脚鼓的声音。铓锣厚重，声音发闷而能传远。象脚鼓声也很低沉，节拍也似很单调，只是一股劲地咚咚咚咚……蓬蓬蓬蓬……，不像北方锣鼓打出许多花点。不强烈，不高昂激越，而极温柔。

仪式很简单，先由地方负责同志讲话，然后由一个中年的女歌手祝福，女歌手神情端肃，曼声吟诵，时间不短，可惜听不懂祝福的词句，同时，有人分发泼水粑粑和金米饭。泼水粑粑乃以糯米粉和红糖，包在芭蕉叶中蒸熟；金米饭是用一种山花把糯米染黄蒸熟了的。

泼水开始。每人手里都提了一只小水桶，塑料的或白铁的，内装多半桶清水，水里还要滴几点香水，桶内插了花枝。泼水，并不是整桶地往你身上泼,只是用花枝蘸水,在你肩膀上掸两下,一面用傣语说:"好吃好在。"我们是汉人,给我们泼水的大都用汉语说:"祝你健康。""祝你健康"太一般了,不如"好吃好在"有意思。接受别人泼水后,也可以用花枝蘸水在对方肩头掸掸,或在肩上轻轻拍三下。"好吃好在",——"祝你健康"。但是少男少女互泼,常常就不那么文雅了。越是漂亮的,挨泼的越多。主席台上有一个身材修长,穿了一身绿纱的姑娘,不大一会已经被泼得浑身上下都湿透了。

主席台上的桌椅都挪开了,为什么?有人告诉我:要在这里跳舞,跳"嘎漾"。台上跳,台下也跳。不知多少副铓锣象脚鼓都敲响了,蓬蓬咚咚,混成一片,分不清是哪一面锣哪一腔鼓敲出来的声音。

"嘎漾"的舞步比较简单。脚下一步一顿,手臂自然摆动,至胸前一转手腕。"嘎漾"是鹭鸶舞的意思。舞姿确是有点像鹭鸶。傣族人很喜欢鹭鸶。碧绿的田野里时常可以看到成群的白鹭。"嘎漾"有十五六种姿式,主要的变化在腕臂。虽然简单,却很优美。傣族少女,着了筒裙,小腰秀颈,姗姗细步,跳起"嘎漾",极有韵致。在台上跳"嘎漾"的,就是方才招呼我们吃泼水粑粑,用花枝为我们泼水的服务人员,全都打扮得花枝招展,一个赛似一个。我问陪同人:"她们是不是都是演员?"——"不是,有的是机关干部,有的是商店的营业员。"

跳"嘎漾"的人部分是水傣,也有几个旱傣,她们也是服务人员。旱傣少女的打扮别是一样：头上盘了极粗的发辫，插了一头各种颜色的绢花。白纱上衣，窄袖，胸前别满了黄灿灿的镀金饰物，一边龙，一边凤，还有一些金花、金蝶、金葫芦。下面是黑色的喇叭裤，系黑短围裙，垂下两根黑地彩绣的长飘带。水傣少女长裙曳地，仪态万方；旱傣少女则显得玲珑而带点稚气。

泼水节是少女的节，是她们炫耀青春、比赛娇美的节日。正是由于这些着意打扮、到处活跃的少女，才把节日衬托得如此华丽缤纷，充满活力。

晚上有宴会，到各桌轮流敬酒的，还是她们。一个一个重新梳洗，换了别样颜色的衣裙，容光焕发，精力盛旺。她们的敬酒，有点霸道，杯到人到，非喝不可。好在砂仁酒度数不高而气味芳香，多喝两杯也无妨。我问一个岁数稍大的姑娘："你们今天是不是把全市的美人都动员来了？"她笑着说："哪里哟！比我们好看的有的是！"

第二天，我们到法帕区又参加了一次泼水节。规模不能与芒市比，但在杂乱中显出粗豪，另是一种情趣。

归时已是黄昏。德宏州时差比北京晚一小时，过七点了，天还不暗。似是泼水高潮已过。泼水少女，已经兴尽，三三两两，阑珊归去，只余少数顽童，还用整桶泥水，泼向行人车辆。

有一个少女在河边洗净筒裙，晾在树上。同行的一位青年小说家，有诗人气质，说他看了两天泼水节，没有觉得怎么样，看了这个少女晾筒裙,忽然非常感动。

> 泼水归来日未曛,
> 散抛锥栗入深林。
> 铓锣象鼓声犹在,
> 缅桂梢头晾筒裙。

泼水,泼人、被泼,都是未婚少女的事。一出嫁,即不再参与。已婚妇女的装束也都改变了。不再着鲜艳的筒裙,只穿白色衫裤,头上系一个衬有硬胎的高高的黑绸圆筒。背上大都用兜布背了一个孩子。她们也过泼水节,但只是来看看热闹。她们的神情也变了,冷静、淡漠,也许还有点惆怅、凄凉,不再像少女那样笑声琅琅,神采飞扬,眼睛发光。

1987年5月4日

· 大等喊

云南省作协的同志安排我们在一个傣族寨子里住一晚上。地名大等喊。

车从瑞丽出发,经过一个中缅边界的寨子,云井寨。一条宽路从缅甸通向中国,可以直来直往。除了有一个水泥界桩外,无任何标志。对面有一家卖饵丝的铺子。有人买了一碗饵丝。一个缅甸女孩把饵丝递过来，这边把钱递过去。他们的手已经都伸过国界了。只要脚不跨过界桩，不算越境。

中缅边界真是和平边界。两国之间，不但毫无壁垒，连一道铁丝网都没有，简直不像两国的分界。我们到畹町的界桥看过。桥头有一个检查站，旗杆上飘着中华人民共和国的国旗。一个缅甸小女孩提了饭盒走过界桥。她妈在畹町街上摆摊子做生意，她来给妈送饭来了。她每天过来，检查站的人都认得她。她大摇大摆地走过来，脸上带着一点笑。意思是：我又来了，你们好！站在国境线上，我才真正体会到中缅人民真是胞波。陈毅同志诗"共饮一江水"，是纪实，不是诗人的想象。

车经喊撒。喊撒有一个比较大的奘房，要去看看。

进寨子，有一家正在办丧事，陪同的同志说："可以到他家坐坐。"傣族人对生死看得比较超脱，人过五十五岁死去，亲友不哭。这也许和信小乘佛教有关，这家的老人是六十岁死的，算是"喜丧"了。进寨，寨里的人似都没有哀戚的神色，只是显得很沉静。有几个中年人在糊扎引魂的幡幢——傣族人死后，要给他制一个缅塔尖顶似的纸幡幢，用竹竿高高地竖起来，这样他的灵魂才能上天。几个年轻人不紧不慢地敲铓锣、象脚鼓，另外一些人好像在忙着做饭。傣族的风俗，人死了，亲友要到这家来坐五天。这位老人死已三日，已经安葬，亲友们还要坐两天，我们脱鞋，登木梯，上了竹楼。竹楼很宽敞，一侧堆了很多叠得整整齐齐的被子，有二十来个岁数较大的男男女女在楼板上坐着，抽烟、喝茶，他们也极少说话，静静的。

奘房是赕佛的地方。赕是傣语，本意是以物献佛，但不如说听经拜佛更确切些。傣族的赕佛，大体上是有一个男人跪在佛的前面诵念经文，很多信佛的跪在他身后听着。诵经人穿着如常人，也并无钟鼓法器，只是他一个人念，声音平直，偶尔拖长，大概是到了一个段落。傣族的跪，实系中国古代人的坐。古人席地而坐，膝着地，臀部落于脚跟，谓之坐。——如果直身，即为"长跪"。傣族赕佛时的姿势正是这样。

喊撒奘房的出名，除了比较大，还因为有一位佛爷。这位佛爷多年在缅甸，前三年才被请了回来。他并不领头赕佛，却坐在偏殿上。佛爷名叫伍并亚温撒，是全国佛教协会的理事，岁数不很大。他着了一身杏黄色的僧衣。这种僧衣不知叫什么，不是褊衫，也不是袈裟，上身好像只是一块布，缠裹着，袒其右臂。他身前坐了一些善男子。有人来了，向他合十为礼，他也点头笑答。有些信徒抽用一种树叶卷成的像雪茄似的烟。佛爷并不是道貌岸然，很随和。他和信徒们随意交谈。谈的似乎不是佛理，只是很家常的话，因为他不时发出很有人情味的笑声。

近午，至大等喊。等喊，傣语是堆金子的地方。因为有两个寨子都叫等喊，汉族人就在前面多加了一个字，一个叫大等喊,一个叫小等喊。傣语往往用很少的音节表很多的意思,如畹町,意思是太阳当顶的地方。因为电影《葫芦信》《孔雀公主》都在大等喊拍过外景,所以旅游的人都想来看看。

住的旅馆名"醉仙楼",这是个汉族名字,老板在招牌下面于是又加了两个字:傣家。老板是汉人,夫人是傣族。两层的木结构建筑,作曲尺形。房间不多,作家访问团二十余人,就基本上住满了。房间里有床,并不是叫我们睡在地板上。房屋样式稍稍有点像竹楼。老板又花了钱把拍《葫芦信》和《孔雀公主》的布景上的装饰零件如木雕的佛龛之类买了下来,配置在廊厦的角落,于是就很有点傣味了。

一住下来,泡一杯茶,往藤椅一坐,觉得非常舒服。连日坐汽车,参加活动,大家都累了,需要休息。

醉仙楼在寨口,一条平路,通到寨子里。寨里有几条岔路,也极平整。寨里极安静。到处都是干干净净的。空气好极了。到处是树,一丛一丛的凤尾竹,很多柚子树。大等喊的柚子是很有名的。现在不是柚子成熟的时候,只看见密密的深绿的树叶。空气里有一种淡淡的清苦味道,就是柚树叶片散发出来的。这里那里安置了一座一座竹楼,错落有致。傣家的竹楼不是紧挨着的,各家之间都有一段距离。除了当路的正门,竹楼的三面都是树。有一座奘房,大门锁着。我们到寨里一家首富的竹楼上作了一会客,女主人汉话说得很好,善于应酬。楼上真是纤尘不染。

醉仙楼的傣族特点不在住房,而在饭食。我们在这里吃了四顿地道的傣族饭。芭蕉叶蒸豆腐。拿上来的是一个绿色的芭蕉叶的包袱,解开来,里面是豆腐,还加了点碎肉、香料,鲜嫩无比。竹筒烤牛肉。一截二尺许长的青竹,把拌了佐料的牛肉塞在里面,筒口用树叶封住,放在柴火里烤熟,切片装盘。牛肉外面焦脆,闻起来香,吃起来有嚼头。牛肉丸子。傣族人很会做牛肉。丸子小小的,我们吃了都以为是鱼丸子,因为极其细嫩。问了问,才知道是牛肉的。做这种丸子不用刀剁,而是用两根铁棒敲,要敲两个小时。苦肠丸子。苦肠是牛肠里没有完全消化的青草。傣族人生吃,做调料,蘸肉,是难得的美味。听说要请我们吃苦肠,我很高兴。只是老板怕我们吃不来,是和在肉丸子里蒸了的。有一点苦味,大概是因为碎草里有牛的胆汁。其实我倒很想尝尝生苦肠的味道。弄熟了,意思就不大了。当然,还少不了傣家的看家菜:酸笋煮鸡。不过这道菜我们在畹町、芒市都已经吃过了。小菜是酸腌菜、鱼眼睛菜——一种树的嫩头,有小骨朵如鱼眼,酸渍。傣族人喜食酸。

　　醉仙楼的老板不俗。他供应我们这几顿傣家饭是没有多少赚头的。他要请我们写几个字,特地大老远地跑到县城,和一位画家匀来了几张宣纸。醉仙楼每个房间里都放着一个缅甸细陶水壶,通身乌黑,造型很美。好几个作家想托他买。因为这两天没有缅甸人过来赶集,老板就按原价卖给了他们。这些作家于是一人攥了一个陶壶,上路了。

大等喊小住两天,印象极好。

这里的乌鸦比北方的小,鸟身细长,鸣声也较尖细,不像北方乌鸦哇哇地哑叫。

1987年5月8日

(原载1987年第8期《滇池》)

吐鲁番的葡萄,哈密的瓜

邓友梅

"吐鲁番的葡萄,哈密的瓜",这是新疆人引为骄傲的两宗宝物。

我去了一次吐鲁番,再吃吐鲁番的葡萄,觉得不是一个味了。以前,只觉得这葡萄,尤其是葡萄干实在甜,现在觉得除了甜,还品出一点别的味道。

我到吐鲁番时已是初秋,可是午间室外气温仍在摄氏四十度左右。又热又干,那滋味大概近于北京烤鸭店烤炉中鸭子尝到的滋味。我毫不怀疑要一个劲儿地在戈壁滩待下去会获得烤鸭的肤色。很想找个葡萄棚躲一躲,享受一会阴凉。然而放眼望去,只见灰白色的戈壁,赤红的烈焰般的火焰山,没有草,没有树,几乎看不见任何有生命的东西。

同行的朋友指点我看那一堆堆的坟包似的砾石堆,叫我在想象中把这些砾石堆连成一条线。顺着这条线走下去就会找到人，找到牲畜，找到绿荫，最后就找到了葡萄！那地下是"坎儿井"，砾石堆是当年人们挖井时提上来的砂石聚成的。这条想象中的水线是名副其实的"生命线"。

吐鲁番古名火洲，是个深井式的盆地，北风挡在山外，气温奇高。没有树木，没有湖河，赤裸裸的戈壁，太阳一落散温也快。这昼夜的温差就增高了葡萄的含糖量。鲜葡萄摘下来，挂到四面透风的阁楼里，一下子就被干燥的热风吹成果干，不失果香，不损糖分，不变色泽。这真是大自然赐予吐鲁番生产葡萄的独一无二的好条件！

然而，水是一切生物的基本要素，这里雨量却少得近于零，人们有时看到乌云聚集了，看到电闪听到雷鸣了，甚至望见高空中的雨丝了……这雨却落不到头上，在半空中就蒸腾挥发，变作轻雾飘回天上去了。人要饮用，田要浇灌，只有去搬天山的雪水。这么长的流程，这么干热的气候，这么暴烈的日光，有多少水也会在输送中耗尽的！但人终是万物之灵，他们要生存，要抗争，要把自然改造得万物皆备于我。不知走了多少弯路，流了多少血汗，到底摸索出一条堪称创举的巧招——把水渠修在戈壁滩的地下。于是吐鲁番的特殊气候成了有利条件，于是吐鲁番人向世界贡献出了颗颗绿玉般的葡萄干。而吐鲁番和它的人民也由此而举世闻名。

从吐鲁番归来，每当再拈起那甜腻腻的葡萄干，我就不由得惊叹。在那没有科学仪器，没有施工机械的年代，人们匍匐在暗黑的地下，一镙筐一镙筐地挖起砂石，提到地上。一个砾石堆衔接一个砾石堆地挖下去，要有多强的决心，多高的信心，多大的耐心呢？吐鲁番的特殊气候，只是对强者来说才是得天独厚的优越条件。吐鲁番人的祖先如果没有硬要和这干旱燥热的气候争个强弱的气概，不仅我们今天不会吃上这绿晶晶甜蜜蜜的吐鲁番葡萄干，这块地区是否列入有人居住的地带都说不定。

下边再说说哈密瓜。

中原地区的葡萄，是张骞通西域后才由新疆引进来的。汉民族最早用葡萄为装饰物，就是出名的"海马葡萄镜"。长沙马王堆汉墓中出土的女尸肠子里却有甜瓜籽，可见甜瓜在中原安家早于葡萄，显然也不是从西域来的。我在兰州、安西、乌鲁木齐、伊宁全吃了甜瓜，没有一个品种和河北山东一带的"蛤蟆苏""老头乐""三道梁"相似。这里的甜瓜，大如几十斤一个的哈密瓜，小的如一二斤重的"黄旦子"，模样儿、味道都与内地的甜瓜不同。总起来说，这里的瓜肉细、汁多、味甜、香浓。在买的时候，几乎用不着像在北京买瓜那样又要敲，又要听，又要闻。随手拿起一个，掰开来就是熟透的上好佳品，大部分是软瓤儿。

这地方不仅瓜多、瓜好，而且便宜，所以从一下飞机就和瓜结了不解之缘。旅馆里朋友们在床前地上事先就堆了一堆瓜。出外访友,友人掀开床单,从床下一大堆瓜中拽出几个就够吃一个夜晚。

至于乘汽车做长途旅行,那更是非带瓜不可的。戈壁滩上,几个、十几个小时赶不上饮水处,不带着瓜是要遭难的。瓜成了这干旱戈壁的必备品,而这干旱的戈壁与沙漠也成全了瓜的品性。为什么西瓜甜瓜长得滚圆而多水?就因为它生在戈壁滩上,瓜熟蒂落之后便于被风吹得满地乱滚,一旦撞碎,它的一腔水正好滋润撒下瓜籽的一块地方,便于瓜籽萌芽,扩大它的生存空间。这滚圆溜滑的形体当然为装卸工人带来了麻烦。古时人们装卸西瓜只能抱起来一个人扔给另一个人,接力传送。人们也许就从此得到启发而创造出了篮球和它的玩法。世界上许多好的结果,常常倒是不利的条件逼出来的。

到西域两个月,比我过去几十年加在一起吃的瓜还多。这么香甜的瓜,不仅以前从未吃过,以后怕机会也不多了。这次吃了许多地方的瓜,我以为安西的最好,新疆的"黄旦子"虽不被当地人看重,我也极喜爱。兰州的白兰瓜则更是独此一家,决非其他瓜所能代替的。

那么哈密瓜呢?你不是要谈哈密瓜吗?

这次我只在哈密车站过了一下,没去哈密城,作为一个品种,"哈密瓜"我是吃到了,很好,简直是神品,但未必是哈密产的。据说哈密也并不产瓜,真正的哈密瓜也是来自鄯善。只因当初这瓜进贡到北京,皇帝吃了叫好,问是"什么瓜",周围人谁也叫不出名来,听说是哈密王献来的,就随口说"这是哈密瓜",从此这成了它的大号。

(录自《散文杂拌》,作家出版社,1995年版)

火焰山下

季羡林

从前读《西游记》,读到火焰山,颇震惊于那火势之剧烈。后来,听人说,火焰山影射的就是吐鲁番。可是吐鲁番我以前从未到过,没有亲身感受,对于火焰山我就只有幻想了。

万没有想到,我今天竟来到火焰山下。

火焰山果然名不虚传。在乌鲁木齐,夜里看电影,须要穿上棉大衣。然而,汽车从乌鲁木齐开出,开过达坂城,再往前走一段,一出天山山口,进入百里戈壁,迎面一阵热风就扑向车内,我们仿佛一下子落到蒸笼里面,而且是越走越热。中午到了吐鲁番县,从窗子里看出去,一片骄阳,闪耀在葡萄架上,葡萄的肥大的绿叶子好像在喘着气。有人告诉我,吐鲁番的炎热时期已经过去;我们来的前两天,气温是摄氏四十多度;今天已经"凉爽"得多了,只有三十九度。但是,从我自己的亲身感受中,同乌鲁木齐比较起来,吐鲁番仍然是名副其实的火焰山。

这让我立刻想到了非洲的马里。我曾在最热的时期访问过那个国家,气温是五十多度。我们被囚在有空调设备的屋子里,从双层的玻璃窗子看出去,院子里好像是一片火海。阳光像是在燃烧,不是像在吐鲁番一样燃烧在葡萄架上,而是燃烧在参天的芒果树上。芒果树也好像在喘着气。树下当然是有阴影的,但是连那些阴影看上去也决不给人以清凉的感觉,而仿佛是火焰的阴影。

我眼前的吐鲁番俨然就是第二个马里。

我们就在类似马里那样炎热的一个下午驱车近百里去探望高昌古城的遗址。

一走出吐鲁番县,又是百里戈壁,寸草不生,遍布砂粒,极目天际,不见人烟。阳光毫无遮拦地照射在这些砂粒上,每一粒都闪闪发光,仿佛在喷着火焰。远处是一列不太高的山,这就是那有名的火焰山。上面没有一点绿的东西,没有一点有生命的东西。石头全是赤红色的,从远处望过去,活像是熊熊燃烧着的火焰,这不是人间的火,也不是神话中的天堂里的火和地狱之火。这是火焰已经凝固了的火,纹丝不动,但却猛烈;光焰不高,但却团聚。整个天地,整个宇宙仿佛都在燃烧。我们就处在上达苍穹下抵黄泉的大火之中。

我从前读《西游记》,读到那一段关于火焰山的描绘,我只不过觉得好玩而已。书上描绘说,离开火焰山不远,房舍的瓦都是红的，门是红的，板榻也是红的，总之是一切都是红的，连卖切糕的人推的车子也是红的。那里"有八百里火焰，四周围寸草不生。若过得山，就是铜脑盖、铁身躯，也要化成汁哩"。八百里当然是夸大之词，但是在我眼前，整个山全是红的，周围寸草不生，这些全是实情。我现在毫无好玩的感觉。我只有一个渴望，一个十分迫切的渴望，渴望得到铁扇公主那一把芭蕉扇，用手一扇，火焰立刻熄灭，清凉转瞬降临。

我现在很不理解，为什么当年竟在这样一个地狱似的酷热的地方建筑了高昌城。唐朝的高僧玄奘到印度去求法，曾经路过高昌。《大慈恩寺三藏法师传》里面，对他在高昌的情况有细致生动的描绘。这里讲到了城门，讲到了王宫，讲到了王宫中的重阁，讲到了王宫旁边的道场。虽然没有讲到市廛的情况，但是有上述的那些地方，则王宫之外，必然是市廛林立，行人熙攘。每当黄昏时分，夜幕渐渐笼罩住大漠，黑暗弥漫于每一个角落，跋涉过千山万水，横绝大戈壁的商队迤逦入城，驼铃叮当，敲碎了黄昏的寂静。每一间黄土盖成的房子里也必然有淡黄的灯光流出，把窄窄的长街照得朦胧虚幻，若有若无⋯⋯但是今天我们来到这里，早已面目全非，城市的轮廓大体可见，城门和街道历历可指。然而看到的却只有断壁颓垣，而且还不同于一般的断壁颓垣。这里根本没有砖瓦，所有的建筑——皇宫、佛寺、大厅、住宅，统统是黄土堆成。这种黄土坚硬似铁，历千年而不变，再加上这里根本很少下雨，因此这一座黄泥堆成的城才能保存到今天。我们今天看到的是一片淡黄，没有一棵树，没有一根草。"春风不度玉门关"，春天好像已经被锁在关内，这里与春天无份了。

在这里，我无论如何也想象不出，当年玄奘来到这里是什么情景。我想象不出，他是怎样同麴文泰会面，怎样同麴文泰的母亲会面的。他在这里住了一段时间，大概每天也就奔波于一片淡黄之中。麴文泰也像后来唐太宗一样想劝玄奘还俗。玄奘坚持不动，甚至以绝食至死相威胁，终于感动了麴文泰母子，放玄奘西行。这是多么热烈的人类生活的场面。然而今天这一些都到哪里去了呢？我一时忍不住发思古之幽情，前不见古人，后不见来者。但是我却并没有独怆然而泪下。在历史的长河中，人人都是这样，后之视今亦犹今之视昔。我丢开了这种幽情，抬眼四望，这一座黄土古城的断壁颓垣顿时闪出了异样的光辉。

第二天，我们又在同样酷热的天气中去凭吊交河古城。这座古城正处在同高昌相反的方向。从表面上看上去，它同高昌几乎没有什么不同之处：一样是黄土堆成的断壁颓垣，一样是寸草不生，一样是一片淡黄。"西风残照，汉家陵阙"，一样能引起人们的思古之幽情。但是，从环境上来看，却与高昌迥乎不同。"交河"这个名称就告诉我们，它是处在两河之交的地方。从残留的城墙上下望，峭壁千仞，下有清流，绿禾遍野，清泉潺湲。我从前读唐代诗人李颀的诗《古从军行》："白日登山望烽火，黄昏饮马傍交河。行人刁斗风沙暗，公主琵琶幽怨多。

野云万里无城郭，雨雪纷纷连大漠。胡雁哀鸣夜夜飞，胡儿眼泪双双落。"我无论如何也想象不出，交河究竟是什么样子。今天亲身来到交河，一目了然，胸无阻滞，我那思古之幽情反而慢慢黯淡下去，而对古人所说的"读万卷书，行万里路"由衷地钦佩起来了。

就这样，我在吐鲁番住了几天，两天看了两座历史上有名的古城。这两座名城同火焰山当然不一样，但是其炎热的程度却只能说是不相上下。我上面讲到的看到火焰山时的那一个渴望得到铁扇公主的芭蕉扇的幻想，时时萦绕在我脑际，一刻也不想离去。然而我的理智却让我死心塌地地相信，那只是幻想，世界上哪里会有什么铁扇公主，哪里会有什么芭蕉扇？吐鲁番这地方注定是火焰山的天下了。

然而，到了黄昏时分，当我们凭吊完古城乘车回宾馆的时候，招待我们的主人提出来要到葡萄沟去转一转。我根本不知道，葡萄沟是什么样子。"去就去吧！"我在心里平静地想，我万万没有想到，在这个地方，在这个时候，能会出现什么奇迹。

可是，汽车转了几转，奇迹就在眼前出现了。两行参天的杨树整整齐齐地排在大路两旁，潺潺的水声透过杨树传了出来。浓密的葡萄架散布在小溪岸边，杨柳树下。这里绿意葱茏，浓荫四布。身上还感到有一些凉意。我一下子怔住了：我现在是在火焰山下吗？是不是真有人借来了铁扇公主的芭蕉扇，把火焰扇灭了呢？我自凝神细看：绿杨葡萄，清泉潺湲，丝毫也不容怀疑。我来到葡萄沟了。

　　车子开上去,最后到了一座花园。园子里长满葡萄,小溪萦绕。山脚下有一个小池子,泉水从石缝中流出,其声清脆。有一群红色游鱼在池中摇摆着尾巴游来游去。我们坐在葡萄架下,品尝着有名的新疆葡萄。此时凉意渐浓,仿佛一下子从酷热的三伏来到凉爽的深秋,火焰山一下子变成了清凉的世界。看来,铁扇公主的那一把芭蕉扇在唐代大概是缺少不了的。但是,到了今天,已经换了人间,这扇子就没有作用了。

　　新疆毕竟是一块宝地,有火焰山,也有葡萄沟,而葡萄沟偏偏就在火焰山下。这就是我们的吐鲁番,这就是我们的新疆。

1979年8月26日在库车写成初稿

1980年4月22日在北京修改完成

编辑凡例

一、以忠实于选文原作、整旧如旧为编辑原则,对选文写作时使用的专有名词、外文译名,以及作者写作时的语言和特色予以保留。

二、原文注释如旧,编者所作注释,均以"编者注"标明,以示与原文注释的区别。

三、原文偶有文字错讹脱衍之处,一律按现行出版规范予以改正,不再以其他符号标示。

四、文章中数字、标点符号用法,在不损害原文语义的情况下,做必要的规范。

本作品中文简体版权由湖南人民出版社所有。
未经许可，不得翻印。

图书在版编目（CIP）数据

边地寻踪 / 陈平原，凌云岚编. —长沙：湖南人民出版社，2023.6
ISBN 978-7-5561-3181-5

Ⅰ.①边… Ⅱ.①陈…②凌… Ⅲ.①散文集－中国 Ⅳ.①I26

中国国家版本馆CIP数据核字（2023）第040004号

边地寻踪
BIANDI XUNZONG

编　　者：陈平原 凌云岚
出版统筹：陈　实
监　　制：傅钦伟
选题策划：北京领读文化
产品经理：领　读-孙　浩
责任编辑：陈　实 刘　婷
责任校对：谢　喆
装帧设计：广　岛·UNLOOK

出版发行：湖南人民出版社有限责任公司 [http://www.hnppp.com]
地　　址：长沙市营盘东路3号　邮编：410005　电话：0731-82683313
印　　刷：湖南天闻新华印务有限公司
版　　次：2023年6月第1版　　　　　印　次：2023年6月第1次印刷
开　　本：880 mm × 1230 mm　1/32　印　张：10.625
字　　数：213千字
书　　号：ISBN 978-7-5561-3181-5
定　　价：54.00元

营销电话：0731-82683348（如发现印装质量问题请与出版社调换）